ラスト
&
図解

知識ゼロでも
楽しく読める！

源氏物語

國學院大學文学部日本文学科教授
竹内正彦監修

西東社

はじめに

今から約１０００年前に書かれた『源氏物語』は、時代を超えて読み継がれてきた古典文学のひとつです。時代によって価値観は大きく変化してきましたが、それでも『源氏物語』は人々を魅了し続けてきました。それは『源氏物語』が「古典」であったばかりでなく、すぐれた「文学」でもあったからです。

４代の帝《みかど》の70余年にわたる時間の中、４５０名を超えるといわれる人々が登場し、さまざまな人生が交錯する物語は、もはやひとつの世界をつくりあげているといっても過言ではありません。『源氏物語』は、そうした物語世界において、光源氏《ひかるげんじ》という人物を主軸に据《す》えながら、そこに生きる人間の心のありようをえがき出しています。人を愛し、苦悩し、絶望しながら、それでも人を愛さずにはいられない。時として読むものを息苦しくさせるほどの緻密な心理描写は、現在を生きる私たちの心にも凄《すご》みをもって迫ってきます。『源氏物語』は、すでに過ぎ去った昔のお話ではなく、今ここに生きている「文学」なのです。

『源氏物語』は、日本の古典文学を代表とするもののひとつですから、原文で通読をしてみたい、それが難しくても現代語訳を読んでみたいと思われる方も多いと思います。ただ『源氏物語』は長く、また複雑です。物語の筋や人間関係を把握するだけでも困難なことのように思われます。

本書は、『源氏物語』の物語世界を絵や図を用いてわかりやすく解説したものです。何の予備知識がなくても無理なく『源氏物語』について理解できるよう、説明の記述は、重要な事柄についてはしっかりと押さえつつも、できるだけ簡潔にすることを心がけています。また多くの絵や図を用いて視覚的にも理解できるよう、さまざまに工夫を凝《こ》らしてありますので、改めて『源氏物語』についての理解を深めたいという方にもおすすめします。平安時代の暮らしについてのQ&Aをはじめ、『源氏物語』の「謎」や関連する歴史上の人物についてのコラム等も配置してありますので、ぜひ楽しみながら読み進めてみてください。

本書が『源氏物語』の物語世界へのよき道案内となれば幸いです。

國學院大學文学部日本文学科教授
竹内正彦

もくじ

第2部 苦悩に満ちた光源氏の半生……113▼144

第3部 源氏の子孫の物語

序章

『源氏物語』とは？

現在、世界中で読まれている『源氏物語』は、1000年以上も前に書かれた長編小説です。『源氏物語』の基本情報をまずは紹介します。

『源氏物語』って、どんな話？

なるほど！

光源氏が主人公の大長編小説で、54帖あり、3部構成！

『源氏物語』は**絶世の美男子・光源氏《ひかるげんじ》**が主人公の長編小説です〔図1〕。書かれたのは平安時代中頃で、今から約1000年前。作者の**紫式部《むらさきしきぶ》**（⇒P20）は、**一条《いちじょう》天皇の中宮《ちゅうぐう》（皇后）の藤原《ふじわらの》彰《しょう》子《し》に仕えた女房（住み込みで働く侍女）**で、彰子の家庭教師などにあたりながら『源氏物語』を書き上げました。当時、物語といえば、女性や子どもが読むものとして一段低く見られていましたが、『源氏物語』の評判は男性貴族にも高く、一条《いちじょう》天皇をはじめ、時の最高権力者・**藤原道長《ふじわらのみちなが》**（彰子の父）も読んでいたことが知られています。

『源氏物語』は**54帖**（巻数のこと）あり、文字量は約100万字（原稿用紙約2400枚分）で、登場人物は約450人にも及びます。**54帖には、巻中の和歌などにちなんで、それぞれ「桐壺《きりつぼ》」「帚木《ははきぎ》」などの巻名がつけられており**、この本では巻ごとに内容を紹介していきます。

また、**『源氏物語』は3部構成だと考えられています**。第1部は源氏の恋愛遍歴と栄華をえがき、第2部では源氏の人生の悲哀が語られます。第3部では源氏の死後、源氏の子孫たちの憂いに満ちた愛の物語がえがかれます〔図2〕。

光源氏のプロフィール〔図1〕

光源氏はニックネームで、本名は不明。皇族から臣下に降ろされて「源」の姓を与えられる。輝くように美しい容貌だったので「光る君」と呼ばれたことが、光源氏の由来。

役職・地位

近衛中将《このえのちゅうじょう》、大将、大納言、内大臣、太政大臣《だいじょうだいじん》、准太上《じゅんだじょう》天皇を歴任

特技

学問、詩歌、管絃《かんげん》、舞楽、絵画、騎射など

父

桐壺帝《きりつぼてい》

母

桐壺更衣《きりつぼのこうい》

妻・恋人

藤壺《ふじつぼ》、葵《あおい》の上《うえ》、紫《むらさき》の上《うえ》、夕顔《ゆうがお》、明石《あかし》の君《きみ》、女三《おんなさん》の宮《みや》、花散里《はなちるさと》、末摘花《すえつむはな》、六条《ろくじょうの》御《み》息所《やすどころ》、朧月夜《おぼろづきよ》など

子

冷泉帝《れいぜいてい》（源氏と藤壺との間に生まれた不義の子）、夕霧《ゆうぎり》（母は葵の上）、明石《あかし》の姫君《ひめぎみ》（母は明石《あかし》の君《きみ》）、薫《かおる》（源氏の子ではなく、女三《おんなさん》の宮《みや》と柏木《かしわぎ》との間に生まれた不義の子）

『源氏物語』の構成〔図2〕

第1～2部の主人公は光源氏、第3部の主人公は薫・匂宮《におうみや》になる。

構成	主人公	巻数	巻名	頁
第1部	光源氏	1～33	桐壺《きりつぼ》～藤裏葉《ふじのうらば》	➡P26～109
		●源氏の女性遍歴と栄華をえがく。 ●長編と短編の巻が組み合わされている。		
第2部	光源氏	34～41	若菜上《わかなのじょう》～幻《まぼろし》	➡P118～141
		●源氏の人生の苦悩をえがく。 ●長編の巻が比較的多い。		
第3部	薫・匂宮	42～54	匂兵部卿《におうひょうぶきょう》～夢浮橋《ゆめのうきはし》	➡P150～187
		●源氏の子孫たちの暗い恋愛模様。 ●「45 橋姫」以下は「宇治十帖《うじじゅうじょう》」と呼ばれる。		

なるほど！

『源氏物語』はなぜ名作といわれる？

時代を超えて共感できる、人の心理がえがかれているから！

『源氏物語』は**現在30以上の言語に翻訳され**、世界中の人々から愛読されています。1000年前に書かれた世界最古ともいわれる長編小説が、これほど評価される理由は何でしょうか？

『源氏物語』の魅力は、光源氏の華麗な恋愛遍歴が雅《みや》びな貴族文化とともに表現されたところだと思われがちです。しかし、『源氏物語』の魅力はそれだけではありません。登場人物の人を愛する気持ちや、喜び、悲しみが痛切に胸に迫ってくるのです。『源氏物語』には**「普遍的な人の心理」が表現されている**ため、時代や文化を超えて人々の共感を呼んでいるのです〔**図1**〕。

また、超自然的な要素がなく、**リアリティにあふれた世界観**も『源氏物語』の特徴です。例えば『竹取物語』において、かぐや姫が月の住人であったというような、非現実的な設定ではありません。物《もの》の怪《け》（悪霊）に取りつかれて病気になるといった描写もありますが、これは当時の人々が信じていた「現実」でした。

また、古典の最高峰とされる『源氏物語』は、**文学だけでなく絵画や工芸品、戯曲など、日本芸術に多大な影響を与えてきました**〔**図2**〕。

『源氏物語』の魅力〔図1〕

『源氏物語』は多くの魅力にあふれ、現在も世界中の人々に愛されている。

- 時代を超えた人間の普遍的な心理が見事にえがかれている。
- 平安時代の貴族の文化や生活、制度などを知ることができる。
- 物語が緻密に複雑に構成され、さまざまな解釈を楽しめる。

『源氏物語』をえがいた日本絵画〔図2〕

『源氏物語』を題材にした絵画である「源氏絵」（➡P166）のほか、優れた作品が数多く誕生した。

出典：ColBase「源氏物語図色紙（花宴）」（部分）東京国立博物館所蔵

「08花宴」（➡P48）で、源氏が朧月夜《おぼろづきよ》と出会う場面をえがいた源氏絵。

明治時代の日本画家・上村松園《うえむらしょうえん》が、能の『葵上《あおいのうえ》』から着想を得て、生霊《いきりょう》となった六条御息所《ろくじょうのみやすどころ》（➡P52）をえがいた作品。

出典：ColBase「焔」東京国立博物館所蔵

『源氏物語』の舞台はどこ？

なるほど！

平安京やその近郊が中心。大阪や兵庫が舞台になることも！

『源氏物語』の舞台は**平安京《へいあんきょう》**（現在の京都市）です。794年、桓武《かんむ》天皇によって定められ約1100年間にわたって日本の都となり、政治・経済・文化の中心地として繁栄しました。

平安京の北側中央には、**大内裏《だいだいり》**（平安宮ともいう）が置かれ、**内裏《だいり》**（天皇の住居のこと→P27）や、政務、公的行事が行われる正庁《せいちょう》のほか、式部省《しきぶしょう》・大蔵省《おおくらしょう》などの役所が建ち並んでいました。**『源氏物語』は、天皇や妃たちが住む内裏を中心に語り始められます。**

平安京は、南北に走る道と、東西に走る道が碁盤の目のように垂直に交わっています。東西の道で区画された町は「条《じょう》」と呼ばれ、北側から「一条」「二条」「三条」…「九条」と名づけられています。光源氏の邸《やしき》「**二条院《にじょういん》**」や「**六条院《ろくじょういん》**」などは、二条や六条に位置することから、このように呼ばれているのです。

また、都近郊の**大堰川《おおいがわ》**や**宇治《うじ》**（現在の宇治市）などのほか、**須磨《すま》**（兵庫県神戸市）、**明石《あかし》**（兵庫県明石市）、**住吉《すみよし》大社**（大阪市）、**長谷寺《はせでら》**（奈良県桜井市）など、京都近郊が舞台になっていることも大きな魅力となっています〔左図〕。

▶『源氏物語』関連マップ

光源氏を主人公とする第１部と第２部のおもな舞台は平安京。薫を主人公とする第３部のおもな舞台は宇治になる。

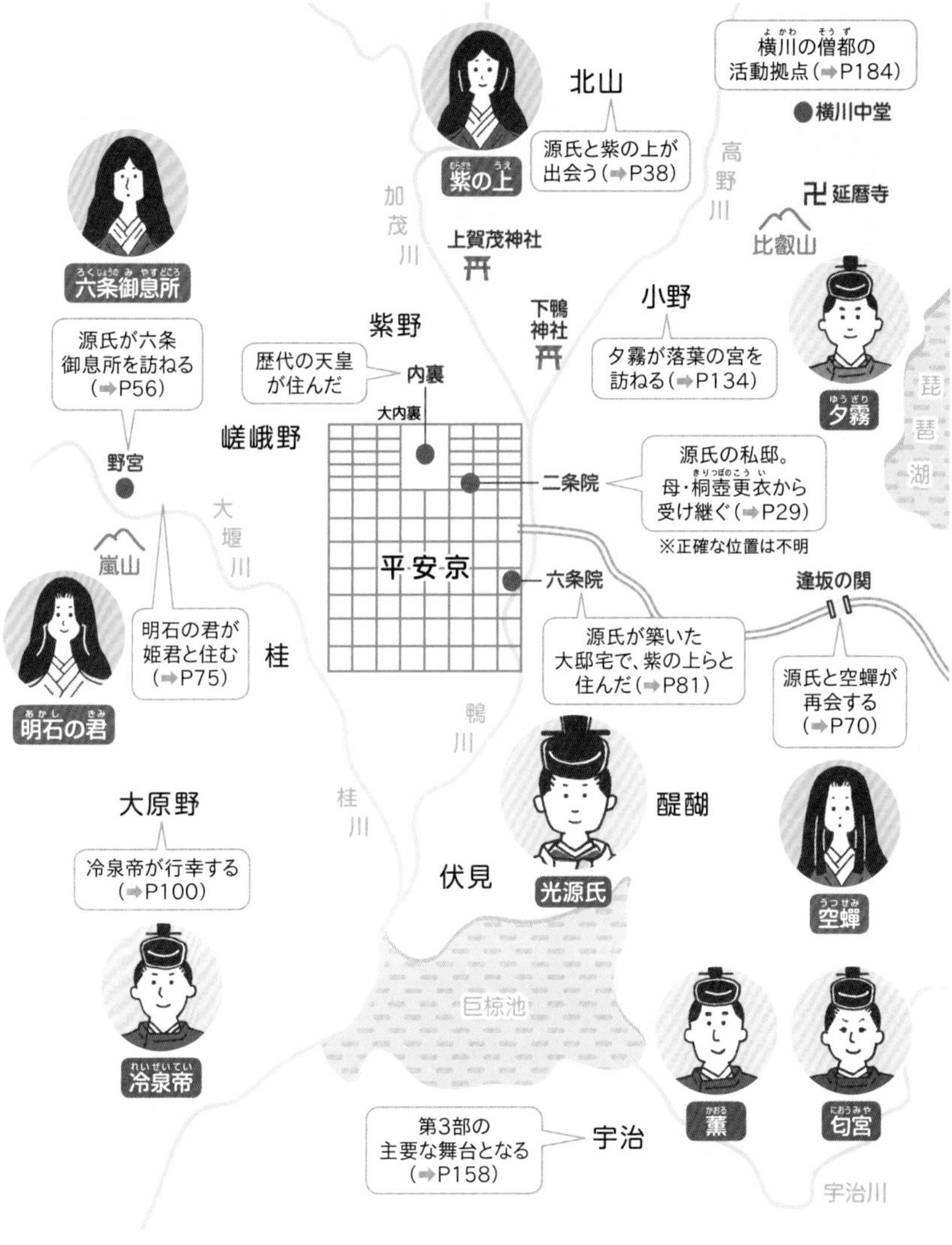

『源氏物語』のおもな登場人物

『源氏物語』の登場人物の関係は、血縁関係や身分によって、複雑にからみあっているのが特徴です。また、源氏が深く愛した女性である藤壺《ふじつぼ》（藤は紫色の花を咲かせる）と紫《むらさき》の上《うえ》には、どちらも当時、最も高貴な色だった紫が関係しています。

男性編

頭中将《とうのちゅうじょう》

源氏の親友で終生のライバル。源氏の正妻・葵《あおい》の上《うえ》の兄。右大臣、内大臣、太政大臣《だいじょうだいじん》などを歴任。

おもな登場巻

「02 帚木」「07 紅葉賀」など

柏木《かしわぎ》

頭中将の長男。源氏の正妻・女三《おんなさん》の宮《みや》と密通し、薫《かおる》が生まれるが、罪の意識によって死の床につく。

おもな登場巻

「35 若菜下」「36 柏木」など

冷泉帝《れいぜいてい》

桐壺帝《きりつぼてい》の子であるが、実際は源氏と藤壺《ふじつぼ》との間に生まれた子。朱雀帝《すざくてい》の後に即位した。

おもな登場巻

「07 紅葉賀」「19 薄雲」など

夕霧《ゆうぎり》

源氏の長男で、母は葵の上。頭中将の娘・雲居雁《くもいのかり》と結婚するが、後に柏木の未亡人を愛する。

おもな登場巻

「28 野分」「39 夕霧」など

女性編

空蝉《うつせみ》

地方官の若き後妻。中流女性に興味をもつ源氏と関係をもつが、以後、源氏の求愛を拒否する。

おもな登場巻

「03空蝉」「16関屋」など

藤壺《ふじつぼ》

桐壺帝の中宮。源氏の母（桐壺更衣《きりつぼのこうい》）に似ていたため源氏に愛され、不義の子（冷泉帝）を産む。

おもな登場巻

「01桐壺」「05若紫」など

夕顔《ゆうがお》

源氏に愛されるが、物《もの》の怪《け》に取りつかれ19歳で命を落とした。頭中将との間に玉鬘《たまかずら》を産んでいる。

おもな登場巻

「04夕顔」など

葵《あおい》の上《うえ》

左大臣の娘で、源氏の最初の正妻。夕霧を産んだ後、六条御息所《ろくじょうのみやすどころ》の生霊《いきりょう》に取りつかれて落命する。

おもな登場巻

「01桐壺」「09葵」など

薫《かおる》

源氏と女三の宮との子となっているが、実際は柏木の子。匂宮とともに宇《う》治《じ》の姫君たちを愛する。

おもな登場巻

「42匂兵部卿」「45橋姫」など

匂宮《におうみや》

今上帝《きんじょうてい》（朱雀帝の子）の子で、母は明石中宮《あかしのちゅうぐう》。第3部で、宇治の姫君たちをめぐって薫と競う。

おもな登場巻

「42匂兵部卿」「46椎本」など

花散里《はなちるさと》

源氏の妻のひとり。穏やかな性格で源氏のよき相談相手となり、夕霧や玉《たま》鬘《かずら》の養母となった。

おもな登場巻

「11花散里」など

紫《むらさき》の上《うえ》

源氏の最愛の女性。少女のときから源氏に養育され、14歳で結婚。源氏の正妻格として遇《ぐう》される。

おもな登場巻

「05若紫」「09葵」など

六条御息所《ろくじょうのみやすどころ》

皇太子だった夫の死後、源氏の愛人になった。生《いき》霊《りょう》、死霊となって源氏の正妻たちに取りつく。

おもな登場巻

「09葵」「10賢木」など

明石《あかし》の君《きみ》

明石《あかし》の入道《にゅうどう》の娘。須磨《すま》で謹慎中の源氏と結婚し、明石《あかし》の姫君《ひめぎみ》（後の明石中《あかしのちゅう》宮《ぐう》）を産んだ。

おもな登場巻

「13明石」「18松風」など

朧月夜《おぼろづきよ》

源氏の政敵だった右大臣の娘。奔放な性格で、源氏から愛され密会を重ねたが、露見した。

おもな登場巻

「08花宴」「10賢木」など

末摘花《すえつむはな》

故常陸宮《ひたちのみや》の姫君。実家が没落して貧しく、容姿も醜かったが、一途な愛を貫き、源氏から愛された。

おもな登場巻

「06末摘花」「15蓬生」など

中《なか》の君《きみ》

八の宮の次女。薫の策略によって匂宮と結婚し、京に移り住む。薫に、異母妹の浮舟を紹介する。

おもな登場巻

「45 橋姫」「46 椎本」など

女三《おんなさん》の宮《みや》

朱雀帝の姫宮で源氏の正妻だったが、柏木と密通し、不義の子・薫を出産。その後、出家する。

おもな登場巻

「34 若菜上」「36 柏木」など

秋好中宮《あきこのむちゅうぐう》

六条御息所の娘。斎宮《さいくう》の任を終えた後、源氏の養女となり、冷泉帝に入内《じゅだい》。中宮になった。

おもな登場巻

「14 澪標」「17 絵合」など

浮舟《うきふね》

八の宮の娘で、父から捨てられていた。薫と匂宮の板挟みに苦しみ、入水《じゅすい》を決意する。

おもな登場巻

「51 浮舟」「53 手習」など

大君《おおいぎみ》

宇治《うじ》の八《はち》の宮《みや》（源氏の弟）の長女。薫からの求愛を拒絶する。薫や匂宮に翻《ほん》弄《ろう》され、心労で落命する。

おもな登場巻

「45 橋姫」「46 椎本」など

玉鬘《たまかずら》

夕顔と頭中将の間に生まれ九州を流浪後、源氏の養女となり、多くの貴公子から求愛される。

おもな登場巻

「22 玉鬘」「25 蛍」など

短い結婚生活の後に『源氏物語』を執筆

紫《むらさき》式《しき》部《ぶ》

【973?～1014以降】

紫式部《むらさきしきぶ》は、中流貴族・藤原為時《ふじわらのためとき》の娘で、幼い頃、弟に対する漢文の講義を横で聞いていて、すらすらと覚えるほど優秀でした。父・為時は「この子が男だったなら」と嘆いたといいます。当時、漢文は男性にとっては出世のために必須の教養でしたが、官吏《かんり》とならない女性には必要のないものでした。また、父の為時が約10年間、官職につけず苦労していたので、紫式部は中流貴族の厳しさを肌で感じて育ったと思われます。

紫式部が結婚したのは20代後半で、相手は40代後半の中流貴族・藤原宣孝《ふじわらののぶたか》でした。結婚後、紫式部はすぐに娘の賢子《けんし》を産みます。宣孝はすでに何人かの女性を妻としていて、お互いの性格も違うことから夫婦喧嘩もあったようですが、穏やかな家庭生活を営んでいたそうです。ところが、結婚後わずか2年ほどで宣孝は急死。紫式部が『源氏物語』を書き始めたのは、この夫との死別後と考えられています。その後、紫式部は中宮《ちゅうぐう》・藤原彰《ふじわらのしょう》子《し》の女房（侍女）として仕えました。ちなみに、紫式部の本名は不明。宮中に入った頃は「藤式《とうしき》部《ぶ》」と呼ばれていましたが、『源氏物語』の「若紫」巻が宮中で評判になったことがきっかけで、「紫式部」のニックネームが定着したのでしょう。

第1部
栄華を極める光源氏

絶世の美男子である光源氏は、美しい女性たちと恋愛を重ねながら、権力を握っていきます。源氏が栄華を極めるまでの物語を見ていきましょう。

01桐壺～33藤裏葉

ざっくりわかる!

源氏物語〔第1部〕あらすじ

帝《みかど》の子として生まれた光源氏は、輝くように美しく、頭脳も明晰。しかし、幼い頃に母を亡くし、皇族から臣下の身分になります。源氏は、亡き母への愛情を胸に秘めつつ、さまざまな女性と関係をもちながら栄華を極めていきます。

1 光源氏の誕生

桐壺帝《きりつぼてい》の子・光源氏が誕生。源氏は亡き母に似た藤壺《ふじつぼ》（桐壺帝の妃）に憧れるが、左大臣の娘・葵《あおい》の上《うえ》と結婚。〔↓01桐壺〕

2 中流女性との恋愛

頭中将《とうのちゅうじょう》らとの女性談義で、中流階級の女性に興味をもった源氏は、人妻の空蝉《うつせみ》や、名前を名乗らない謎の美女・夕顔《ゆうがお》、不美人で教養のない末摘《すえつむ》花《はな》らと関係を結ぶ。〔↓03空蝉〕〔↓04夕顔〕〔↓06末摘花〕

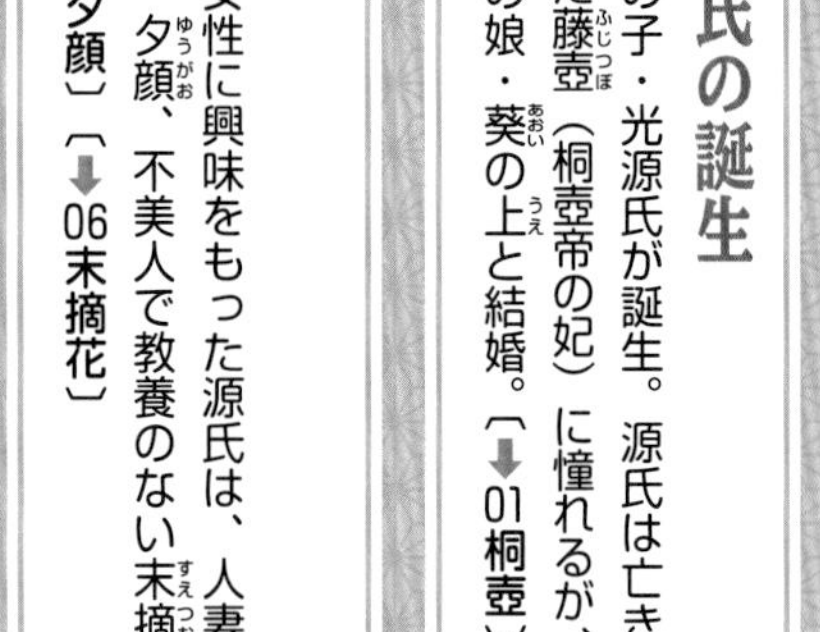

3 紫の上との出会い

藤壺に恋焦がれる源氏は、藤壺に似た美少女・紫《むらさき》の上《うえ》に出会うと、強引に引き取って自邸で育て始める。〔↓05若紫〕

4 藤壺との密通

藤壺は源氏と密通し、源氏の子（後の冷《れい》泉帝《ぜいてい》）を出産。源氏と藤壺は罪の意識に苦しむ。〔↓05若紫〕〔↓07紅葉賀〕

5

正妻・葵の上の死

葵の上が、源氏の恋人・六条御息所《ろくじょうのみやすどころ》の生霊《いきりょう》に取りつかれて死去。その後、源氏は紫の上と初めて男女の契りを結ぶ。〔↓09葵〕

6

須磨での謹慎生活

右大臣一派との政争に敗れた源氏は、紫の上に留守を託して須磨（兵庫県）に向かい、寂しい生活を送る。〔↓12須磨〕

7

明石の君との結婚

明石《あかし》の入道《にゅうどう》から明石（兵庫県）に迎えられた源氏は、明石《あかし》の君《きみ》と結婚。明石の君は源氏の娘を産む。〔↓13明石〕〔↓14澪標〕

8

源氏の政界復帰

京に戻った源氏は、勢力争いに勝利して権力を握り、豪邸「六条院」を造営する。〔↓14澪標〕〔↓17絵合〕〔↓21少女〕

9

玉鬘との恋愛

源氏が養女にした玉鬘《たまかずら》（夕顔の娘）は多くの貴公子から求愛される。源氏も求愛するが失敗する。〔↓22玉鬘〕〔↓31真木柱〕

10

源氏の絶頂期

夕霧《ゆうぎり》（源氏の子）と雲居雁《くもいのかり》（内大臣の娘）が結ばれる。源氏は上皇と並ぶ地位を与えられ、栄華を極める。〔↓33藤裏葉〕

第1部

01 桐壺〜33藤裏葉

人物相関図

源氏の子は、公式には左大臣の娘・葵《あおい》の上《うえ》との間に生まれた夕霧《ゆうぎり》と、明石《あかし》の君《きみ》との間に生まれた明石の姫君のふたりである。藤壺《ふじつぼ》との密通によって生まれた不義の子は、後に即位して冷泉帝《れいぜいてい》となった。

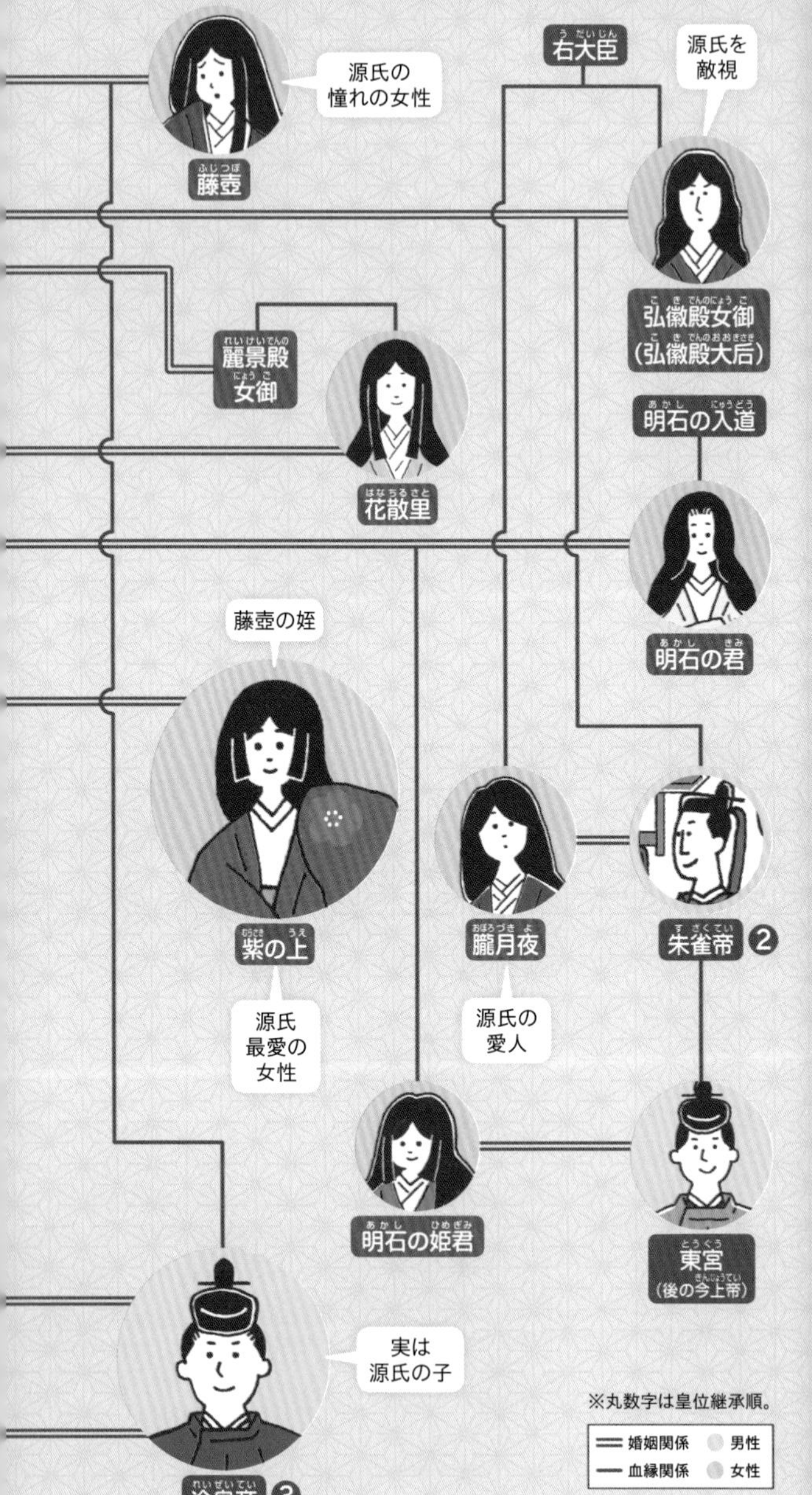

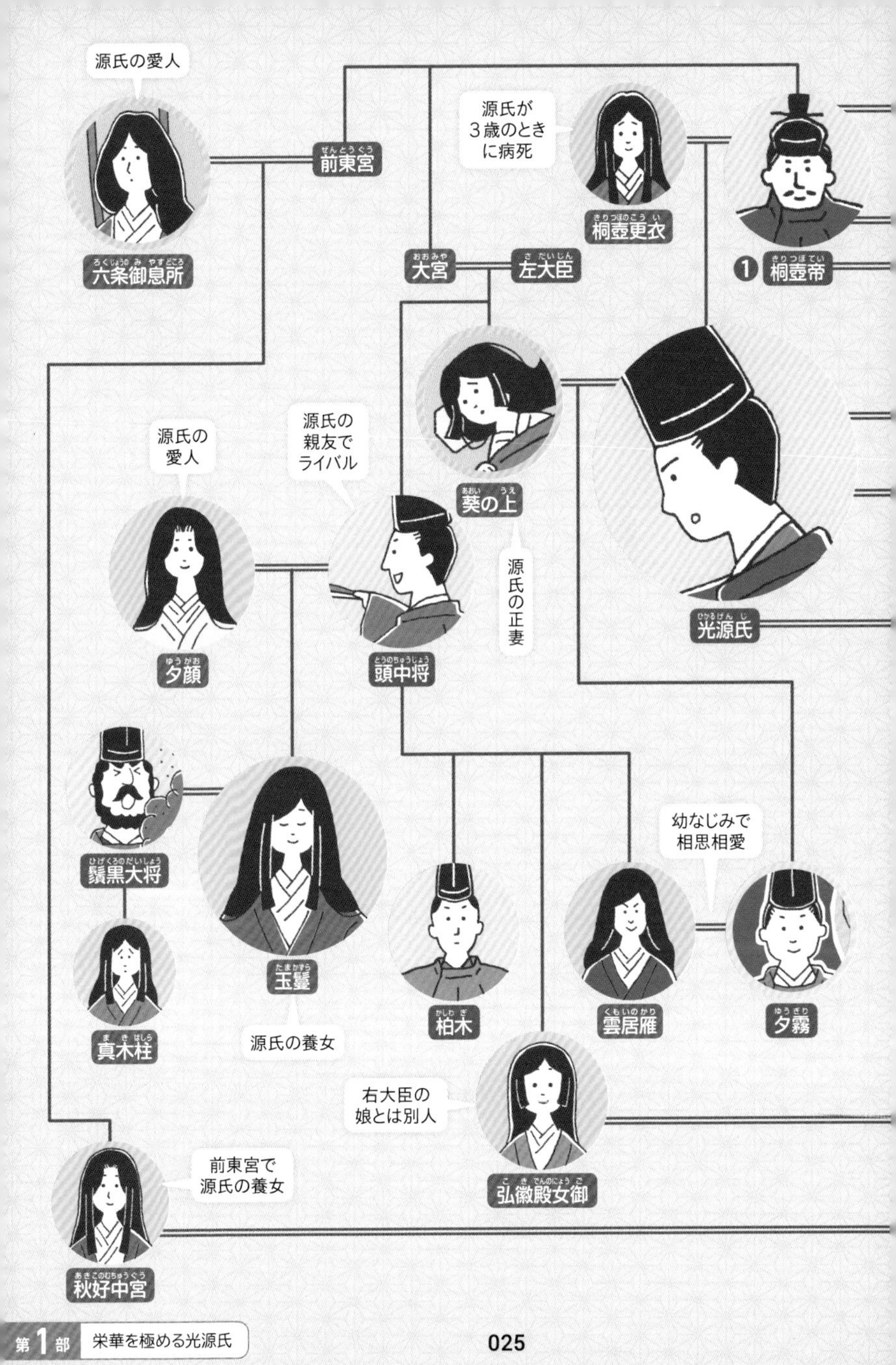
源氏の愛人
六条御息所《ろくじょうのみやすどころ》
前東宮《ぜんとうぐう》
源氏が
3歳のとき
に病死
桐壺更衣《きりつぼのこうい》
1 桐壺帝《きりつぼてい》
大宮《おおみや》
左大臣《さだいじん》
葵の上《あおいのうえ》
源氏の正妻
光源氏《ひかるげんじ》
源氏の
愛人
夕顔《ゆうがお》
源氏の
親友で
ライバル
頭中将《とうのちゅうじょう》
鬚黒大将《ひげくろのだいしょう》
真木柱《まきはしら》
玉鬘《たまかずら》
源氏の養女
柏木《かしわぎ》
幼なじみで
相思相愛
雲居雁《くもいのかり》
夕霧《ゆうぎり》
右大臣の
娘とは別人
弘徽殿女御《こきでんのにょうご》
前東宮で
源氏の養女
秋好中宮《あきこのむちゅうぐう》

01 桐壺《きりつぼ》

源氏の母・桐壺更衣の悲劇とは？

ひと言あらすじ

光源氏の母・桐壺更衣《きりつぼのこうい》の話。桐壺更衣は帝に愛されるが、高くない身分のため嫉妬され、心労で亡くなる。源氏は皇族の身分から離れ、左大臣の娘と結婚する。

登場人物

源氏
〔誕生～12歳〕

桐壺帝
〔年齢不明〕

桐壺更衣
〔年齢不明〕

『源氏物語』の最初の巻「桐壺《きりつぼ》」は、**「いづれの御時《おほんとき》にか」**（あれはどの帝の時代であったか）と、実際のできごとであったかのように語り出します。**桐壺帝《きりつぼてい》**（当時の天皇）は、**桐壺更衣《きりつぼのこうい》**という高くない身分の妃《きさき》を溺愛していました。桐壺更衣が帝の寵愛《ちょうあい》を独占するので、ほかの**女御《にょうご》**（身分の高い妃のこと）たちは嫉妬して、桐壺更衣に嫌がらせをします。**桐壺更衣は、やがて美しい皇子（後の光源氏）を産みます**が、心労により、皇子が3歳のときに病死してしまいます。

皇子は7歳のときから、天皇の住まいである内裏《だいり》〔図1〕で教育を受けることになります。成長した皇子は美しく、学問にも優れ、琴や笛も驚くほど上手という才色兼備でした。

桐壺帝には、**弘徽殿女御《こきでんのにょうご》**との間に生まれた第一皇子がいましたが、このままだと東宮《とうぐう》（皇位を継ぐべき「皇太子」のこと）の地位をめぐって継承者争いが起きてしまうと考え、皇子に**「源」の姓を与えて、皇族から臣下の身分に降ろすことを決意します**。

（➡P28へ続く）

▶ 内裏の構造〔図1〕

内裏には、多くの殿舎《でんしゃ》(建物)が建ち並び、殿舎どうしは渡殿《わたどの》(渡り廊下)でつながれていた。天皇の妃たちは、内裏の北側の殿舎に住んでいた。

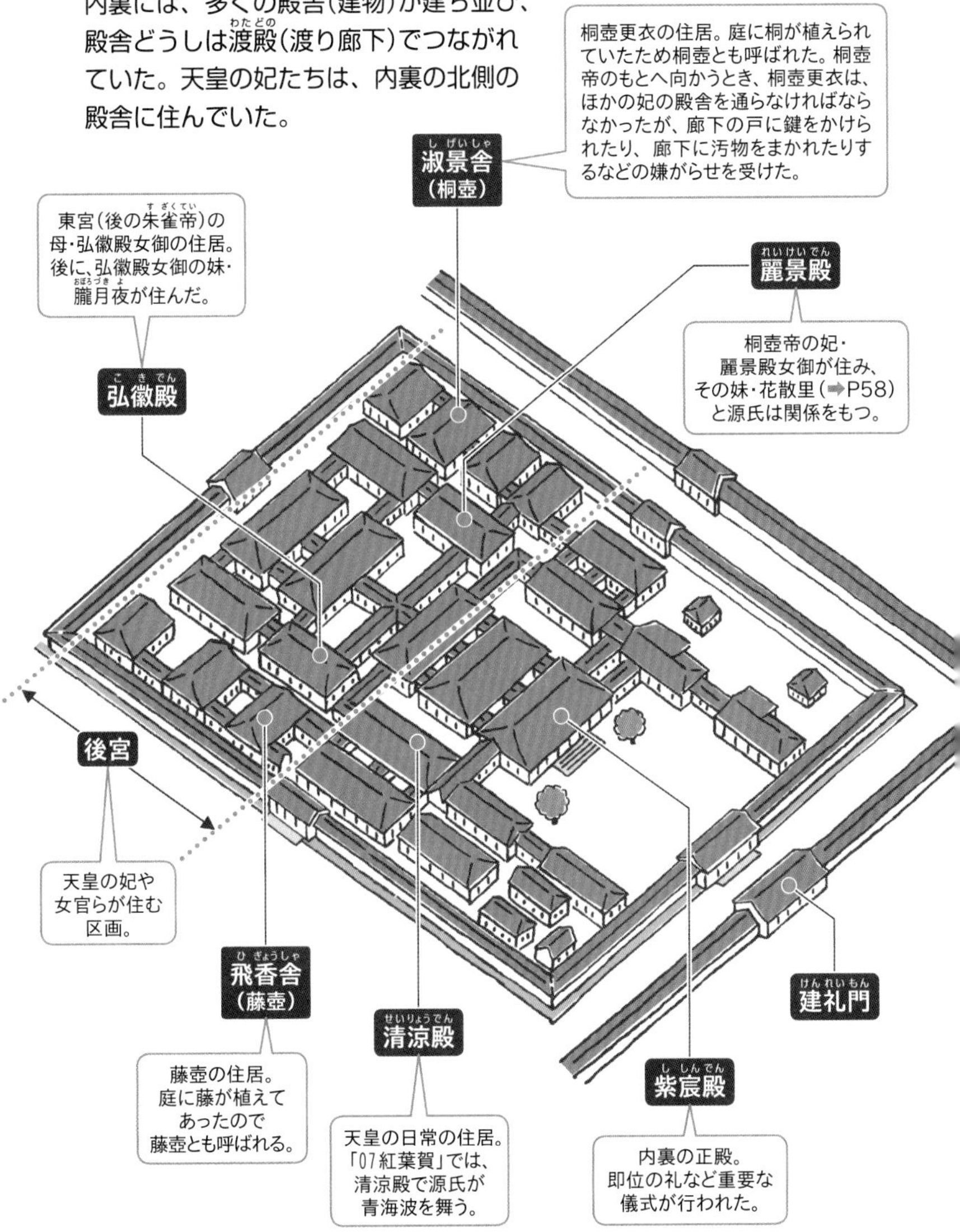

桐壺更衣の住居。庭に桐が植えられていたため桐壺とも呼ばれた。桐壺帝のもとへ向かうとき、桐壺更衣は、ほかの妃の殿舎を通らなければならなかったが、廊下の戸に鍵をかけられたり、廊下に汚物をまかれたりするなどの嫌がらせを受けた。
淑景舎《しげいしゃ》
(桐壺)
東宮(後の朱雀帝《すざくてい》)の母・弘徽殿女御の住居。後に、弘徽殿女御の妹・朧月夜《おぼろづきよ》が住んだ。
麗景殿《れいけいでん》
桐壺帝の妃・麗景殿女御が住み、その妹・花散里(➡P58)と源氏は関係をもつ。
弘徽殿《こきでん》
後宮
天皇の妃や女官らが住む区画。
飛香舎《ひぎょうしゃ》
(藤壺)
藤壺の住居。庭に藤が植えてあったので藤壺とも呼ばれる。
清涼殿《せいりょうでん》
天皇の日常の住居。「07紅葉賀」では、清涼殿で源氏が青海波を舞う。
建礼門《けんれいもん》
紫宸殿《ししんでん》
内裏の正殿。即位の礼など重要な儀式が行われた。

桐壺更衣《きりつぼのこうい》が亡くなった後、桐壺帝は、悲しみを引きずります。そんなとき、桐壺更衣と似ているという先帝の四女（**藤壺《ふじつぼ》**）のことを聞き、入内《じゅだい》（天皇と結婚すること）させます。桐壺帝の悲しみは、ようやくなぐさめられました。

　このとき9歳だった源氏は、藤壺が桐壺更衣にそっくりだと聞かされると、**亡き母の面影を求めて藤壺を慕い、やがて藤壺を理想的な女性と思うようになります**〔図2〕。桐壺帝は、藤壺に源氏をかわいがってほしいと頼み、ふたりを寵愛します。世の人たちは、美しい源氏を「**光《ひか》る君《きみ》**」と呼び、藤壺を「**輝《かがや》く日《ひ》の宮《みや》**」と呼んだのでした。この「光る君」が「光源氏」の名前の由来です。

　月日は流れ、源氏は12歳で**元服《げんぷく》**（成人式のこと）を行い、左大臣の娘で4歳年上の**葵《あおい》の上《うえ》**と結婚することになりました〔図3〕。光源氏は心

藤壺に心惹かれる源氏〔図2〕

藤壺が亡き母にそっくりだと聞かされた源氏は、藤壺に憧れて好意を寄せるようになる。

桐壺帝は藤壺に源氏の母代わりになってほしいと頼む。5歳しか違わなかったふたりは、自然と惹かれ合うようになる。

を開かない葵の上に親しみをもつことができませんでした。源氏は藤壺に会いたいと願いますが、元服後の男性が帝の妃に会うことはできないため、思いは募るばかりです。

源氏は、亡き母・桐壺更衣の実家を改築して立派な邸《やしき》（**二条院**）にしますが、「この邸に藤壺のような理想的な妻を迎えて一緒に暮らしたい」と思い続けます。源氏の「**藤壺への許されない恋心**」は、やがて大きな波乱を巻き起こすことになります。

身分の高い女御を尊重しなかった帝

女御も更衣も天皇の妃ですが、女御は皇族や摂政・関白、大臣などの娘から選ばれ、更衣は大納言以下の娘から選ばれます。皇后（天皇の正妻）は中宮と呼ばれ、女御の中から選ばれました。当時の天皇は政権を安定させるため、大臣などの地位の高い父親をもつ妃を尊重する必要があったのですが、桐壺帝がその常識を無視して桐壺更衣を溺愛したため、悲劇が起きたのです。

源氏と葵の上の結婚〔図3〕

源氏と葵の上の結婚は、左大臣が自分の娘・葵の上と、桐壺帝の子である源氏を結婚させて、権力固めを狙ったものだった。

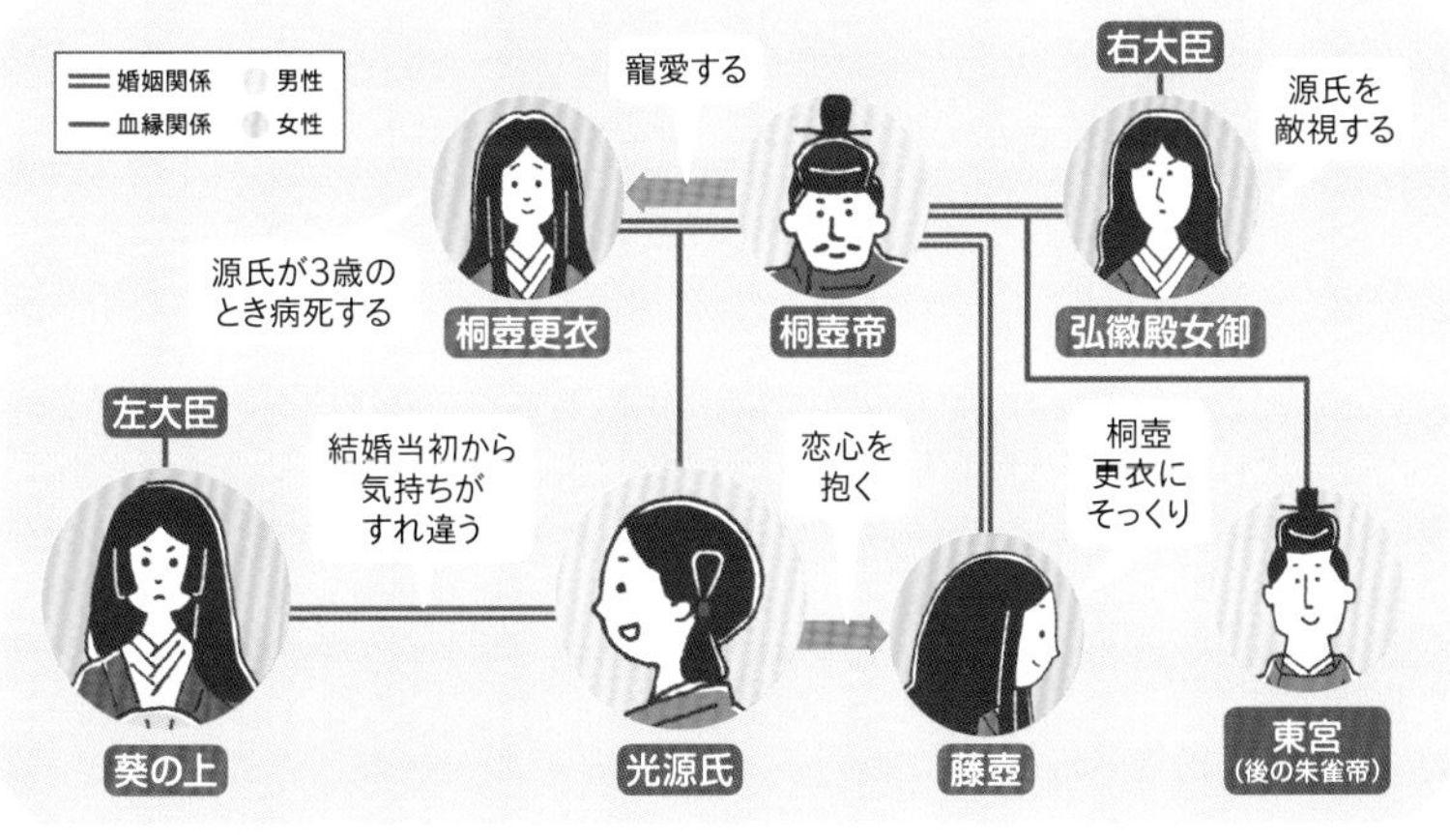

02 帚木
ははきぎ

中流階級の女性に興味をもつ？

ひと言あらすじ

雨の日の夜、源氏は友人の頭中将《とうのちゅうじょう》らと女性談義をして、中流階級の女性に興味をもつようになる。そして、中流階級で人妻の空蝉《うつせみ》と出会い一夜をともにする。

登場人物

源氏
〔17歳〕

葵の上
〔21歳〕

空蝉
〔年齢不明〕

「01桐壺《きりつぼ》」から5年後の話。梅雨の長雨が降り続く夜、宮中にいた源氏のもとを友人の**頭中将**《とうのちゅうじょう》（葵《あおい》の上《うえ》の兄）が訪れます。そこに女性経験が豊富な**左馬頭**《さまのかみ》と**藤式部丞**《とうしきぶのじょう》が加わり、恋愛談義で盛り上がります（**雨夜**《あまよ》**の品定**《しなさだ》**め**）〔図1〕。

恋愛談義は中流階級の女性の話題に。頭中将は、幼い娘を連れて姿を消した頼りない女（⬇P34）の思い出を語ります。上流階級の女性としか関係がなかった源氏は、この恋愛談義により中流階級の女性に興味をもつのです。

翌日、源氏は妻の**葵**《あおい》**の上**《うえ》を訪問。取り澄ました葵の上の態度を源氏は堅苦しく感じます。その後、源氏は紀伊守《きのかみ》邸を訪れるのですが、そこで紀伊守の父・伊予介《いよのすけ》の若い後妻（**空蝉**《うつせみ》）と出会います。中流階級の女性に興味がふくらんでいた源氏は、その夜、空蝉《うつせみ》の寝所に忍び込んで関係を結ぶのです〔図2〕。

空蝉との関係を続けたい源氏は、再び紀伊守邸を訪れますが、空蝉は拒絶。**身分が違いすぎるため、結ばれる運命になかった**のです。

「雨夜の品定め」における女性の評価〔図1〕

男性たちが語る女性の評価は、それぞれが短編の物語のようで、若い源氏の恋愛観に影響を与えた。

正妻から嫌がらせを受けて、幼い娘を連れて姿を消した頼りない女（夕顔のこと➡P34）がいたなぁ
嫉妬深い女や、浮気な女は妻にすべきじゃないね。まじめで落ち着いた心をもった女性がいいよ
利口だけど悪臭がする薬草（ニンニク）を食べるような女はよくないね
頭中将
左馬頭
藤式部丞

源氏に抵抗する空蝉〔図2〕

上級貴族だった父が死んで後ろ盾を失った空蝉は、伊予介という受領《ずりょう》（地方官）の後妻になった。身分の差を考えると、空蝉は源氏からその場限りで見捨てられる運命にあった。

空蝉は、無断で寝室に侵入してきた源氏を、「私を賤《いや》しい身分のものだと侮っていらっしゃるのでしょう」と拒絶。それでも言い寄る源氏に対して、「父が生きているときに会えていたら」と、非情な現実を悲しんだ。

03 空蝉《うつせみ》

空蝉を求めて、違う女性と契る？

ひと言あらすじ

空蝉《うつせみ》への思いを募らせる源氏は、再び空蝉の寝室に忍び込むが逃げられる。しかたなく源氏は、別人とわかっていながら空蝉の義理の娘と一夜を共にする。

登場人物

源氏〔17歳〕

空蝉〔年齢不明〕

軒端荻〔年齢不明〕

空蝉《うつせみ》をあきらめられない源氏は、恋の炎を燃え上がらせます。ある夏の日の夕方、小君《こぎみ》（空蝉の弟）の手引きで、源氏は紀伊守邸に3度目

▶垣間見をする源氏〔図1〕

ふだん、貴族の女性たちは屏風《びょうぶ》や几帳《きちょう》（室内用の間仕切り）の奥にいるため、男性は姿を見ることはできない。

空蝉
軒端荻
この日は暑かったので、屏風は畳まれ、几帳も引き上げられていた。
源氏

の訪問をします。格子戸のすき間から、空蝉と**軒端荻**《のきばのおぎ》（空蝉の義理の娘）が囲碁を打つ姿を垣間見《かいまみ》（覗《のぞ》き見のこと）します。空蝉は美人ではありませんでしたが、つつしみ深い上品な女性でした。一方、軒端荻は、若々しくて肉付きのいいかわいらしい女性です〔図1〕。

その日の夜、**源氏は空蝉の寝室に忍び込みます**。源氏の気配に気づいた空蝉は、小袿《こうちぎ》（上着）を脱ぎ捨て逃げ去ります〔図2〕。源氏は、同じ寝所で寝ていた軒端荻を空蝉と勘違いして抱き寄せます。すぐに**別人だと気づきましたがやめることもできず、軒端荻と契りを交わします**。

二条院に戻った源氏は、空蝉に恋文を送り、持ち帰った小袿を手放さず、空蝉をなつかしみます。恋文を読んだ空蝉は、「**もっと昔に会えていたら**」と心乱れます。一方、軒端荻は便りをよこさない源氏を思い、悲しみに暮れました。

貴族女性の普段着「小袿」〔図2〕

小袿は、重ね着をした袿（➡ P68）の一番表に着る上着で、貴族女性の日常着。

内に着る衣で、何枚も重ね着する。
単衣《ひとえ》（単）
上に着る肌着。
色や文様が華やかで、袿より小さく仕立ててある。小袿を着るときは唐衣（➡ P68）は着なかった。
袴《はかま》（長袴）
下にはく肌着。

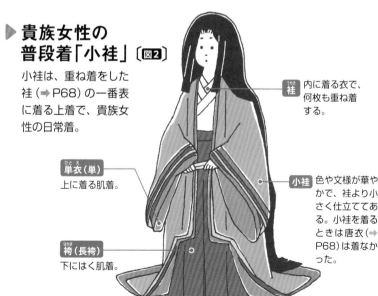

04 夕顔《ゆうがお》

素性を伏せた逢瀬の終着は？

ひと言あらすじ

源氏は、六条御息所《ろくじょうのみやすどころ》のもとに通っていた頃、夕顔《ゆうがお》という可憐な女性と出会う。お互いに名《な》告《の》らないまま逢瀬を重ねるが、夕顔は物《もの》の怪《け》に襲われて急死する。

登場人物

源氏
〔17歳〕

夕顔
〔19歳〕

六条御息所
〔24歳〕

17歳の源氏は、前の東宮《とうぐう》（皇太子のこと）の妃だった**六条御息所**《ろくじょうのみやすどころ》のもとに通っていました。

そんなある夏の夕方、夕顔の花が咲く家の女主人（**夕顔**《ゆうがお》）と歌を詠み交わします〔左図〕。源氏は名前や素性を隠して夕顔のもとに通い、夕顔も名前を語らないまま、ふたりは愛し合うようになります。**名前を隠して逢瀬を重ねることは非常識なこと**でしたが、源氏は可憐で謎めいた夕顔に夢中になります。ふたりが名告らなかったのは、越えられない身分差が明らかになれば、この恋愛が終わってしまうことをわかっていたからでした。

秋、源氏は夕顔を連れ出して荒れ果てた邸宅へ。源氏は、怖がってぴったりと寄り添ってくる夕顔をかわいいと思い、その一方で六条御息所はプライドが高く息苦しいと思い比べます。その夜、夕顔と一緒に寝ていた**源氏の枕元に美女の物の怪が現れます**。すると灯火《ともしび》が消え、さらに**夕顔が意識を失って急死**します。死の穢《けが》れにふれた源氏は重病にかかり、寝込んでしまい

夕顔との出会い

源氏が美しく咲く夕顔を従者に手折《たお》らせようとすると、その家の女主人（夕顔）から歌を書いた扇を渡された。

「夕顔の花をのせるため」として差し出された扇には、「心あてにそれかとぞ見る白露《しらつゆ》の光そへたる夕顔の花」（あて推量にそれではないかと拝見しております。白露の光を添えたその夕顔の花を）という歌が記されていた。「白露の光」は源氏を意味する。

ました。

回復した源氏は、夕顔の女房（侍女）から夕顔についての話を聞きます。夕顔は頭中将《とうのちゅうじょう》の愛人（⬇P30）で、ふたりの間には3歳の女の子（後の玉鬘《たまかずら》⬇P84）がいたことがわかります。

用語解説

物《もの》の怪《け》

この話に出た物の怪は、人に取りついて病気や死をもたらす霊物のことで、平安時代では一般に信じられ恐れられた。物の怪は、験者《げんじゃ》（秘法を習得した法師）が祈祷《きとう》を行って憑坐《よりまし》（霊が寄りつく対象物）に移し、調伏《ちょうぶく》（霊を取り除くこと）した。

夕顔に取りついた物の怪をえがいた絵。
「月百姿 源氏夕顔巻」国立国会図書館所蔵

Q 平安時代の結婚は、男性が女性のもとに何日間連続で通うと成立したでしょうか？

3日間 or 7日間 or 10日間

現在の結婚の形式は、妻が夫の家で暮らす「嫁入り婚」が一般的ですが、平安時代は結婚生活を妻の家で送る「婿取り婚」が基本でした。また、夫が複数の妻をもてる「一夫一妻多《た》妾《しょう》」であったことも大きな特徴。結婚相手は、親どうしが決める場合もありますが、恋愛結婚の場合もありました。恋愛から結婚に発展する流れは、どのようなものだったのでしょうか？

当時の女性は、男性に顔を見せませんでした。このため男性は、垣間見《かいまみ》（物のすき間から、覗《のぞ》き見すること）や世間の噂話から恋心を募らせ、**恋心を詠んだ歌を記した恋文を女性に送ります**。女性からOKの手紙が届くと、**夜に女性の部屋を訪れて一夜をともにする**のです。

翌朝、男性が女性のもとから帰った後、「後朝《きぬぎぬ》の文《ふみ》」と呼ばれる恋文を贈り合います。こうして、男性が三夜連続で女性のもとに通ったときに結婚が成立します。そして、ふたりで餅を食べるのです（三《み》日夜《かよ》の餅の儀）。ですので、正解は「3日間」です。

ちなみに、**結婚が成立しても夫と妻は別々に暮らし、夫が妻の家に通うのが一般的**でした。妻の生活は妻の実家が支えるので、ある意味、**夫も妻も経済的に独立していた**といえます。

ただし、妻の父親が亡くなるなど経済的に厳しい場合は、妻が夫の家に同居する場合もありました。実家の援助がない紫の上（➡P38）のような場合は、いつも不安定なものだったのです。

結婚までの流れ

1 恋文を送る

男性は女性に恋心を詠んだ歌を送る。

2 部屋を訪れる

女性の許可が出ると、男性は夜に女性の部屋を訪れる。

3 結婚が成立する

男性が3日連続で女性のもとに通うと、ふたりで餅を食べて結婚が成立する。

05 若《わか》紫《むらさき》

恋焦がれる藤壺に似た少女？

ひと言あらすじ

源氏は、藤壺《ふじつぼ》の面影がある少女・紫《むらさき》の上《うえ》と出会い、引き取って養育する。また、源氏は思い焦がれる藤壺と密通。藤壺は、源氏の子を身ごもる。

登場人物

源氏
〔18歳〕

藤壺
〔23歳〕

紫の上
〔10歳〕

源氏から最も愛されたヒロイン・**紫《むらさき》の上《うえ》**が登場する巻です。18歳の源氏は瘧病《わらわやみ》（マラリアのこと）の治療として祈《き》祷《とう》を受けるために、京の北にある北山を訪れました〔図1〕。ある僧坊を垣《かい》間《ま》見《み》すると、10歳ほどの美少女（紫の上）が現れます〔図2〕。**紫の上は、源氏が密かに恋焦がれる藤壺《ふじつぼ》とよく似ていました。**話を聞くと、紫の上は藤壺の兄・**兵《ひょう》部《ぶ》卿宮《きょうのみや》**の子で、藤壺の姪《めい》でした。紫の上は母を亡くした後、祖母（北山《きたやま》の尼君《あまぎみ》）のもとで育てられていたのです。**紫の上を思いのままに育てたいと考えた源氏**は、「引き取りたい」と頼みますが、尼君に断られます。

京に戻った源氏は、正妻の葵《あおい》の上《うえ》のもとを久々に訪れます。源氏は葵の上に、「世の中の夫婦らしくしたい」「私が病気でも具合すら聞いてくれない」などと恨み言を口にします。しかし葵の上が冷淡なのは、源氏が彼女のもとに通わないことが原因。夫婦の気持ちはすれ違ったまま、源氏は紫の上のことを考え続け、尼君に「**紫の上を引き取りたい**」と手紙を送ります。

（➡P40へ続く）

北山で「明石《あかし》の入道《にゅうどう》」を知る源氏〔図1〕

北山を訪れた源氏は、京の方をながめているときに従者から「明石の入道」(➡P60)の噂を聞き、入道が大切に育てる娘に興味を抱く。この娘は、後に源氏と結ばれて姫君を産む「明石の君」だった。

明石の入道の噂

- 中央政界での出世を自らあきらめ、播磨《はりまの》守《かみ》(兵庫県の長官)になった。
- 人との交わりを避けて、若い妻子と大邸宅に住んでいる。

源氏と紫の上の出会い〔図2〕

当時の貴族女性にとって「走る」ことは、はしたない行為だった。紫の上は、本来、無邪気で活発な性格であったことが示されている。

源氏が小柴垣の中を覗《のぞ》きこむと、美少女が走り出て「雀の子を犬《いぬ》君《き》が逃がしてしまった」と泣きじゃくっていた。源氏は、藤壺に似たその少女に心惹かれる。

源氏が紫《むらさき》の上《うえ》と出会った頃、藤壺《ふじつぼ》は病気で里帰りしていました。藤壺に逢いたくてたまらない源氏は藤壺の女房（侍女）にしつこく頼んで手引きしてもらい、**ある夜突然、藤壺の寝所を訪れて強引に契りを交わした**のです〔図3〕。

藤壺にとってそれは、現実とは思えないほどつらいことでした。実は以前にも、藤壺は源氏と密会していました。そのことを思い出すだけでつらくなるのに、また同じ過《あやま》ちを犯してしまったことを藤壺は情けなく思いますが、取り乱さず奥ゆかしい態度を保ちます。そんな藤壺を見た源氏は、さらに愛らしく思います。そして藤壺にとって、この逢瀬は悪夢となります。**藤壺は、源氏の子を身ごもってしまった**のです。

藤壺の妊娠を知った桐壺帝《きりつぼてい》は喜びますが、藤壺は良心の呵責《かしゃく》に苦しみます。一方、「**将来、天皇の父になる**」という奇怪な夢を見た源氏は、

▶源氏と藤壺の密会〔図3〕

源氏と藤壺の逢瀬は具体的にはえがかれず、「現実とは思えないのが切ないことであった」と、源氏の心に即して語られる。

源氏は、軽はずみな恋愛ではなく、身分違いなどの「してはいけない恋」にのめり込むタイプだった。

藤壺を妊娠させたのは自分だと察します。藤壺に手紙を送りますが、藤壺は無視しました。
その頃、北山では尼君が病気のために亡くなり、残された紫の上は父・兵《ひょう》部《ぶ》卿宮《きょうのみや》に引き取られることになりました。それを知った源氏は、**紫の上宅を訪れ、強引に連れ去ります**。自邸の二条院に戻った源氏は、宮中の勤めも休んで、紫の上に絵や文字などを教えて、藤壺に逢えないつらい気持ちをなぐさめるのでした〔図4〕。

10歳の子を連れ去る源氏はヤバイやつ？

10歳ほどの美少女・紫の上を引き取り、自分好みに養育する18歳の源氏は、現代の常識で考えれば完全にアウトですよね。しかし、平安時代の感覚では、大人とみなされるのは14歳くらいから。源氏自身も12歳で葵の上と結婚しており、紫の上と関係をもつのも紫の上が14歳になってからです（➡P53）。当時の感覚からすると、年齢的には大きな問題ではなかったのです。

平安時代の女子教育〔図4〕

平安時代の女子教育の必須科目は「習字」と「和歌」で、おもな教科書は『古今和歌集』だった。源氏は自邸に引き取った紫の上に習字や和歌を教えた。

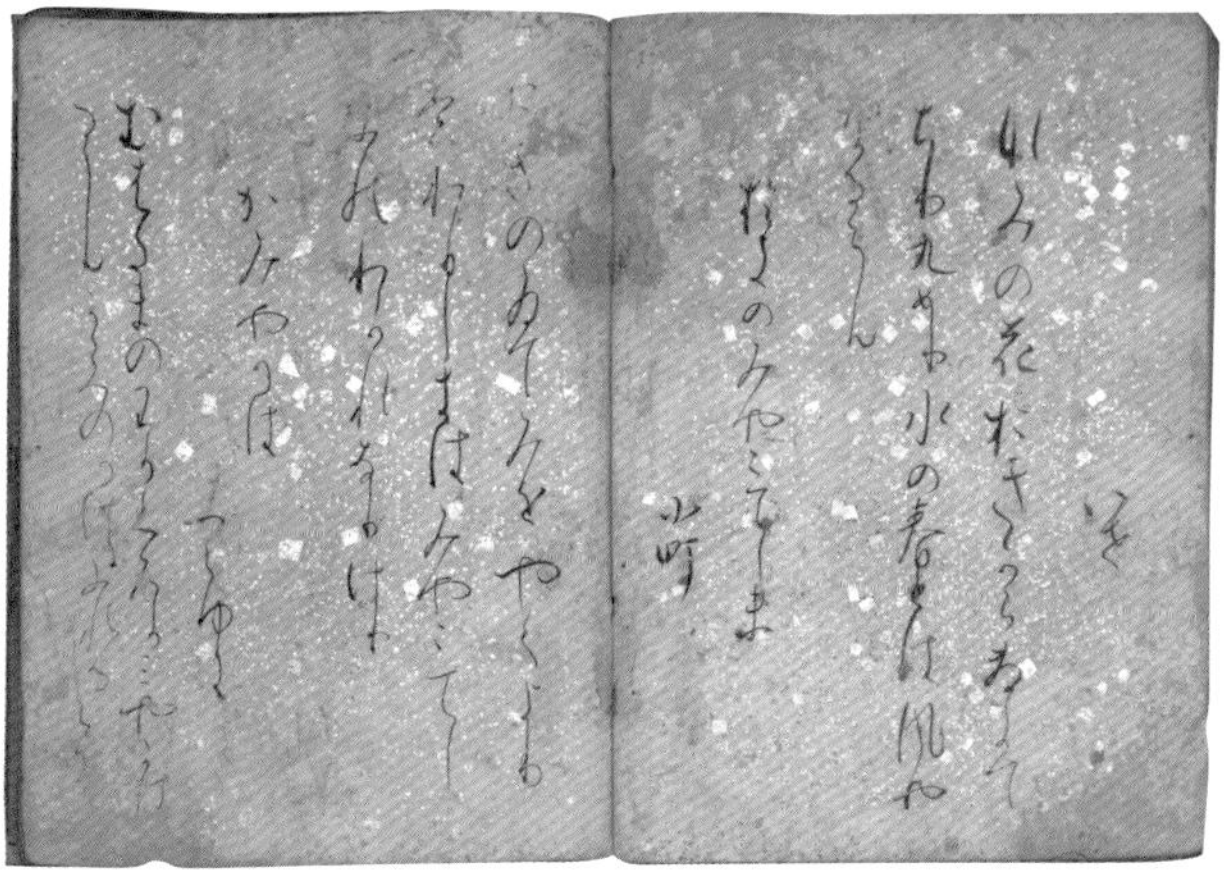

『古今和歌集』（元永本）。制作当初の形がそのまま残る最古の写本。巧みな美しい文字で、和歌が記されている。

出典：ColBase「古今和歌集（元永本）」東京国立博物館所蔵

06

末摘花《すえつむはな》

ひっそり暮らす女性の正体は？

ひと言あらすじ

夕顔《ゆうがお》のような素直な女性を求める源氏は、末摘花《すえつむはな》に勝手な妄想を抱いて契りを交わす。しかし、実際の末摘花は不美人で教養がなかったため、源氏は失望する。

登場人物

源氏
〔18〜19歳〕

紫の上
〔10〜11歳〕

末摘花
〔年齢不明〕

夕顔《ゆうがお》のような素直な女性に憧れる源氏は、故常陸宮《ひたちのみや》の娘（**末摘花**《すえつむはな》）が、荒れ果てた邸《やしき》で琴を弾きながらひっそりと暮らしているという噂話を聞きます。この話に心惹かれた源氏は、常陸宮邸を訪れて末摘花の弾く琴の音を聞き、恋文を何度も送りますが、返事はありません。苛立ちを募らせた源氏は、**女房（侍女）に手引きを頼み、契りを交わします**。

雪の日に源氏は末摘花を再訪しますが、末摘花は極端に引っ込み思案な女性だったので、黙りこくったままです。翌朝、**雪明かりで初めて見た末摘花の容姿は驚くほど醜いもので、長く垂れ下がった鼻の先は、紅花《べにばな》（末摘花）で染めたように赤色**です〔左図〕。源氏は興ざめしますが、末摘花に同情し、彼女の生活の面倒を見る決心をするのでした。

年が明け、源氏は美しく成長した紫《むらさき》の上《うえ》と絵をかきます。源氏は、自分の鼻を赤く塗って「こんな変な顔になったらどうする？」などと、ふざけ合うのでした。

末摘花の容姿に失望する源氏

源氏が失望したのは容姿だけでなく、会話ができない、和歌が下手、流行遅れで古くさいなど、今風の感性（センス）がないことも理由だった。

鼻は象のように長く先が赤色

髪だけは美しく豊かで長い
顎が長い顔
座高が高くて胴長
体は骨ばっている

末摘花の容貌は完全に期待外れだったが、源氏は末摘花を憐れむ気持ちが強くなり、生活を援助した。

平安貴族女性の化粧

平安時代の貴族女性の化粧は、引《ひ》き眉《まゆ》・白粉《おしろい》・紅《べに》・歯黒《はぐろ》めが基本。歯黒め以外は、基本的に現代の女性と似た方向性の化粧法だった。

白粉
顔を白く見せるために塗る。米粉などのほかに、鉛製のものが上等とされた。
成人した女性は眉を全部抜いて、額の上の方に眉墨《まゆずみ》でかいた。
紅
紅花が原料。頬紅と口紅があった。
歯黒め
成人した女性は、鉄を酸化させた液で歯を黒く染めた。

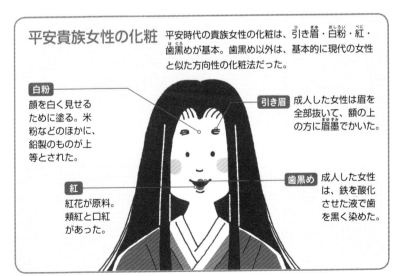

知りたい！『源氏物語』の謎 1

謎 其の一 『源氏物語』の時代設定は？

『源氏物語』は、紫式部の時代より約80年前の、**醍醐《だいご》天皇と村上《むらかみ》天皇が治めた時代**をふまえて書かれているとされます。系図を見比べると、そのことがよくわかります。このほか、66代一条天皇も桐壺帝のモデルとされます。一条天皇に愛された中宮定子《ていし》は、実家が没落し、皇子を残して24歳の若さで亡くなるため、桐壺更衣《きりつぼのこうい》の姿に重なるともいわれるのです。

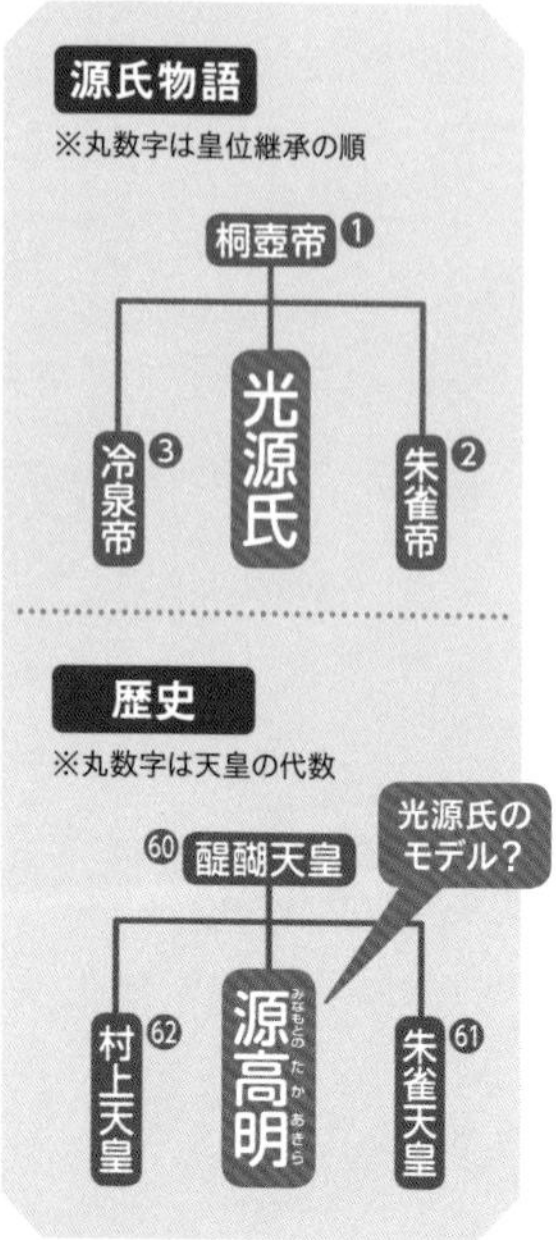

謎 其の二 光源氏のモデルはいた？

在原業平は『伊勢物語』の主人公とされる。上は、江戸時代に尾形光琳《おがたこうりん》が『伊勢物語』の場面をえがいたもの。

出典：ColBase「伊勢物語八橋図」（部分）
東京国立博物館所蔵

光源氏のモデルは複数いると考えられていますが、そのひとりが**在原業平《ありわらのなりひら》**。業平は皇族から臣下に降《くだ》り、絶世の貴公子で女性にモテモテでした。また、醍醐天皇の皇子・**源高明**もモデルとされています。母の身分が低かったため臣下に降って「源」の姓を与えられ、左大臣に昇進後、大宰府《だざいふ》に左遷されました。このほか、栄華を極めた時期は、**藤原道長**がモデルとされます。

謎 其の三 葵の上はなぜ源氏に冷たい？

葵の上は16歳のとき、12歳の源氏と結婚します（↓P28）。このとき、「ずいぶんと若い…なんだか不釣り合いだわ」と感じます。

もともと葵の上は、右大臣の孫である東宮（後の朱雀帝）から妃にしたいと所望されていました。しかし、右大臣に対抗したい左大臣は、娘の葵の上を東宮ではなく、**桐壺帝の寵愛を受ける源氏と結婚させた**のです。さらに夫となった源氏は藤壺を恋しく思うばかり。自分を愛さない少年のような夫に冷たい態度を取ってしまうのは、無理もないことでしょう。

葵の上自身は歌を詠まないが、源氏が訪ねてこない寂しさを古歌に託す。

謎 其の四 なぜ末摘花は醜くえがかれた？

「06末摘花」（↓P42）では、源氏の目を通した感想として、末摘花の容姿の醜さを残酷なまでにえがいています。この場面は、末摘花を笑い者にして読者を楽しませるためだけのものとは考えられません。古来、**醜いものには邪悪なものを払う力がある**ととらえられており、日本の神話では異界の力をもった「醜《しこ》女《め》」が登場しています。物語では、源氏はそうした醜い末摘花をもひきつける理想的な男性としてえがいているのです。ただ、そうした容貌を身分の高い宮家の姫君の容姿として与える物語は、ちょっと意地悪ですね。

末摘花と別れた源氏が二条院に戻り、紫の上と一緒に絵をかく場面。

「源氏五十四帖 六 末摘花」国立国会図書館所蔵

07 紅葉賀《もみじのが》

源氏に瓜ふたつの帝の子？

ひと言あらすじ

源氏は宮中で見事な舞を披露して人々を魅了する。一方の藤壺《ふじつぼ》は、源氏との密通で宿した皇子を出産。真実を知らない桐《きり》壺帝《つぼてい》は喜び、藤壺を中宮（皇后）にする。

登場人物

源氏
〔18～19歳〕

桐壺帝
〔年齢不明〕

藤壺
〔23～24歳〕

源氏18歳の秋、※朱雀院行幸《すざくいんぎょうこう》（紅葉賀）が企画され、宮中の清涼殿《せいりょうでん》でその試楽（舞楽のリハーサル）が催されました。源氏は頭中将《とうのちゅうじょう》とともに**「青海波《せいがいは》」を舞って人々を魅了**します〔図1〕。

源氏は、出産を控える藤壺《ふじつぼ》との対面の機会を探りますが、うまくいきません。その一方で、正妻の葵《あおい》の上《うえ》は、源氏が紫《むらさき》の上《うえ》を二条院に迎えたことを聞いてますます心が離れていきます。

翌年2月、藤壺は皇子（後の冷泉帝《れいぜいてい》）を出産しますが、皇子の顔は源氏に瓜ふたつです。桐《きり》壺帝《つぼてい》はこの皇子を溺愛し、源氏に向かって「美しい人は似るものなのだろう」と喜びます。その言葉を聞いた源氏と藤壺は**ともに恐れおののき、罪の意識に苦しみます**。その一方で、源氏は自分の子と対面できた喜びもおぼえます。

7月、**藤壺は、弘徽殿女御《こきでんのにょうご》（東宮《とうぐう》の母）を越えて中宮（皇后）になります**〔図2〕。桐壺帝は、藤壺の子を東宮《とうぐう》にしたいと考えて退位を決意し、弘徽殿女御の心中は大荒れです。政局が、大きく変わろうとしています。

※一院《いちのいん》と呼ばれる上皇の住居。

青海波を舞う源氏と頭中将〔図1〕

桐壺帝は、宮中外の行事に参加することができない藤壺のために宮中で試楽を催した。

源氏の美しさに感動した桐壺帝は涙を流したが、秘密を抱える藤壺は素直に喜ぶことができなかった。

「源氏五十四帖 七 紅葉賀」国立国会図書館所蔵

用語解説

青海波《せいがいは》

中国伝来の舞楽の演目で、舞人ふたりが、ゆっくり袖《そで》を振りながら舞う。専用の装束の波模様も「青海波」と呼ばれる。

藤壺を中宮に取り立てた桐壺帝〔図2〕

桐壺帝は、弘徽殿女御の後に後宮に入った藤壺を中宮（皇后）に取り立てた。これは、右大臣家の勢力を抑える意図があったと考えられる。

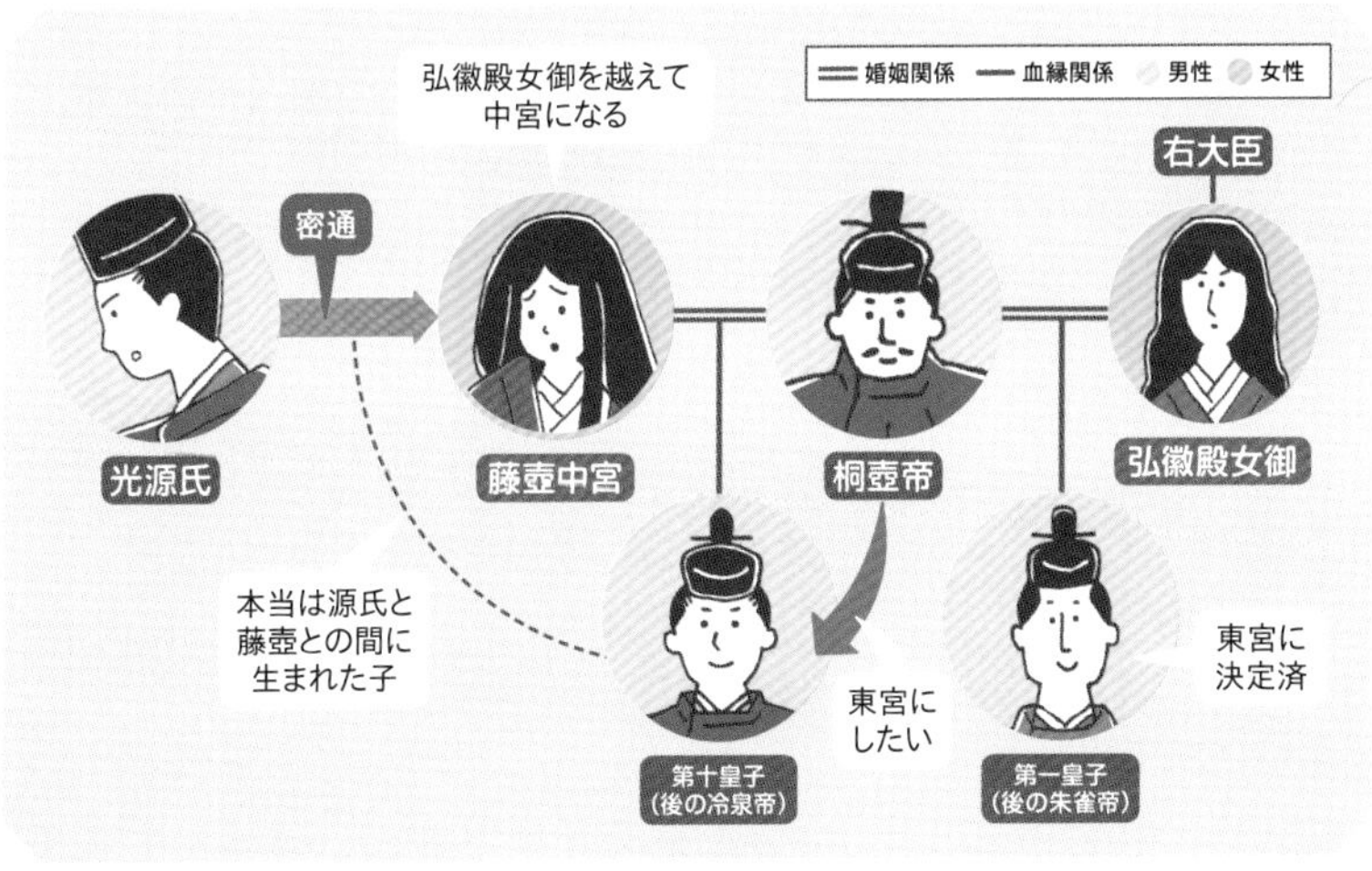

08

政敵の娘と契りを結ぶ？

花宴《はなのえん》

ひと言あらすじ

藤壺と逢えずにもやもやする源氏は、花の宴の後に出会った朧月夜《おぼろづきよ》という女性と恋愛関係になる。しかし、朧月夜は政敵である右大臣の娘だった。

登場人物

源氏
〔20歳〕

藤壺
〔25歳〕

朧月夜
〔年齢不明〕

源氏20歳の春、宮中の紫宸殿《ししんでん》では**桜の花の宴（花見）が行われ、源氏は舞や詩を披露**します。人々は絶賛しますが、源氏との秘密を抱える藤壺《ふじつぼ》の心は重苦しくなる一方です。

その夜、花見酒に酔った源氏は藤壺《ふじつぼ》の殿舎《でんしゃ》周辺をさまよいますが、戸口は閉められていて藤壺には逢えません。向かい側の弘徽殿《こきでん》を見ると戸口が開いていたので、源氏は忍び込みます。そこに、「**朧月夜《おぼろづきよ》に似るものぞなき**」と口ずさみながら、若い女性（**朧月夜**）が歩いてやってきました〔図1〕。源氏はとっさに朧月夜を抱き上げ、部屋に入れて戸を閉めます。**源氏は朧月夜と契りを交わし、翌朝、扇だけを取り交わして帰ります**。

実は、**朧月夜は右大臣の六女**で、4月には東《とう》宮《ぐう》（後の朱雀帝《すざくてい》）の妃になる予定の姫君でした。3月末、右大臣主催の藤の花の宴に招かれた源氏は、扇を交わした女性を探し出して手をとらえます。こうして源氏は、**政敵の娘との危険な恋**を始めたのです〔図2〕。

朧月夜の袖《そで》をとらえる源氏〔図1〕

朧月夜を見た源氏は、うれしくなり、思わず袖をつかんで抱き寄せた。

平安時代、貴族女性が立ったまま歩くのはマナー違反だった。歌を口ずさみながら歩いてくる朧月夜は、何か心に思うことがあったのだろう。

源氏と朧月夜の危険な恋〔図2〕

東宮と結婚予定の朧月夜と恋愛関係になることは、右大臣一派への挑戦を意味する。

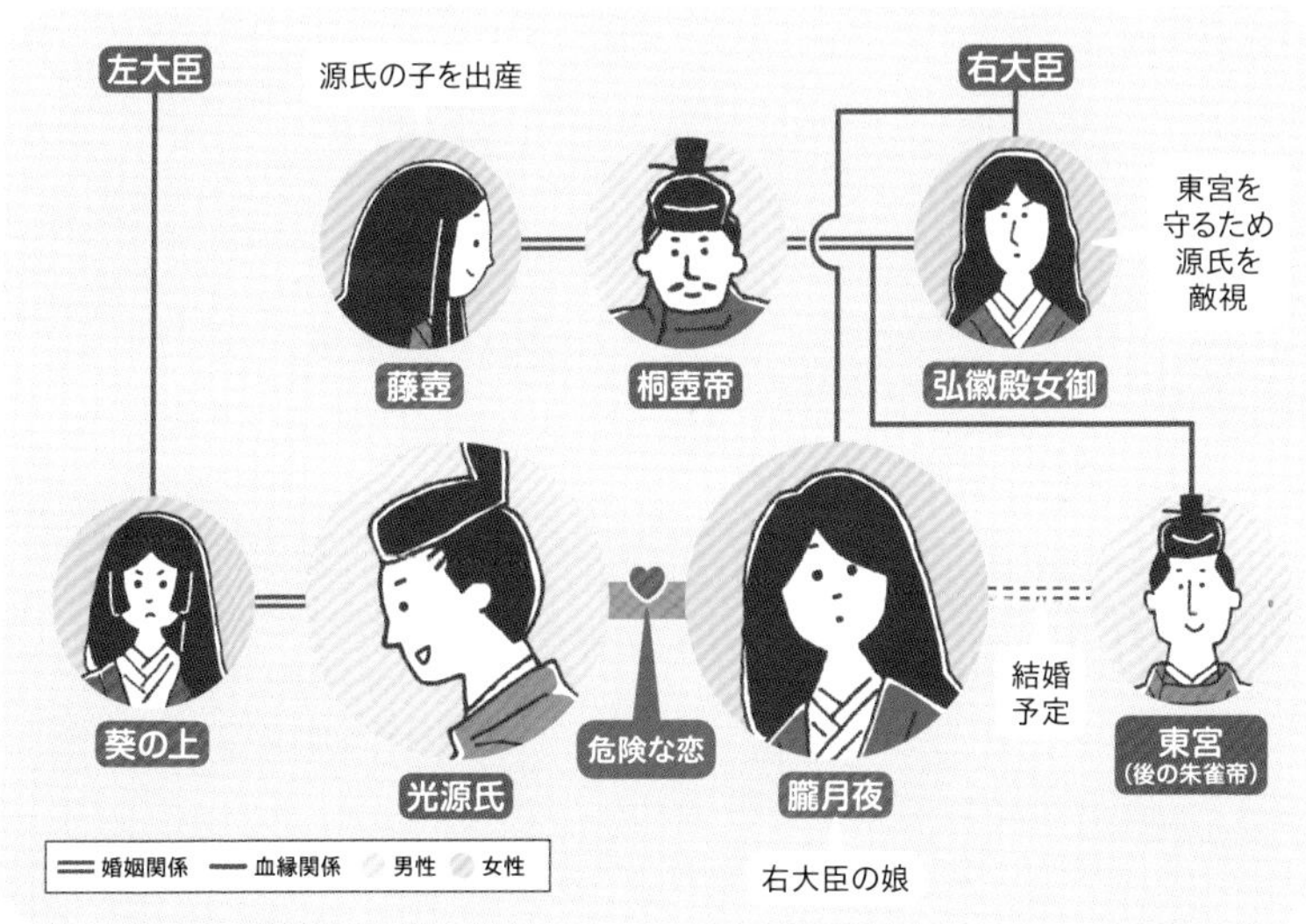

09

葵《あおい》

正妻を失い、紫の上と結ばれる？

ひと言あらすじ

葵祭で屈辱を受けた六条御息所《ろくじょうのみやすどころ》の生霊は、葵《あおい》の上《うえ》に取りつく。葵の上は男児を出産するが、直後に亡くなる。一方、源氏は紫の上と夫婦の契りを交わす。

登場人物

源氏〔22〜23歳〕

葵の上〔26歳〕

紫の上〔14〜15歳〕

桐壺帝《きりつぼてい》が退位すると、**朱雀帝《すざくてい》（右大臣の孫）が即位**しました。新しい東宮《とうぐう》（皇太子）には、藤壺が産んだ皇子（源氏との子）が立ちました。

源氏は東宮の後見役になりますが、政権の中枢は右大臣一派が握ります。

源氏との関係が冷えていた六条御息所《ろくじょうのみやすどころ》（⬇P34）は、斎宮《さいくう》（伊勢《いせ》神宮に奉仕する皇女）に選ばれた娘と伊勢（現在の三重県）に向かおうかと悩みますが、源氏への思いを断ち切れません。

そんなとき、**賀茂祭《かものまつり》（葵祭）**に先立つ**新斎院《しんさいいん》の御禊《ごけい》**（賀茂川で行う禊《みそぎ》）の行列に、源氏も加わることになります【図1】。その晴れ姿を見ようと、六条御息所は人目を忍んで牛車で出かけます。ところが、源氏の正妻で妊娠中の**葵《あおい》の上《うえ》一行が割り込んできて、六条御息所の牛車を押し退けてしまいます（車の所争い）**【図2】。

プライドの高い六条御息所は傷つき、これ以後、**魂がふわふわと漂うような状態**になります。

同じ頃、出産間近の葵の上は、物《もの》の怪《け》によって体調を崩します。

（➡P52へ続く）

斎宮と斎院〔図1〕

斎宮と斎院は、どちらも「斎王」とも呼ばれ、未婚の皇女から選ばれた。基本的には天皇一代ごとに交代した。

宮中で１年、野宮《ののみや》(➡P57)で１年、心身を清めた後に、斎宮寮に入る。

奉仕する神社 伊勢神宮(三重県)

源氏物語に登場する斎宮

六条御息所の娘(秋好中宮《あきこのむちゅうぐう》)など

宮中で２年間、心身を清めた後に、平安京の北部の紫野《むらさきの》にある斎院に入る。

奉仕する神社 上賀茂・下鴨神社(京都市)

源氏物語に登場する斎院

桃園式部卿宮《ももぞのしきぶきょうのみや》の娘(朝顔《あさがお》の姫君《ひめぎみ》)など

葵の上と六条御息所の「車の所争い」〔図2〕

葵の上の一行は、ほかの車を押し退けて場所を取ったが、その中には六条御息所の車もあった。葵の上の従者は、六条御息所が源氏の愛人だとして車に狼藉《ろうぜき》をはたらいた。

後から到着した葵の上一行（画面右下の豪華な３台の車）は、強引にほかの車（画面左上）を押し退けた。この中に六条御息所の車もあった。

出典：ColBase「車争図屏風」（部分）
東京国立博物館所蔵

葵《あおい》の上《うえ》に取りついた物《もの》の怪《け》を取り除くため、験者《げんじゃ》たちは祈り続けますが効果はありません。源氏がさめざめと泣く葵の上をなぐさめようと声をかけると、葵の上は「祈りをやめてください」といいます。**その声は、葵の上ではなく六《ろく》条《じょう》御息所《みやすどころ》の声でした**。源氏は物の怪を信じていませんでしたが、六条御息所の生霊を目の当たりにして驚愕し、背筋が寒くなります。

それでも葵の上は、なんとか男児（**夕霧**《ゆうぎり》）を無事に出産し、源氏や左大臣（葵の上の父）たちは大喜びし、ひと安心しました。源氏は葵の上の美しさに改めて気づきます。しかし、源氏が内裏《だいり》に向かった直後、**葵の上の容体が急変し、亡くなってしまいます**〔図3〕。源氏は深く悲しみ、左大臣邸で四十九日の喪に服します。

源氏は、左大臣邸から久しぶりに自邸の二条院に戻りました。そこには、引き取ってから4

▶ 葵の上の最期〔図3〕

源氏は、葵の上が危篤状態を脱すると久方ぶりに宮中に出かけ、左大臣たちも会議のために参内した。その直後、葵の上の容体は急変し絶命した。

部屋を出ていく源氏の姿を、葵の上は何もいわず、じっと見つめ続けた。

年経ち美しく成長した**紫《むらさき》の上《うえ》**が待っていました。**自身の気持ちを抑えることができなくなった源氏は、紫の上と初めて男女の契りを結びます。**心の準備ができていなかった紫の上は、ショックと恥ずかしさでひと言も口をききません。源氏は言葉を尽くしてなだめ、三日夜《みかよ》の餅の儀（結婚の儀式）を行いました〔図4〕。こうして**紫の上は、源氏の妻となった**のです。

情事の描写は直接的にはえがかれない?

『源氏物語』では、男女の情愛の場面を直接えがくことはありません。源氏と紫の上との初夜も、「(源氏は) 抑えがたくなって」と語られた後、「男君 (源氏) は朝早く起きられたが、女君 (紫の上) は、いつまでも寝床から出てこない、そんな朝があった」と表現されます。情事の場面を露骨に表現するより、男女の内面をえがこうとしているのです。

二条院で成立した結婚

〔図4〕

当時、男性が女性のもとに3日間連続で通うと結婚が成立した（➡P36）。源氏と紫の上は同じ二条院だが、暮らす建物は別々だった。源氏は紫の上のもとに3日間通って、結婚を成立させた。

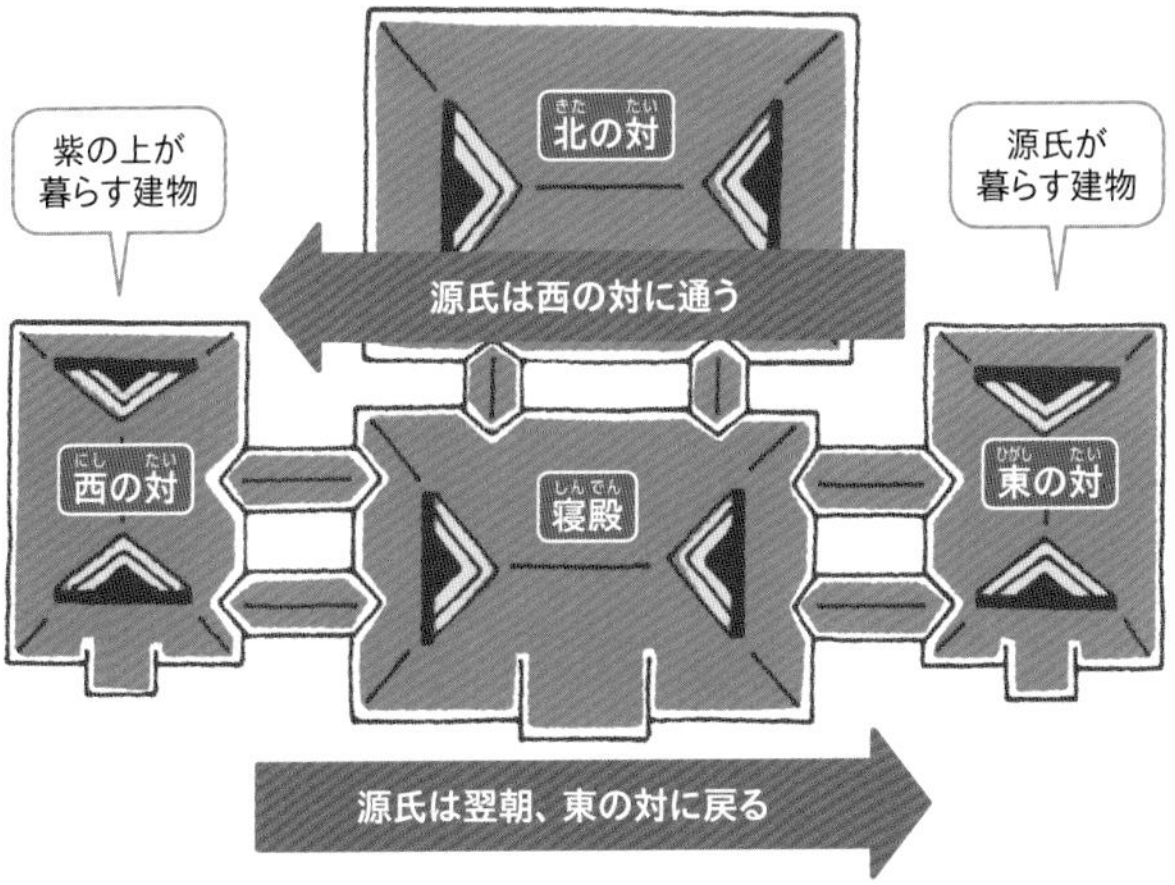

Q 平安女性の美人の条件は「長い髪」。洗うときには何を使っていた？

薬草の煎《せん》じ汁 or 米のとぎ汁 or 薄い塩水

平安時代の美人の条件は、黒く長い髪です。貴族の女性たちは、自分の身長ほどある長い髪を束ねることなくまっすぐに垂《た》らしていました。これを「垂髪《すいはつ》」といいます。末摘花《すえつむはな》（⬇P42）の髪の長さは「9尺余」（約2m70㎝）と記されているほど。これほど長い髪であれば、洗うのはたいへんそうですが、どのような方法でお手入れをしていたのでしょうか？

平安時代の洗髪は、現代のように毎日シャンプーで洗う…ということはなく、**基本的に、ほとんど洗いませんでした。**特に、貴族女性たちは外出することがほとんどないので、髪もあまり汚れなかったそうです。

泔坏は、泔を入れるための、ふたがついた茶碗のような容器。受け皿があり、脚つきの台にのせる。

出典：ColBase「泔坏」東京国立博物館所蔵

それでも、1年に1回程度、ひとりでは洗えないので、女房（侍女）たちに湯殿（浴室）で髪を洗ってもらっていたそうです。**そのとき使っていた当時のシャンプーが「泔《ゆする》」**です。泔とは、米のとぎ汁のこと。泔は「**泔坏《ゆするつき》**」という専用の容器に入れました。ということで正解は「米のとぎ汁」です。

中の君（➡P176）が、洗髪後に髪を整えてもらっている場面。「髪が豊かで、すぐに乾かないので、起きているのも苦しい」と記されている。

出典：ColBase「狩野養信模写 源氏物語絵巻」（部分）東京国立博物館所蔵

髪の量が多いため、湿った髪はなかなか乾きません。このため、侍女たちは本人を台の上に寝かせて髪の毛を広げて水分をふき取ったり、火桶の火であぶったりしたそうです。この作業はたいへんで、**洗髪は1日がかり**でした。

ふだんの髪の手入れも侍女たちの担当で、泔をしみこませた布で髪の汚れをふき取ったり、泔をつけた櫛で髪をとかしたりしていました。

10

賢木《さかき》

危険な逢瀬がついにばれる？

ひと言あらすじ

源氏は伊勢に旅立つ六条御息所《ろくじょうのみやすどころ》を見送る。その後、藤壺《ふじつぼ》が出家して思いを永遠に絶たれた源氏は、朧月夜《おぼろづきよ》との危険な密会をくり返し、ついに関係が露見する。

登場人物

源氏
〔23〜25歳〕

藤壺
〔28〜30歳〕

六条御息所
〔30〜32歳〕

源氏23歳の秋、**六条御息所《ろくじょうのみやすどころ》**は娘（斎宮《さいぐう》）と一緒に伊勢《いせ》（現在の三重県）に向かう決意をします。伊勢へ出発する直前、源氏は斎宮が身を浄《きよ》める野宮《ののみや》を訪ねます。**ふたりは思い出を語り合って別れました**〔図1〕。

冬には※**桐壺院《きりつぼいん》が亡くなり、藤壺《ふじつぼ》は実家に戻ります**。政権は朱雀帝《すざくてい》の母方の祖父である右大臣が握る状況です。藤壺は我が子・東宮《とうぐう》（実は源氏の子）の後見として源氏に頼りたいのですが、源氏はしつこく求愛してきます。**源氏との関係が知れ渡ると、東宮の立場は危うくなります。**東宮を守るため、**藤壺は桐壺院の一周忌が終わると出家し、源氏との縁を断ちました**〔図2〕。

年が明けると左大臣（葵《あおい》の上《うえ》の父）は辞職し、源氏は勤めを休みます。右大臣の娘・**朧月夜《おぼろづきよ》**は尚侍《ないしのかみ》（最高位の女官）として朱雀帝の寵愛《ちょうあい》を得ていましたが、源氏との密会は続いていました。**そしてついに、密会現場を右大臣に見られます。**弘徽殿大后《こきでんのおおきさき》（朱雀帝の母）は激怒し、源氏を失脚させる策略をめぐらせ始めます。

※退位した天皇は「院」と呼ばれる。

六条御息所との別れ〔図1〕

葵《あおい》の上《うえ》の死後、源氏と六条御息所は気まずい関係になったが、伊勢出発の直前に源氏が野宮を訪れて語り合い、心を通わせた。

野宮《ののみや》
嵯峨野などの清浄な地に設けられた施設。斎宮（➡P50）は、伊勢に向かう前に野宮で１年間禊《みそぎ》を行って心身を清める。

御簾《みす》の中に賢木（榊）の枝を差し入れ、常に緑の榊のように心変わりをしていないと伝えた。

貴族女性の出家〔図2〕

貴族女性は、男女関係の解消などを願って出家して尼になることがあった。ただ、多くは尼削《あまそ》ぎにして、寺に入らずに暮らした。

尼削ぎ

長い髪を、肩か背中のあたりで切りそろえる。

完全剃髪

完全に剃り上げた場合は、頭巾で覆う。

貴族女性の出家の理由

1. 男女関係の解消
2. 夫の出家・夫と死別
3. 来世の平安を祈願

など

11 花散里《はなちるさと》

一途な心に癒される?

ひと言あらすじ

源氏は、桐壺院《きりつぼいん》の妃だった麗景殿女御《れいけいでんのにょうご》の妹・花散里《はなちるさと》を訪れる。源氏と花散里は過去に関係をもっており、心変わりせず源氏を迎えた花散里に心をなぐさめられる。

登場人物

源氏
〔25歳〕

花散里
〔年齢不明〕

麗景殿女御
〔年齢不明〕

右大臣一派が権力を握り、源氏の政治的立場が不安定になっていた時期の話です。桐壺院《きりつぼいん》の妃だった**麗景殿女御**《れいけいでんのにょうご》は、皇子を産まなかったので落ちぶれていましたが、源氏が彼女の暮らしを援助していました。かつて源氏は、麗景殿女御の妹（**花散里**《はなちるさと》）と契りを結んだことがあり、急に彼女が恋しくなった5月の晴れた日に、花散里を訪ねることにしました。

その途中、中川《なかがわ》（現在の京都市上京区）あたりに昔の恋人の家がありました。琴の音が聞こえ、**ホトトギス**が鳴き、源氏は訪問をうながされているように感じます。そこで**源氏は和歌を送ったのですが、昔の恋人からは知らないふりをされてしまいます**。

その後、源氏は麗景殿女御の邸《やしき》に到着。庭には**橘の花**の香りが漂い、ホトトギスが鳴いています〔図1〕。源氏は麗景殿女御と語り合った後、花散里の部屋を訪れます。**長い間訪れなくても、心変わりすることなく迎えてくれる花散里**に、源氏は心なぐさめられるのでした〔図2〕。

ホトトギスと橘〔図1〕

平安時代、ホトトギスと橘は『古今和歌集』の和歌などの影響により、「昔を思い出させる」ものというイメージが定着していた。

ホトトギス
鳴き声が昔を思い出させるものとされた
橘
橘の香りが昔を思い出させるものとされた

源氏は、麗景殿女御と桐壺帝の時代をなつかしんで語り合う。その場面をホトトギスと橘で象徴している。

理想的な癒し系・花散里〔図2〕

源氏を無視する中川の女は、源氏を温かく迎える花散里を引き立てる役割を果たしている。

花散里
久々に訪問した源氏を温かく迎える
源氏の信頼を得る
中川の女
久々に訪問した源氏を拒否する
源氏の信頼を失う

源氏の相談相手となり、後には源氏の子（夕霧）の養育を任される。

実は残念に思っていたが、知らないふりをして源氏の訪問を断った（その後登場しない）。

12 須磨《すま》

官位を失い、須磨に下る？

ひと言あらすじ

朧月夜《おぼろづきよ》との密会が露見し、流罪に処せられることを恐れた源氏は、親しい人たちと別れて須磨《すま》に退去する。一方、明石《あかし》の入道《にゅうどう》は、娘と源氏の結婚を願う。

登場人物

源氏
〔26～27歳〕

紫の上
〔18～19歳〕

明石の君
〔17～18歳〕

権力を握った右大臣一派は、源氏の官位を剥奪。また、朱雀帝《すざくてい》が寵愛《ちょうあい》する朧月夜《おぼろづきよ》と密会したことを理由に、**源氏に謀反の罪を着せようとします**。もし流罪となれば東宮《とうぐう》（実は源氏の子）の立場が危うくなるため、**源氏は自ら須磨《すま》（現在の兵庫県神戸市）に退去することを決めます**。源氏は、親しい女性たちに別れを告げて紫《むらさき》の上《うえ》に留守を託すと、京を旅立ちました。

須磨での生活はとても寂しいものでした。源氏は、須磨で絵をかいたり和歌を詠んだりして、寂しさを紛らわせます。源氏の須磨での隠遁生活の噂を聞いた**明石《あかし》の入道《にゅうどう》**は、この機会に**最愛の娘（明石《あかし》の君《きみ》）と源氏を結婚させたいと願います**〔図1〕。年が明けた2月には親友の宰相中将《さいしょうのちゅうじょう》（昔の頭中将《とうのちゅうじょう》）が京から須磨まで訪れ、源氏をなぐさめてくれました〔図2〕。

3月、源氏が海辺で上巳《じょうし》※の祓《はらえ》を行うと、突然、暴風雨が起こります。さらに、明け方に怪しい夢を見て気味悪く感じた源氏は、須磨の地を去りたいと思うようになります。

※3月上旬の巳《み》の日に、邪気を払うために海辺や川辺で行った祓。

娘と源氏との結婚を願う明石の入道〔図1〕

明石の入道は、「05若紫」（➡P38）の噂話に登場した人物。源氏の噂を聞き、娘（明石の君）と結婚させようとする。

明石の入道は、源氏が須磨に下ってきたことを娘と結婚させる好機だと感じたが、妻の尼君は「身分が低い私たちの娘が結婚できるわけはない」と相手にしなかった。

用語解説

入道《にゅうどう》
剃髪《ていはつ》して仏道に入った皇族や貴族で、寺に入らず、世俗的生活を続けている人。明石の入道も寺には入らず、明石の邸で妻子と暮らしていた。

須磨を訪れる宰相中将〔図2〕

都の貴族たちが源氏と距離を置く中、宰相中将だけが源氏を訪ねてきた。須磨で再会したふたりはうれし涙をこぼし、夜が明けるまで漢詩をつくったりして楽しんだ。

源氏と宰相中将の親しい関係は「12須磨」で終わり、その後は、一族の命運を背負った厳しい権力争いを展開していくことになる。

13 明石《あかし》

明石の地で入道の娘と結婚？

ひと言あらすじ

明石《あかし》の入道《にゅうどう》に迎えられた源氏は、明石に移り、明石《あかし》の君《きみ》と結婚する。その後、朱《す》雀帝《ざくてい》から京に呼び戻され、源氏は中央政界に復帰を果たす。

登場人物

源氏
〔27～28歳〕

明石の入道
〔60歳前後〕

明石の君
〔18～19歳〕

暴風雨が続く中、源氏の邸《やしき》に雷が落ちて一部が焼失します。その夜、源氏が疲れ果てて眠ると、夢に亡き父・桐壺院《きりつぼいん》が現れ「**住吉神《すみよしのかみ》（住吉大社の祭神）の導きに従って船出し、この浦を立ち去れ**」と告げます。そして翌日には、源氏と同じように夢のお告げに従った明石《あかし》の入道《にゅうどう》が、船を用意して源氏を迎えにきました〔図1〕。入道の申し出を受けて船に乗った源氏は、**明石《あかし》（現在の兵庫県明石市）に向かいました**。

源氏が移り住んだ入道の邸はとても優美でした。入道から最愛の娘（明石《あかし》の君《きみ》）との結婚を求められた源氏は、**明石の君に恋文を送り、結婚することとなりました**〔図2〕。

一方、京では朱雀帝《すざくてい》が眼の病を患い、弘徽殿《こきでんの》大后《おおきさき》も病気がちに。さらにその父の太政大臣（昔の右大臣）も急死します。年が明けて7月、朱雀帝から帰京命令を受けた源氏は、身ごもった明石の君に再会を約束して、明石を去ります。**2年半ぶりに中央政界に復帰した源氏**は、朱雀帝のもとに参内し、心を通わせるのでした。

須磨と明石の位置〔図1〕

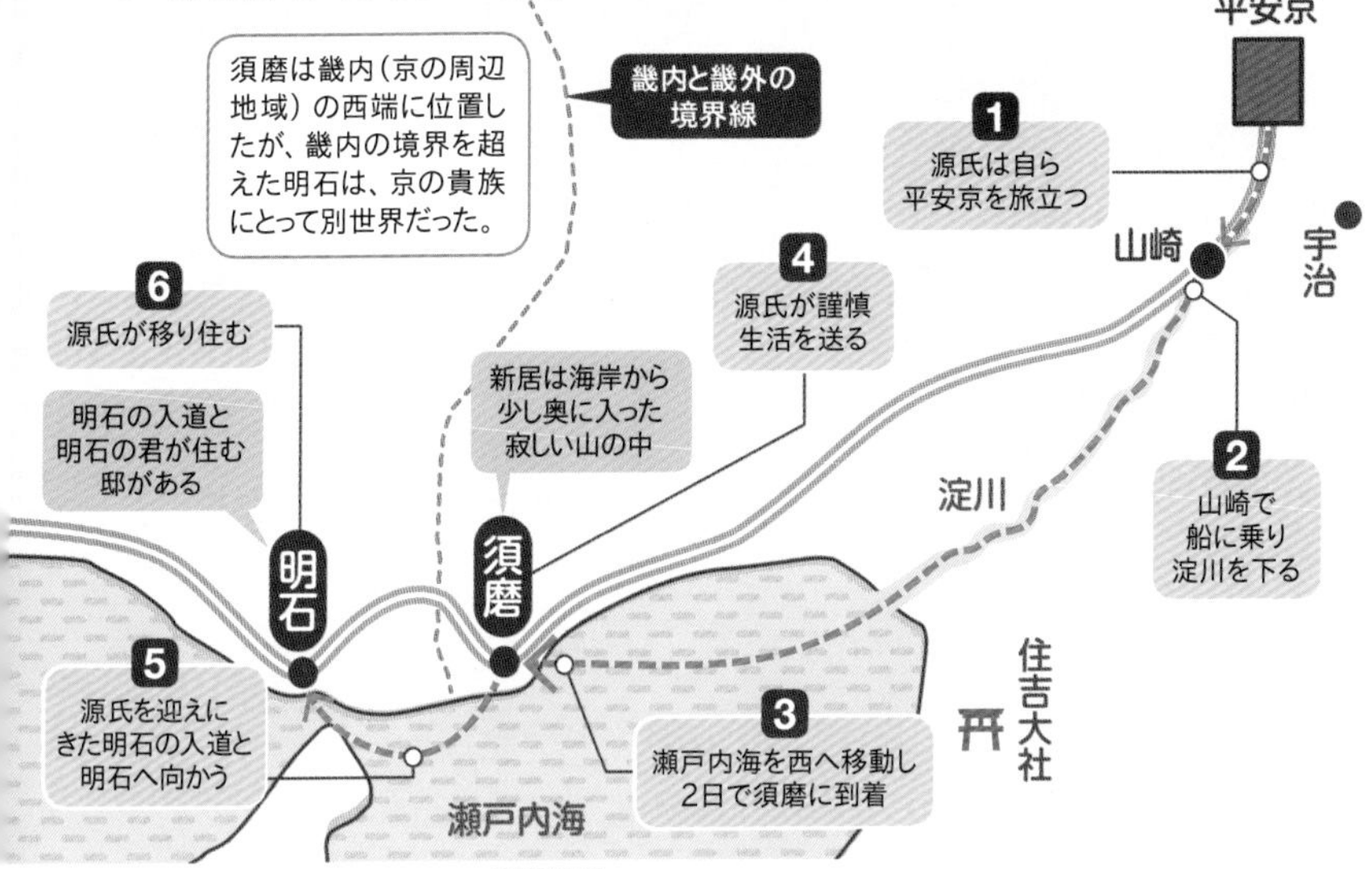

須磨は畿内（京の周辺地域）の西端に位置したが、畿内の境界を超えた明石は、京の貴族にとって別世界だった。
畿内と畿外の境界線
平安京
1
源氏は自ら平安京を旅立つ
山崎
宇治
2
山崎で船に乗り淀川を下る
淀川
住吉大社
3
瀬戸内海を西へ移動し2日で須磨に到着
4
源氏が謹慎生活を送る
新居は海岸から少し奥に入った寂しい山の中
須磨
5
源氏を迎えにきた明石の入道と明石へ向かう
明石
6
源氏が移り住む
明石の入道と明石の君が住む邸がある
瀬戸内海

須磨は平安時代初期の歌人・在原行平《ありわらのゆきひら》の流された地として知られ、当時はさびれた土地だった。

明石の入道と源氏の関係〔図2〕

源氏の母・桐壺更衣《きりつぼのこうい》の父は、明石の入道の叔父にあたる。

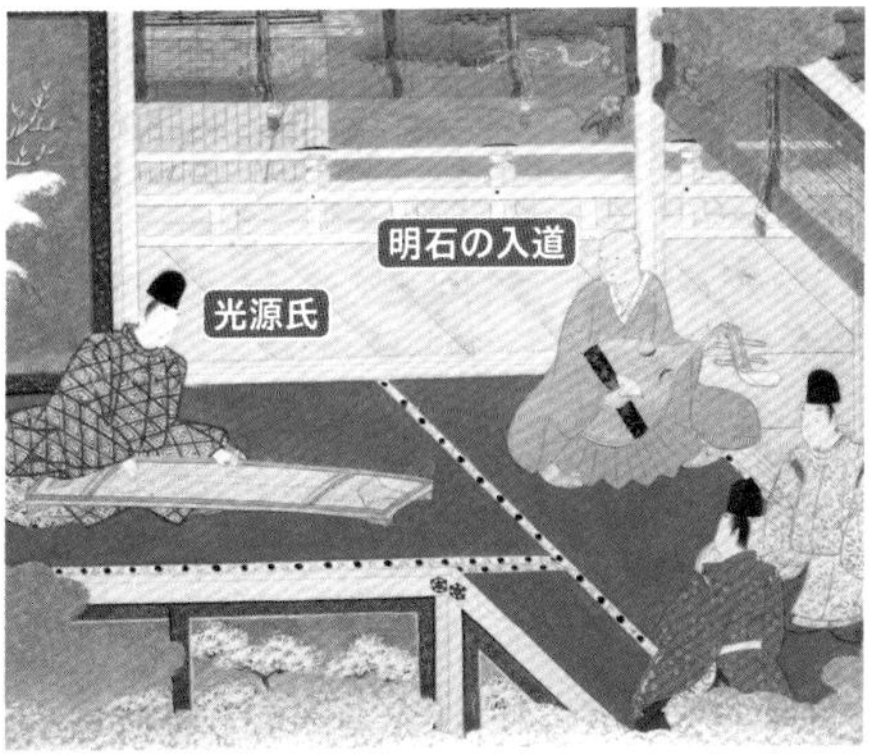

明石の入道
光源氏

明石の入道と演奏する源氏。
出典：ColBase「源氏物語色紙」（部分）東京国立博物館所蔵

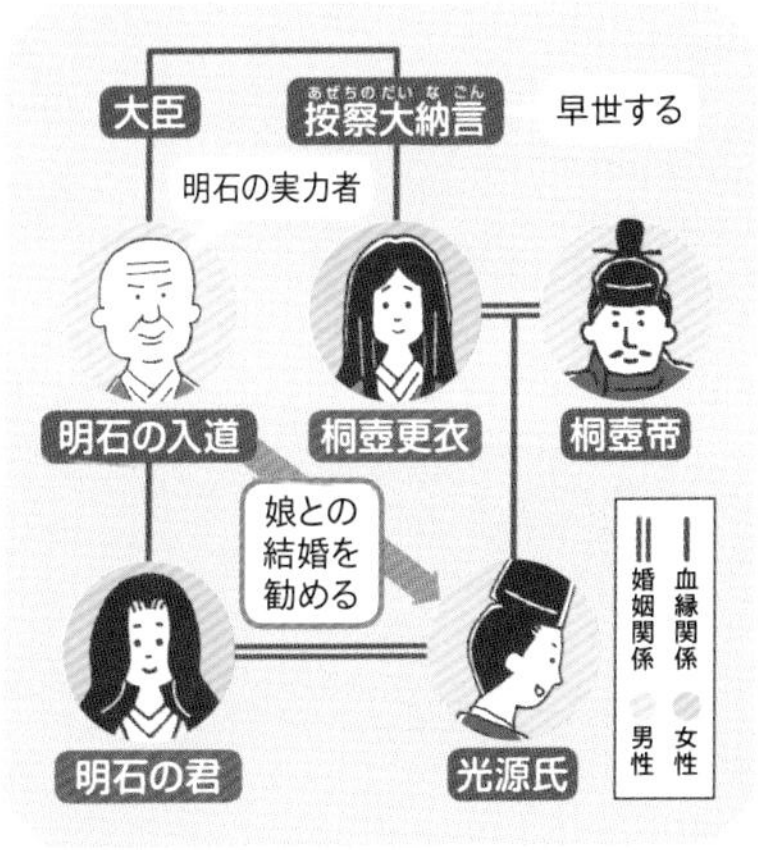

大臣
按察大納言《あぜちのだいなごん》
早世する
明石の実力者
明石の入道
桐壺更衣
桐壺帝
娘との結婚を勧める
明石の君
光源氏
血縁関係
婚姻関係
女性
男性

14

澪標《みおつくし》

政界での勢いを取り戻す？

ひと言あらすじ

中央政界に復帰した源氏は、栄華への道を歩み出す。明石《あかし》の君《きみ》が源氏の娘を出産する一方、子のない紫《むらさき》の上《うえ》は思い乱れる。源氏は六条御息所《ろくじょうのみやすどころ》から娘を託される。

登場人物

源氏
〔28～29歳〕

明石の君
〔19～20歳〕

紫の上
〔20～21歳〕

源氏が帰京した翌年の2月に朱雀帝《すざくてい》は退位。東宮《とうぐう》（実は源氏の子）が**冷泉帝**《れいぜいてい》として即位します。源氏は内大臣に昇進し、前《さきの》左大臣（葵《あおい》の上《うえ》の父）は摂政太政大臣《せっしょうだいじょうだいじん》に昇進。こうして、源氏方は勢力を盛り返しました。

3月、明石《あかし》の君《きみ》が姫君（後の明石中宮《あかしのちゅうぐう》）を産んだことを知らされた源氏は、以前、星占いで「**子は3人。それぞれ帝・皇后・太政大臣になる**」と予言されたことを思い出し、娘が皇后になると確信します。源氏は自ら乳母《めのと》を選んで明石に派遣し、「五十日《いか》の祝い」に立派な品々を贈りました（左図）。しかし、**姫君の誕生を知らされた紫《むらさき》の上《うえ》には子がなく、心を乱します**。

その秋、源氏は無事に帰京できたことなどのお礼のため、住吉《すみよし》大社（大阪市）に参拝します。このとき偶然、明石の君一行も参拝に訪れていました。豪勢な源氏一行に圧倒され、身分差を思い知った明石の君は涙を流し、遠くから眺めるだけで言葉も交わさず離れます。それを知った源氏は、「私たちの縁は深い」という歌を送

▶五十日《いか》の祝い

誕生50日目を祝う「五十日の祝い」は、赤ちゃんに餅を食べさせる儀式。

赤ちゃんに餅を食べさせるのは危険だったので、父親または母方の祖父が、つぶした餅を口に含ませた。食器は小さな形のものが使われた。

って、明石の君をなぐさめました。

天皇が代わったので斎宮《さいくう》（⬇P50）も交代し、前斎宮《ぜんさいくう》は母の六条御息所《ろくじょうのみやすどころ》と帰京します。しかし、**六条御息所は重病となり、源氏に娘の後見を頼んで亡くなりました。**源氏は前斎宮を養女にし、冷泉帝の妃にしようと計画します。

用語解説

澪標《みおつくし》

水路を示す澪標。

澪標とは、船の水路を示すために立てた杭。和歌には「身を尽くし」という意味にかけて使われる。源氏が明石の君に詠んだ「みをつくし恋《こ》ふるしるしにここまでもめぐり逢《あ》ひけるえには深しな」（身を尽くすほど恋しく思っていたから、ここで逢えた、私たちの縁は深いことよ）という歌が、巻名の由来になっている。

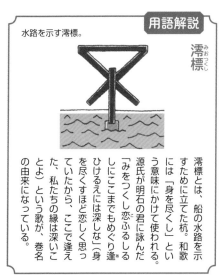

15 蓬生《よもぎう》

源氏を一途に思い続ける女性？

ひと言あらすじ

末摘花《すえつむはな》は、源氏が須磨《すま》で謹慎した後もひたすら待ち続けていた。帰京した源氏は末摘花と再会し、心変わりすることがなかった彼女に感動する。

登場人物

源氏
〔28〜29歳〕

末摘花
〔年齢不明〕

惟光
〔年齢不明〕

源氏が須磨で謹慎したため、援助を失った末《すえ》摘花《つむはな》（➡P42）**は困窮**し、荒れた邸《やしき》の庭には狐やフクロウがすみつくほどでした。

そんなとき、受領《ずりょう》（地方官）の妻となった叔母・北の方が、夫とともに九州の大宰府《だざいふ》に向かうことになり、末摘花を誘います〔図1〕。実は北の方は、かつて末摘花一族から見下されたことを恨んでいて、**これを機会に末摘花を女房（侍女）にしようとたくらんでいた**のです。しかし末摘花は、北の方の誘いを聞き入れません。**やがて源氏は帰京しますが、末摘花のことは忘れたまま**。北の方が九州へ去った後も、末摘花は蓬《よもぎ》などの雑草が生い茂った末摘花の邸《やしき》で、寂しい暮らしを続けます。

翌年4月、外出した源氏は、途中で荒れ果てた邸を見て、末摘花の邸だと気づきます。末摘花と再会した源氏は、心変わりすることなく**ひたすら待ち続けていた末摘花に感動します**〔図2〕。源氏は末摘花邸を修理し、後に別邸の二条東院《にじょうとういん》（➡P74）に引き取りました。

地方へ赴任する「受領」〔図1〕

平安時代、地方を支配して税を徴収する国司には、任地に赴く「受領」と、京に留まる「遙《よう》任《にん》」がいた。

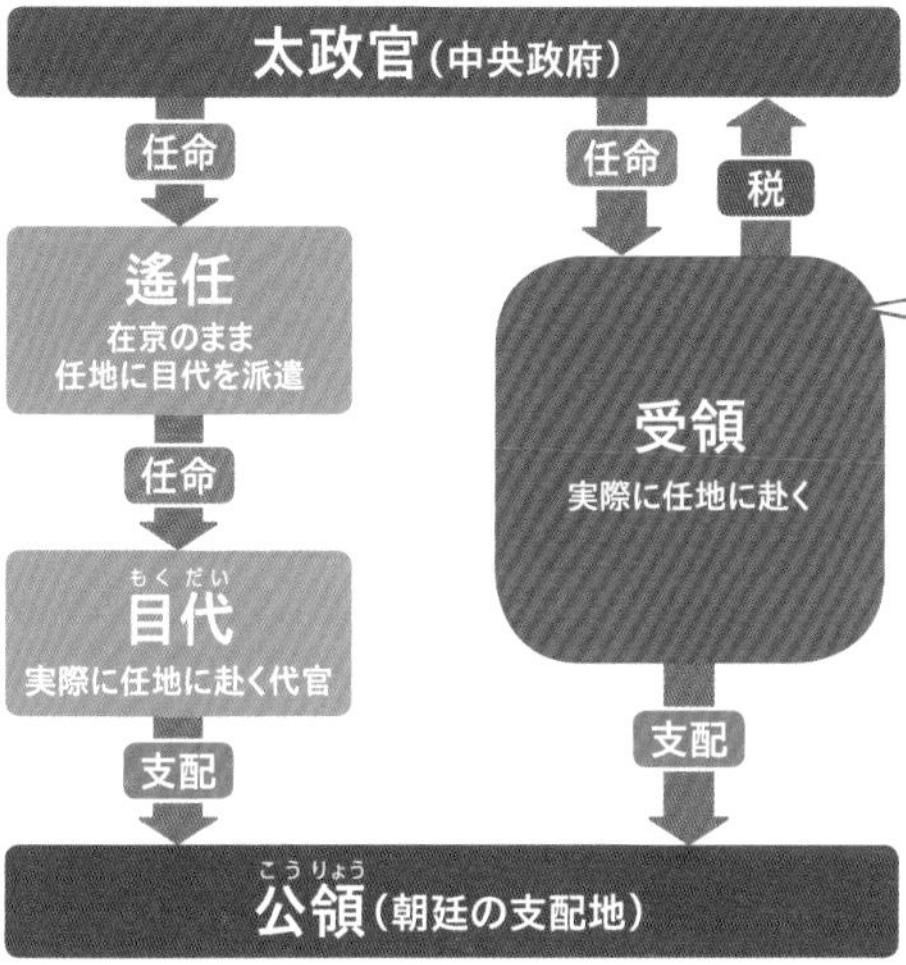
一定の税額を太政官に納めれば、任地を自由に支配できた

源氏物語に登場する受領

- 明石の入道
- 伊予介《いよのすけ》（空蝉の夫）（➡P30）
- 常陸介《ひたちのすけ》（中将の君の夫）（➡P176）

末摘花を訪ねる源氏〔図2〕

当時の貴族女性は、父親が亡くなるなど実家が落ちぶれると生活が困窮した。源氏は、貧しい暮らしを続けながらも、心変わりしなかった末摘花に感動し、生活を援助した。

源氏が末摘花邸に入るとき、従者の惟光《これみつ》は庭に生い茂る蓬の露を払いながら、源氏を導いた。

「源氏五十四帖 十五 蓬生」国立国会図書館所蔵

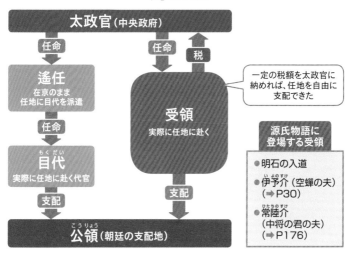

Q 平安女性の正装として知られる十二単《じゅうにひとえ》。その重さは、最大で約何kgになる？

約 5kg	or	約 10kg	or	約 20kg

平安女性の正装として有名な十二単。十二単＝さまざまな色の単《ひとえ》を12枚重ねた装束…ではありません。単とは実は肌着のことで、着る枚数は1枚だけ。**重ねて着るのは袿《うちき》（内側に着る服のこと）**なのです。十二単というのも俗称で、正式には「**女房装束《にょうぼうしょうぞく》**」あるいは「**裳唐衣《もからぎぬ》**」「**唐衣裳《からぎぬも》**」などといいます。では、女房装束とはどんな衣装で、どのくらいの重さがあったのでしょう？

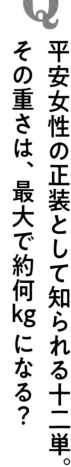

まず、どのように衣を重ねていくのか見てみましょう。下の肌着は「**袴《はかま》（長袴）**」、上の肌着が「**単衣《ひとえ》（単）**」です。いわゆるショーツははきません。これに、色とりどりの袿を重ね着します。**袿の色の重ね方によって、自分のセンスを表現した**のです。袿を重ねる枚数には決まりはなく、20枚以上重ねる人もいたそうですが、平安時代末期に5枚に限定されます。

しかし、貴族女性に仕える女房（侍女）たちは、袿姿では失礼にあたります。袿の一番上に、「**表着《うわぎ》**」（やや小さめの豪華な袿のこと）を着て、「**裳《も》**」と呼ばれる長い布状の衣装を腰の後部に着けます。そして、着丈の短い「**唐衣《からぎぬ》**」を肩にすべらせるように羽織れば、完成です。十二単の総重量は、着方や時代によって変わりますが、最大で20kg以上あるそうです。つまり、正解は約20kgです。

女房装束

貴族女性の普段着は袿姿だったが、宮中の行事などでは唐衣と裳を着用した。

16

関屋《せきや》

忘れられない女性との再会？

ひと言あらすじ

源氏は逢坂《おうさか》の関《せき》で、若いときに恋心を寄せた空蝉《うつせみ》と偶然に再会する。果たせなかった恋を思い出した源氏は、空蝉に恋文を送り、昔をなつかしむ。

登場人物

源氏〔29歳〕

空蝉〔年齢不明〕

衛門佐〔24か25歳〕

桐壺院《きりつぼいん》が亡くなった翌年、空蝉《うつせみ》（➡P30）は夫の伊予介《いよのすけ》が常陸介《ひたちのすけ》（現在の茨城県の地方官）に任じられたので、**一緒に常陸へ向かいました。**

逢坂の関と石山寺〔図1〕

逢坂の関は、現在の京都府と滋賀県の境にあった関所。石山寺（滋賀県大津市）は、本尊の観音菩薩が現世での人々の願いをかなえてくれるとされ、当時から深く信仰された。

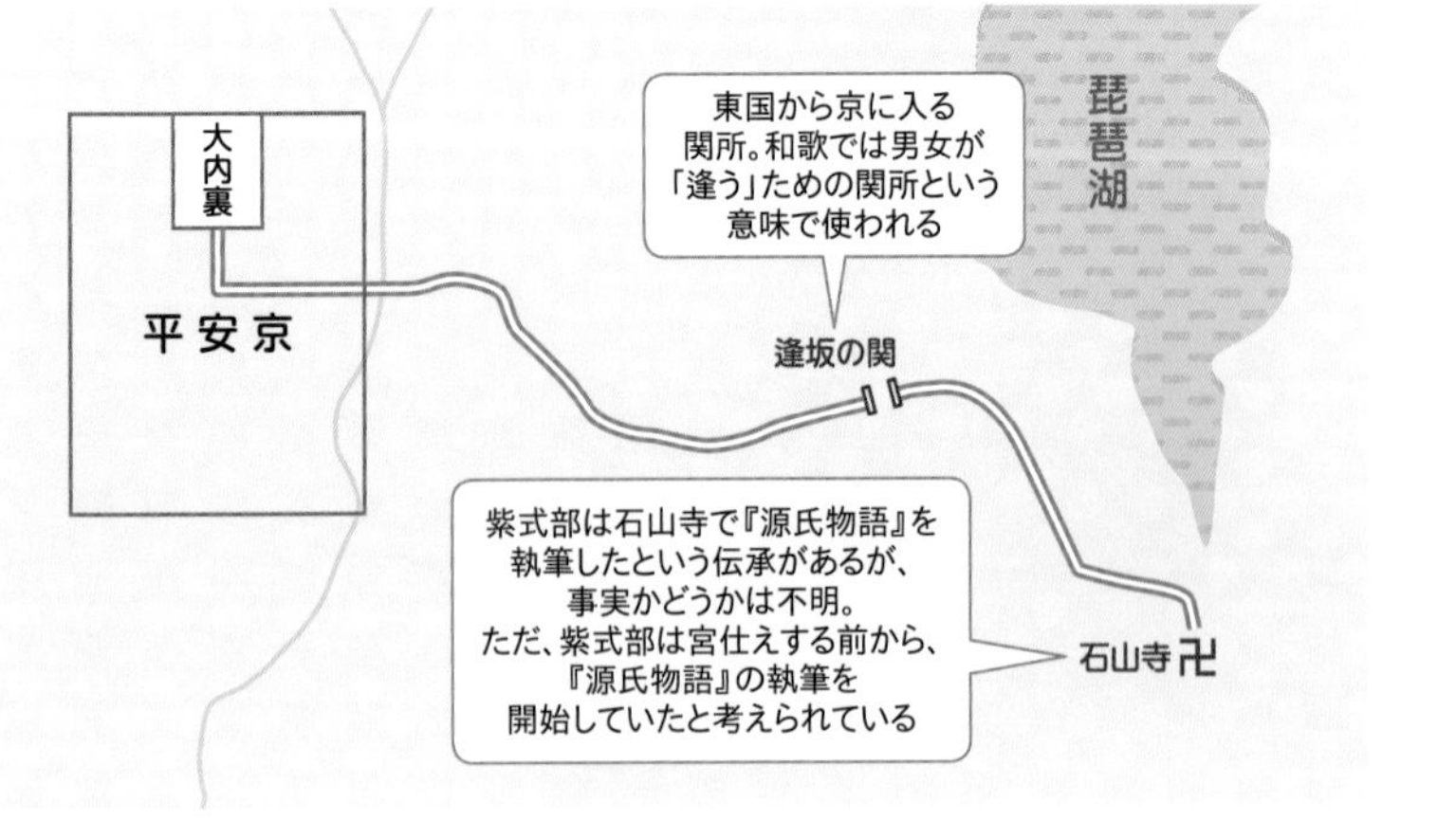
大内裏
平安京
琵琶湖
東国から京に入る関所。和歌では男女が「逢う」ための関所という意味で使われる
逢坂の関
紫式部は石山寺で『源氏物語』を執筆したという伝承があるが、事実かどうかは不明。ただ、紫式部は宮仕えする前から、『源氏物語』の執筆を開始していたと考えられている
石山寺卍

その地で空蝉は、源氏が須磨《すま》で謹慎していることを知ります。源氏が帰京した翌年、任期を終えた**常陸介は妻の空蝉と一緒に上京**します。

その途中、空蝉一行が**逢坂の関**《おうさかのせき》にさしかかったとき、石山寺《いしやまでら》（滋賀県）に参詣するため、大人数の源氏一行がやってきました〔図1〕。空蝉一行は路肩に牛車《ぎっしゃ》を停めて、源氏一行が通り過ぎるのを待ちます。すれ違うとき、**源氏は路肩の牛車に乗っているのが空蝉だと気づきます**〔図2〕。源氏は空蝉の弟・衛門佐《えもんのすけ》（昔の小君《こぎみ》）を呼んで空蝉に伝言を託し、石山寺の参詣を終えると、空蝉に恋文を渡します。**源氏にとって、空蝉は忘れられない女性**だったのです。

その後、常陸介が亡くなると、継子《ままこ》（血のつながりがない子）の河内守《かわちのかみ》（昔の紀伊守《きのかみ》）が好色な下心で空蝉に言い寄ってきます。**空蝉は自らの運命を嘆き、誰にも相談せず出家**しました。

▶逢坂の関の空蝉一行〔図2〕

空蝉らは、内大臣に出世している源氏に道を譲る必要があった。

出典：ColBase「関屋図屏風」（部分）東京国立博物館所蔵

俵屋宗達《たわらやそうたつ》がえがいた空蝉一行。空蝉は、身分差のため成就するはずがなかった源氏との恋を思い、涙を流した。

17 絵合《えあわせ》

絵画の優劣で権力争い？

ひと言あらすじ

源氏は、養女の前斎宮《ぜんさいくう》を冷泉帝《れいぜいてい》の妃にする。ライバルの権中納言《ごんのちゅうなごん》の娘で、同じく冷泉帝の妃だった弘徽殿女御《こきでんのにょうご》に対抗するため、絵の優劣を競う遊び「絵合《えあわせ》」に挑む。

登場人物

源氏〔31歳〕

弘徽殿女御〔14歳〕

斎宮女御〔22歳〕

冷泉帝《れいぜいてい》（実は源氏の子）は、権中納言《ごんのちゅうなごん》（昔の頭中将《とうのちゅうじょう》）の娘・弘徽殿女御《こきでんのにょうご》を妃として寵愛《ちょうあい》していました。これに対し、**源氏は養女の前斎宮《ぜんさいくう》（六条御息所《ろくじょうのみやすどころ》の娘）を冷泉帝の妃にします**（斎宮女御《さいくうのにょうご》）。絵の好きな冷泉帝は、絵の名手だった斎宮女御と親しくなります。

これに危機感を抱いた権中納言は、絵師たちに物語絵をかかせて弘徽殿女御に贈り、源氏も秘蔵の絵画を斎宮女御に与えました。この結果、宮中では絵画の収集や批評が流行し、**藤壺《ふじつぼ》の前で両者の物語絵の優劣を競う「絵合《えあわせ》」が行われることになった**のです〔図1〕。結果は引き分けとなり、2回目の絵合が冷泉帝の御前で開かれることになりました。

2回目の絵合は、源氏の弟・蛍宮《ほたるのみや》が審判をつとめましたが、両者とも名品ばかりで優劣はつきません。しかし最後に、**源氏がかいた須磨《すま》の絵日記が出されると誰もが感動し、斎宮女御方が勝利**。芸術を愛好する冷泉帝の治世で、源氏は抜群の政治力を発揮したのです〔図2〕。

優劣を競い合う「物合《ものあわせ》」〔図1〕

物合とは、参加者が左右2組に分かれて物事の優劣を競い、勝負を判定する遊び。物語絵を競う「絵合」は史実にはなく、紫式部が考えた架空の物合。

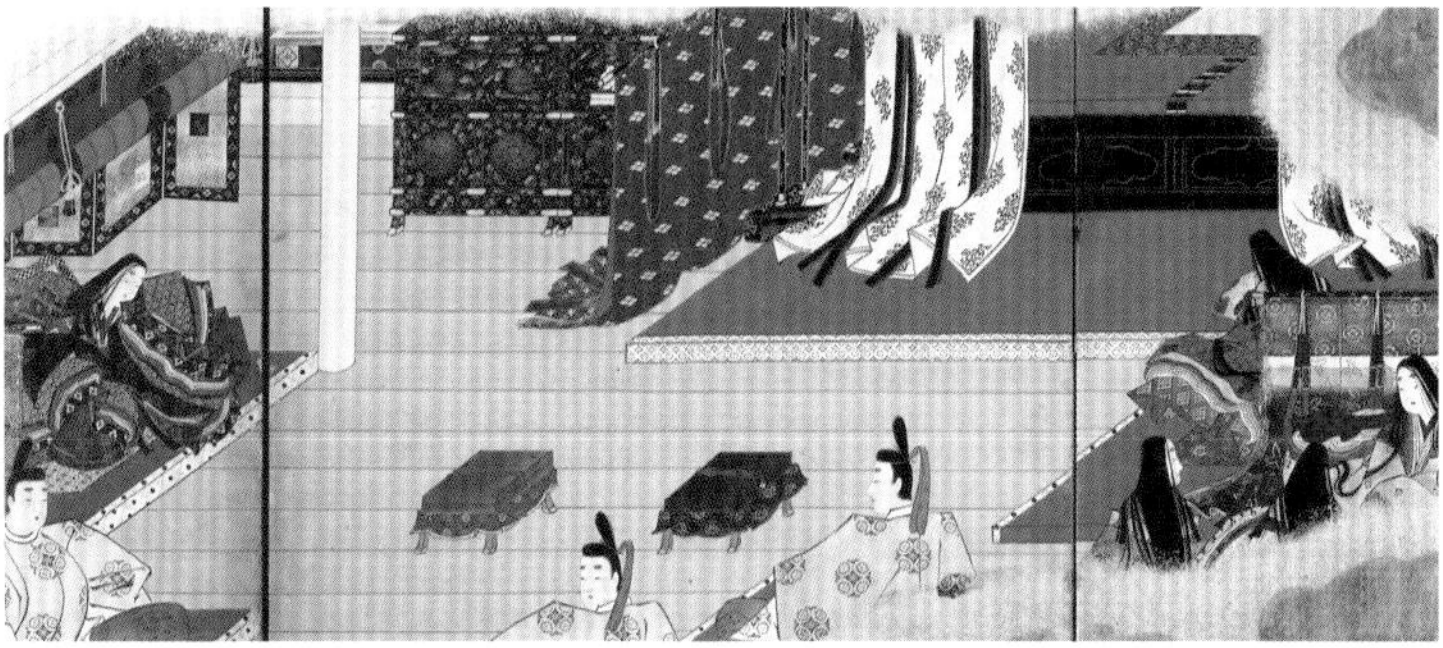

出典：ColBase「源氏物語図屏風（絵合）」（部分）
東京国立博物館所蔵

2回目の絵合の場面。冷泉帝の前に、絵を収めた箱（赤が斎宮方、緑が弘徽殿方）が並べられている。

寵愛を競うふたりの妃〔図2〕

絵合は冷泉帝の寵愛を得るための熾烈《しれつ》な権力争いだった。

弘徽殿女御

冷泉帝（当時13歳）と年齢が近く、先に妃となって寵愛を得ていた。朱雀院《すざくいん》の母である弘徽殿女御（弘徽殿大后《こきでんのおおきさき》）とは別人。

父親
権中納言（頭中将）

当時の年齢
14歳

住んだ殿舎
弘徽殿

出した物語絵
『うつほ物語』
『正三位《しょうさんみ》物語』
など

斎宮女御

冷泉帝より9歳年上で、最初は親しくなれなかったが、絵を通じて寵愛を得た。住んだ殿舎《でんしゃ》から梅壺女御《うめつぼのにょうご》とも呼ばれる。

養父
光源氏

当時の年齢
22歳

住んだ殿舎
凝華舎《ぎょうかしゃ》（梅壺）

出した物語絵
『竹取《たけとり》物語』
『伊勢《いせ》物語』
など

18 松風《まつかぜ》

明石の君の娘を引き取る?

ひと言あらすじ

源氏は明石《あかし》の君《きみ》を迎えようとするが、明石の君は京郊外で娘と住み始める。その後、源氏は初めて自分の娘・明石《あかし》の姫君《ひめぎみ》と対面し、姫君の養育を紫《むらさき》の上《うえ》に頼む。

登場人物

源氏〔31歳〕

明石の君〔22歳〕

紫の上〔23歳〕

源氏は別邸・二条東院《にじょうとういん》が完成すると、西《にし》の対《たい》（西側の殿舎《でんしゃ》）に花散里《はなちるさと》を迎えます〔図1〕。東《ひがし》の対《たい》（東側の殿舎）には**明石《あかし》の君《きみ》**を招くつもりで

▶源氏の別邸「二条東院」〔図1〕

二条東院は、故桐壺帝《きりつぼてい》の邸を改築したもので、二条院の東に位置する。

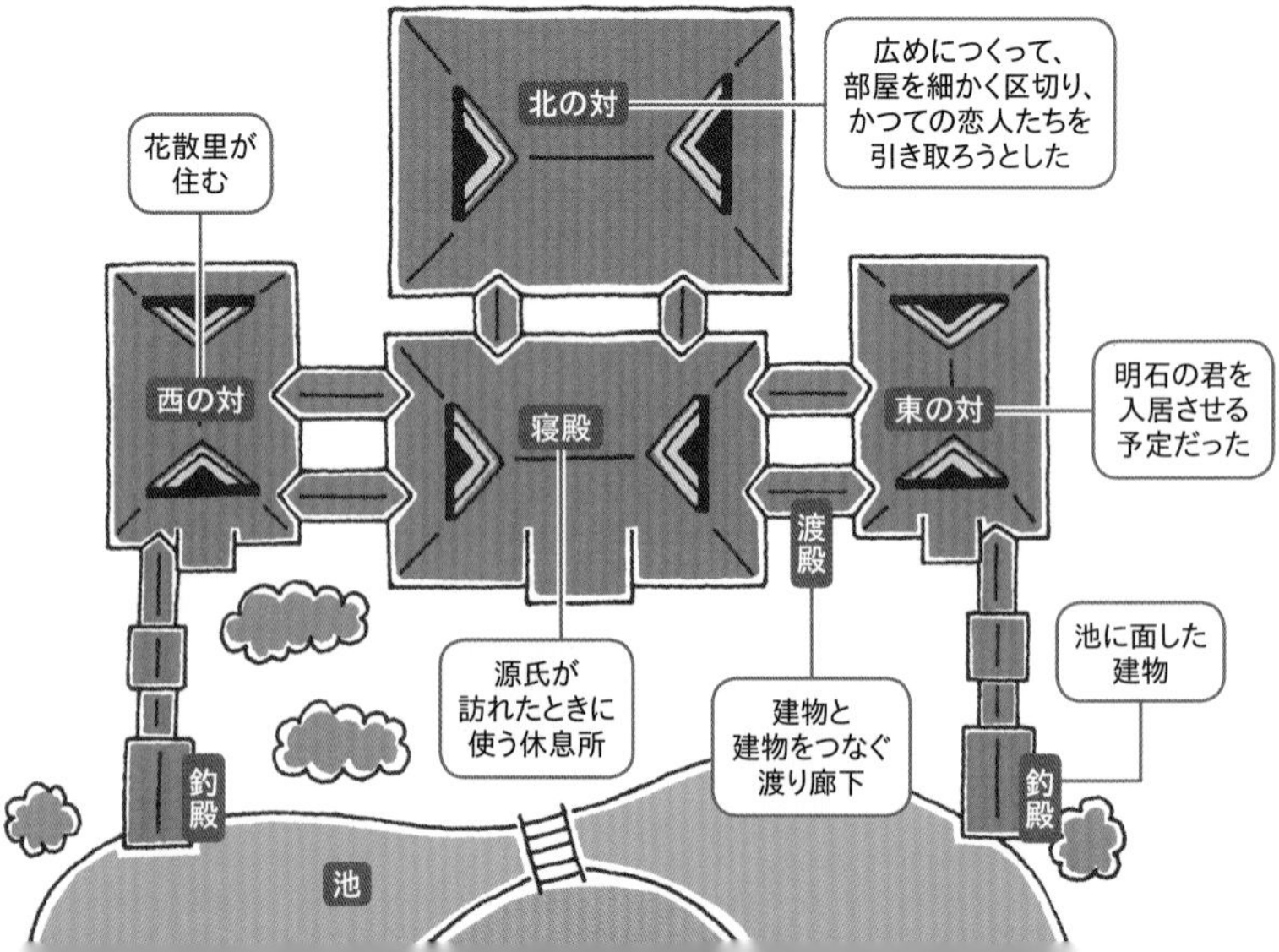
北の対
広めにつくって、部屋を細かく区切り、かつての恋人たちを引き取ろうとした
花散里が住む
西の対
寝殿
東の対
明石の君を入居させる予定だった
渡殿
源氏が訪れたときに使う休息所
建物と建物をつなぐ渡り廊下
池に面した建物
釣殿
釣殿
池

したが、**明石の君は身分が低いために恥をかくことを恐れて上京しません**。そこで明石《あかし》の入道《にゅうどう》は、大堰川《おおいがわ》のほとりにある邸《やしき》を修理して、明石の君と3歳になった姫君（**明石の姫君**）を明石《あかし》の尼君《あまぎみ》とともに住まわせました〔図2〕。

源氏は、嵯峨野《さがの》の御堂や、桂《かつら》の院に用事があると口実をつくり、明石の君のもとを訪れます。**初めて自分の娘と会った源氏は、あまりのかわいらしさに二条院に連れて帰りたいと考えます**が、娘と引き離される明石の君の悲しみを思うといい出せません。

予定を過ぎて帰京した源氏が、明石の君に手紙を書く姿を見た紫《むらさき》の上《うえ》は、機嫌が悪くなります。そこで源氏は、紫の上に明石の姫君に会ったことを率直に伝え、**姫君を養育してほしいと頼みます**。子ども好きの紫の上は喜んで承諾し、機嫌を直すのでした。

大堰の邸がある嵯峨野〔図2〕

嵯峨野・嵐山は、平安時代の貴族が小旅行を楽しむ景勝地だった。

「源氏五十四帖 十八 松かせ」国立国会図書館所蔵

明石の尼君（明石の君の母）は、物悲しさを表す松風（大堰川を吹く川風）を歌に詠み、娘の行く末を心配した。

大堰の邸の場所は、現在の渡月橋周辺と考えられている。

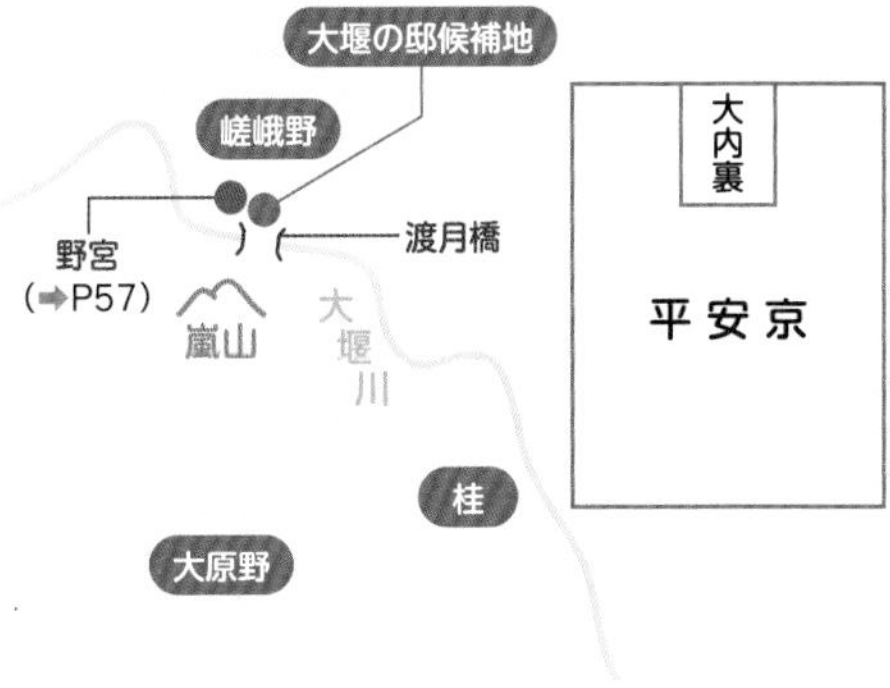

19

薄雲《うすぐも》

秘密がばれて、帝の父になる？

ひと言あらすじ

源氏は明石《あかし》の姫君《ひめぎみ》を二条院に引き取り、紫《むらさき》の上《うえ》に養育させる。源氏の憧れの女性・藤壺《ふじつぼ》は病に倒れて亡くなる。冷泉帝《れいぜいてい》は、源氏が実父であることを知る。

登場人物

源氏
〔31〜32歳〕

明石の君
〔22〜23歳〕

藤壺
〔36〜37歳〕

源氏は明石《あかし》の君《きみ》に、明石《あかし》の姫君《ひめぎみ》を養女にしたいと伝えます。悩んだ末、明石の君は姫君と別れる決意をします〔図1〕。二条院に迎えられた姫君は、紫《むらさき》の上《うえ》が養育することになりました。

年が明けると、太政大臣《だいじょうだいじん》（葵《あおい》の上《うえ》の父）が亡くなり、37歳の厄年を迎えていた藤壺《ふじつぼ》が倒れます。**藤壺は死の床で、我が子・冷泉帝《れいぜいてい》が、実の父が源氏だと知らないことを嘆きます**。そして、冷泉帝の後見役をつとめた源氏に感謝を伝えると、**灯火《ともしび》が消えるように息を引き取りました**。源氏は、藤壺の死を深く悲しみます〔図2〕。

藤壺の四十九日法要が過ぎた頃、**冷泉帝は夜居《よい》の僧《そう》（祈祷僧）から源氏が実父であることを告げられます**。夜居の僧は、藤壺から頼まれて、**冷泉帝のために祈祷を続けていた**のです。源氏が本当の父であることを知った冷泉帝は、実父を臣下としてきたことを悔い、源氏に譲位したいと伝えますが、源氏は断ります。**秘密がもれた結果、源氏は冷泉帝をしのぐ権力を手に入れる**のです。

明石の君と姫君の別れ〔図1〕

明石の姫君を引き取って、紫の上に養育させることにした源氏。実は将来、明石の姫君を妃にしようと考えていた。

迎えに来た牛《ぎっ》車《しゃ》に乗った姫君は、明石の君の袖《そで》をつかんで、「車に一緒に乗って」という。それを聞いた明石の君は泣き崩れた。

藤壺の死を嘆く源氏〔図2〕

藤壺の葬儀後、源氏は一日中泣き暮らした。

源氏は夕日を眺めながら、「入り日さす峰にたなびく薄雲はもの思ふ袖に色やまがへる」（夕日の峰のあたりにたなびいている薄雲は、喪服の袖の薄墨色《うすずみいろ》に色を似せているのだろうか）と歌に詠んだ。これが巻名の由来。

秋、源氏は二条院に里帰りした養女の斎宮女《さいぐうのにょう》御《ご》（冷泉帝の妃）に恋心をほのめかしますが、受け入れられるはずもなく、ひどく嫌がられます。源氏は、「いい年をしてけしからぬことをした」と、反省するのでした。

20

朝顔《あさがお》

古くからの恋心はかなわず？

ひと言あらすじ

源氏は、若い頃から恋心を抱いていた朝《あさ》顔《がお》の姫君《ひめぎみ》に求愛するが拒絶される。源氏が紫《むらさき》の上《うえ》に過去の女性関係について語った夜、源氏の夢に藤壺《ふじつぼ》が現れる。

登場人物

源氏
〔32歳〕

朝顔の姫君
〔年齢不明〕

紫の上
〔24歳〕

斎院《さいいん》（⬇P50）だった**朝顔《あさがお》の姫君《ひめぎみ》**は、父の桃《もも》園《ぞの》式《しき》部《ぶ》卿宮《きょうのみや》が亡くなると、斎院を辞めて実家に帰っていました。**源氏は昔から、いとこにあたる朝顔に思いを寄せていた**ので、口実をつくって桃園邸を訪れ恋心を伝えますが、色恋沙汰に関心のない朝顔は取り合おうとしません。

源氏が熱心に朝顔に言い寄っているという噂は、紫《むらさき》の上《うえ》の耳にも届きます。源氏が高い身分の朝顔に心移りしたら、正妻の立場を失ってしまうため不安を感じる紫の上ですが、顔に出さないように我慢します。**源氏はその後もしつこく朝顔に言い寄りましたが、きっぱり拒絶されます**〔図1〕。源氏は「本気ではなかった」と弁解して、紫の上をなぐさめました。

雪の日の夜、源氏は自分が関わった女性の人柄を紫の上に語ります〔図2〕。その夜、藤壺《ふじつぼ》が源氏の夢に現れ、自分を話題にしたことを恨み、成仏できずに苦しんでいると伝えます。目覚めた源氏は祈り、**死後は藤壺と極楽で同じ蓮の花の上に生まれ変わりたいと願う**のでした。

身分差を思い知る紫の上〔図1〕

源氏は17歳のときから、朝顔に言い寄っていた。朝顔の件で、紫の上は自分の身分の低さを思い知って苦悩を深めていた。

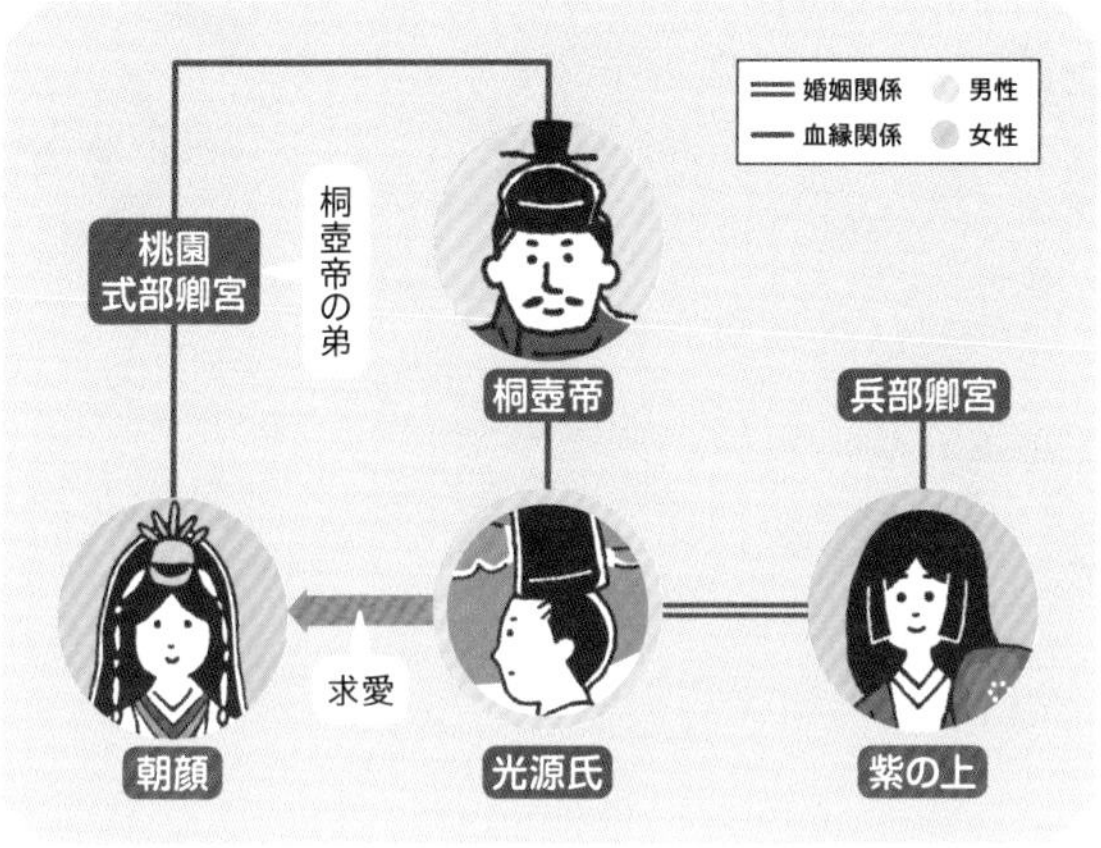

用語解説

蓮《はす》の花《はな》

平安時代、生前の夫婦は、死後に極楽浄土の同じ蓮の花の上に生まれ変わるとされた（一蓮《いちれん》托生《たくしょう》）。一蓮托生という言葉は、後に「結果に関係なく行動や運命をともにする」という意味で使われるようになった。

過去の女性関係を語る源氏〔図2〕

雪の夜、源氏は紫の上に、自分が過去に関わった女性たちの人柄を語る。

「源氏五十四帖 二十一 朝顔」国立国会図書館所蔵

源氏は、雪が降り積もった庭で少女たちに「雪転《ゆきまろ》ばし」（雪玉をつくる遊び）をさせながら紫の上に語りかけた。源氏は紫の上をかわいらしいと思いながら、藤壺の面影を重ねた。

21 少女《おとめ》

源氏は息子には厳しい？

ひと言あらすじ

源氏は息子・夕霧《ゆうぎり》を低い位に留め、学問を優先させる。夕霧は、内大臣の娘・雲《くも》居雁《いのかり》との恋愛が引き裂かれる。一方、源氏は豪華な六条院を完成させる。

登場人物

源氏〔33～35歳〕

夕霧〔12～14歳〕

雲居雁〔14～16歳〕

源氏は、葵《あおい》の上《うえ》との間に生まれた息子・夕霧《ゆうぎり》が12歳で元服《げんぷく》（⬇P106）したとき、**四位にできる特権を捨てて、六位という低い位に留め**

▶勉学に励む夕霧〔図1〕

役人の官職は、位階（宮中の序列）によって決まっており、位階は親の位に応じて優遇された。源氏は、夕霧に実力による出世を期待した。

出世を決意した夕霧は必死に勉強し、五位に昇進した。

位階と官職の関係

一位	太政大臣
二位	左大臣、右大臣、内大臣
三位	大納言、中納言
四位	参議《さんぎ》（宰相《さいしょう》）、近衛中将《このえのちゅうじょう》
五位	少納言
六位	兵衛佐《ひょうえのすけ》

※官職は代表的なもの。

て大学寮で勉強させました〔図1〕。夕霧は不満をもちつつも、まじめに勉学に励みます。

同じ年、斎宮女御《さいくうのにょうご》が中宮《ちゅうぐう》（皇后）となります（**秋好中宮《あきこのむちゅうぐう》**）。娘の弘徽殿女御《こきでんのにょうご》が中宮になれず、やはり娘の雲居雁《くもいのかり》を東宮《とうぐう》（朱雀院《すざくいん》の子）の妃にしたいと考えます。しかし、**雲居雁は幼なじみの夕霧と相思相愛の仲。それを知り激怒した内大臣**（昔の頭中将《とうのちゅうじょう》）**は、ふたりの仲を引き裂いてしまいます**。さらに夕霧は、雲居雁の乳母《めのと》から「たかが六位ふぜいが」と侮辱されてしまいます。

翌年8月、源氏は豪華で広大な新邸・**六条院**を完成させます。六条院は4つに区画され、それぞれ四季が割り当てられています。「夏の町」には花散里《はなちるさと》、「春の町」には源氏と紫《むらさき》の上《うえ》が入り、「秋の町」には秋好中宮が入り、遅れて「冬の町」に明石《あかし》の君《きみ》も移ってきました〔図2〕。

源氏が築いた豪邸「六条院」〔図2〕

六条院は、六条御息所《ろくじょうのみやすどころ》の旧邸を取り込むかたちで築かれ、四季の町それぞれに女性たちを住まわせた。

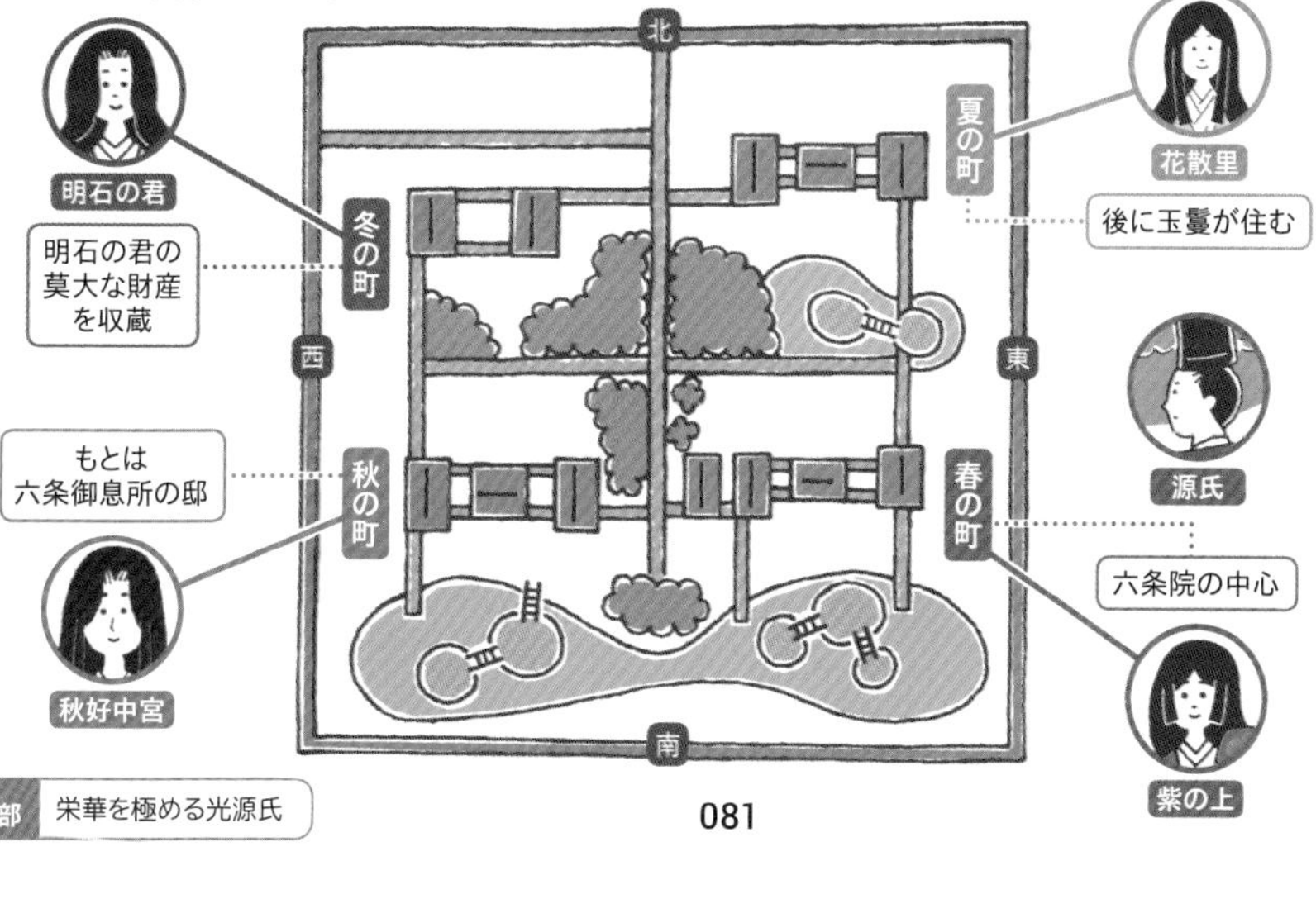

Q 位階が六位(=夕霧《ゆうぎり》の位階)の男性下級貴族の上着の色は何色だった?

緑色 or 赤色 or 黒色

平安時代の男性貴族の正装を「**束帯**《そくたい》」といい、儀式や行事のときに着用しました。束帯は「**石帯**《せきたい》」という革ベルトや、「**下襲**《したがさね》」という長い裾《きょ》のため動きにくく、それらを省略した「**衣冠**《いかん》」が準正装として広まります。束帯も衣冠も、**上着は「袍《ほう》」と呼ばれ、位階(宮中での序列)によって、色分けされていました。**さて、六位の夕霧《ゆうぎり》(➡P80)の袍は何色だったでしょうか?

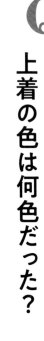

袍が色分けされているのは、**その人の宮中での地位を、ひと目で示すため**でした。時代によって多少の変化はありますが、おおよそ、**一位～四位は黒系統、五位は赤系統、六位以下は緑系統の色になります**。つまり、正解は「緑色」です。夕霧が六位であることは、袍の色によって誰の目にも明らかだったのです。

束帯で最も特徴的な下襲は、女性の正装の**裳**《も》（⬇P69）と同じように、腰に巻くものに見えますが、実は上着で、背中側の「**裾**《きょ》」が長くのびているのです。

束帯（男性の正装）

束帯は動きにくいため、準正装の「衣冠」は裾《きょ》や飾り太刀などをなくすなど、動きやすくしている。

直衣《のうし》（男性の日常着）

宮中に出仕しない場合の貴族の日常着。上着は「雑袍」と呼ばれ、束帯と同じ形だが、色や模様は自由だった。

22 玉鬘《たまかずら》

美しき女性・玉鬘を養女に？

ひと言あらすじ

若き日の源氏が愛した夕顔《ゆうがお》の娘・玉鬘《たまかずら》は、九州で美しく成長した後、無骨な豪族から逃れるために上京する。源氏は玉鬘を養女として六条院に迎え入れる。

登場人物

源氏
〔35歳〕

玉鬘
〔21歳〕

大夫監
〔年齢不明〕

「22玉鬘《たまかずら》」から「31真木柱《まきばしら》」までの十帖は、美貌のヒロイン・**玉鬘の外伝的な物語で、「玉鬘十帖」**と呼ばれます。玉鬘は、若い頃の源氏が愛した夕顔《ゆうがお》（⬇P34）と頭中将《とうのちゅうじょう》との間に生まれた娘。幼い玉鬘は、母の死後に継母《ままはは》からのいじめを避けるため、母の乳母《めのと》一家と九州に向かい、筑紫《つくし》（現在の福岡県）で育ちます。

20歳の美しい女性に成長した玉鬘に、豪族の大夫監《たいふのげん》は脅迫まがいに求愛してきます〔図1〕。大夫監から逃れるため、玉鬘や乳母らは筑紫を脱出して京にたどり着きますが、頼るあてはありません。途方に暮れた玉鬘一行が神頼みのため長谷寺《はせでら》（奈良県）に向かうと、夕顔の女房（侍女）だった右近《うこん》と偶然再会します。右近から報告を受けた**源氏は、実の親である内大臣（昔の頭中将《とうのちゅうじょう》）に黙って玉鬘を養女として引き取り**六条院に迎え入れ、花散里《はなちるさと》に世話を頼みました。

年の暮れ、源氏は六条院や二条東院《にじょうとういん》に住む女性たちに、正月用の晴れ着を整えて贈るのでした（**衣配り《きぬくばり》**）〔図2〕。

地元の有力者・大夫監〔図1〕

肥後（現在の熊本県）の豪族出身の大夫監は、海外貿易の窓口だった大宰府の下級役人で、武力も財力も手にしていた。

実母を亡くした姫君が継母《ままはは》にいじめられてさすらう物語は、平安時代の『落窪《おちくぼ》物語』や『住吉《すみよし》物語』に典型が見られる。

大夫監は、夜ではなく夕暮れに訪れてきたり、下手な和歌を詠んだり、婚礼の日を急がせる無骨な人物。貴族的な登場人物が多い『源氏物語』の中で、特に個性的な人物である。

源氏の「衣配り」〔図2〕

平安時代、貴族の女性たちの衣服を調達するには莫大な財力や豊富な人脈が必要で、源氏にはそれらが備わっていたことを示している。

葡萄染《えびぞ》めの紅梅模様の小袿《こうちぎ》。

梅の枝に蝶・鳥が飛ぶ唐風の小袿。

23 初音《はつね》

さまざまな女性との交流模様？

ひと言あらすじ

六条院で初めて正月を迎えた源氏は、女性たちのもとを順番に訪れ、最後に明石《あかし》の君《きみ》と一夜をともにする。数日後、源氏は二条東院《にじょうとういん》の女性たちに声をかける。

登場人物

源氏〔36歳〕

紫の上〔28歳〕

玉鬘〔22歳〕

六条院で初めて正月を迎えた36歳の源氏は、新年の挨拶《あいさつ》をするために、それぞれの町に住む女性たちのもとを訪れます。まず源氏は、**紫《むらさき》の**

初子日《はつねのひ》の「小松引き」〔図1〕

平安時代、日にちは「子《ね》・丑《うし》・寅《とら》…」という十二支で表されていた。その月の最初の子の日を「初子日」といい、正月最初の子日には小松（小さな松の木）を引き抜く風習があった。

庭の築山に生えている小松を引き抜く少女たち。

出典：ColBase「源氏物語図（初音）」（部分）東京国立博物館所蔵

上《うえ》と夫婦の契りを祝う歌を詠み交わしました。次に8歳になった**明石の姫君**《あかしのひめぎみ》を訪ねると、少女たちが小松を引き抜いて遊んでいます〔図1〕。**明石の君**からはお祝いの品とともに、新年の歌が届けられていましたが、その歌には、娘に会えない悲しみが詠まれていました。源氏は明石の君の気持ちを思いやり、姫君に返事を書かせます〔図2〕。

続いて上品な暮らしぶりの**花散里**《はなちるさと》を訪ねた後、**玉鬘**を訪ねて心をときめかせます。そして**最後に訪れた明石の君と一夜を過ごします**。

源氏が朝帰りをしたので、紫の上の機嫌は悪く、返事すらしません。気まずくなった源氏は、新年会や管絃《かんげん》の演奏会などにかこつけて、紫の上と顔を合わせるのを避けるのでした。

数日後、**源氏は末摘花**《すえつむはな》**や空蟬**《うつせみ》**のほか、二条東院に住む女性たちに声をかけて回りました**。

明石の姫君を訪れる源氏〔図2〕

源氏は明石の姫君に、母に宛てた手紙を書かせた。

明石の君から贈られた松の枝には、ウグイスの細工物とともに、手紙がつけてあった。そこには、「年月《としつき》をまつに引かれて経《ふ》る人に今日鶯《うぐひす》の初音聞かせよ」（長い年月、あなたに会えるのを待ち続けて古人《ふるひと》になった私に、ウグイスが初音を聞かせるように、初便りをください）という歌が書かれていた。これが巻名の由来。

24 胡蝶《こちょう》

養女・玉鬘への求愛？

ひと言あらすじ

六条院で華やかな遊宴が開かれた後、玉鬘《たまかずら》には多くの求婚者から恋文が届く。源氏は父親顔で玉鬘に近づき、ついに玉鬘への恋心を打ち明ける。

登場人物

源氏
〔36歳〕

紫の上
〔28歳〕

玉鬘
〔22歳〕

六条院の紫《むらさき》の上《うえ》の「春の町」（➡P81）が春の盛りを迎えると、源氏は※竜頭鷁首《りゅうとうげきしゅ》の船を池に浮かべて船遊びをします。源氏は、ちょうど里帰りしていた秋好中宮《あきこのむちゅうぐう》（昔の斎宮女御《さいぐうのにょうご》）の女房（侍女）を船に乗せます。夜を徹して開かれた**遊宴には、玉鬘に思いを寄せる男性貴族が多く列席し、玉鬘の評判はさらに上がります**。翌日、秋好中宮は仏事を開きました〔図1〕。

初夏には、玉鬘のもとに多くの求婚者から恋文が届けられるようになります。その中には、源氏の弟である**蛍宮**《ほたるのみや》や、まじめで無骨な**鬚黒大将**《ひげくろのだいしょう》のほか、玉鬘が実の姉であることを知らない**柏木**《かしわぎ》（内大臣の長男）もいました〔図2〕。

源氏は父親顔で彼らの恋文をチェックして、返事のしかたを指導しますが、紫の上は源氏の下心を見抜きます。夕顔《ゆうがお》の面影を残す玉鬘への思いを抑えきれなくなった源氏は、**ついに恋心を告白し玉鬘の手を握りますが、玉鬘は嫌悪感で返事もしません**。その後もしつこく源氏が口説いてくるので、玉鬘は思い悩むのでした。

※船首に竜や鷁（水鳥）の彫刻を飾った船。

蝶の装束を着た童女たち〔図1〕

船遊びの翌日、秋好中宮が仏事を開くと、紫の上は鳥の装束を着せた童女のほかに、蝶の装束を着せた童女を送った。

このとき紫の上は、秋好中宮に「花園の胡蝶をさへや下草に秋まつ虫はうとく見るらむ」（秋を好むまつ虫〔あなた〕は、春の胡蝶〔蝶のこと〕もつまらないと思うのでしょうか）という歌を贈った。

出典：ColBase「源氏物語図屏風（胡蝶）」東京国立博物館所蔵

玉鬘に求婚する男性たち〔図2〕

ひとりの女性に多くの男性が求婚する物語を「求婚《きゅうこん》譚《たん》」という。養父の源氏が求婚したことで、この求婚譚は混乱していく。

源氏
強引に添い寝し、しつこく言い寄る。

鬚黒大将
まじめに恋慕の思いを訴える。

柏木
実の姉だとは知らずに恋心を抱く。

蛍宮
かなわぬ思いのもどかしさを伝える。

25

蛍《ほたる》

恋敵の心をかき乱す？

ひと言あらすじ

源氏は蛍宮《ほたるのみや》を誘い出し、蛍の光を使った演出で玉鬘の美しさを際立たせ、玉鬘《たまかずら》への恋心をかきたてる。また、源氏は物語を論じて玉鬘を口説く。

登場人物

源氏
〔36歳〕

玉鬘
〔22歳〕

蛍宮
〔年齢不明〕

玉鬘に恋する多くの求婚者の中でも、蛍宮《ほたるのみや》（源氏の弟）は特に真剣な恋文を送ってきます。5月のある夜、源氏は蛍宮を六条院に誘い出し、

蛍の光に照らされた玉鬘〔図1〕

平安時代、蛍の光で女性の姿を見るという趣向は風情のあるものとされた。

源氏は、玉鬘の養父という立場にいながら、玉鬘への恋心を抑えることができず苦しんでいた。『源氏物語』には、「もし本当に自分の娘なら、このようなよけいな世話を焼かないだろう」と書かれている。

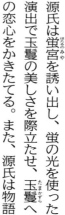

多くの蛍を玉鬘に向けて放ちます。暗闇の中、ほのかな蛍の光に照らし出された玉鬘の美しい姿を見た蛍宮の恋心は、源氏の狙いどおり燃え上がります。源氏は、内心では玉鬘を自分のものにしたいが、それはかないません。**鬱屈《うっくつ》した情念を抱える源氏は、自分の演出で蛍宮の恋心を乱したいと考えた**のです〔図1〕。

五月雨《さみだれ》の降り続く頃、六条院の女性たちは絵や物語を慰めとして日々を過ごしていました。物語にふれずに育った玉鬘は、夢中になって読んでいます。それを見た源氏は、**物語には心の機微《きび》が書かれていると論じつつ、玉鬘に言い寄ります**〔図2〕。玉鬘は、「娘を口説く親心が書かれた物語はない」と、源氏から逃れました。

一方、雲居雁《くもいのかり》を思い続ける夕霧《ゆうぎり》（源氏の子）は、ふたりの仲を引き離した内大臣（昔の頭中将《とうのちゅうじょう》）の仕打ちを忘れていませんでした。

源氏の「物語論」〔図2〕

源氏は玉鬘に物語の重要性を語る。その内容は紫式部の考えを反映しているといわれる。

源氏の主張

- 『日本書紀』などの歴史書は、**社会のほんの一面**を書いているに過ぎない。
- 物語には、この世で**心を動かされたことや、どうしても伝えたいこと**が書かれている。
- 物語はつくり事ではなく、**人の善し悪しを誇張している**だけである。

玉鬘は、『住吉《すみよし》物語』の主人公と、九州時代の自分を重ね合わせ、夢中で読んだ。

26

常夏《とこなつ》

源氏の苦悩と政敵の苦悩？

ひと言あらすじ

玉鬘《たまかずら》は、源氏と実父（内大臣）の対立を知り嘆く。源氏は、玉鬘を誰かと結婚させた後に逢うことを画策する。一方の内大臣は、無教養な隠し子に困惑する。

登場人物

源氏
〔36歳〕

玉鬘
〔22歳〕

近江の君
〔年齢不明〕

ある夏の日、源氏は玉鬘の部屋を訪れ、内大臣（昔の頭中将《とうのちゅうじょう》）が夕霧《ゆうぎり》と雲居雁《くもいのかり》（内大臣の娘）を別れさせたと語ります。**源氏と実父の仲が悪いことを知った玉鬘は、実父に会える日が遠いことを悟り、嘆きます**。実父恋しさに涙を流す玉鬘を見て、源氏はますます恋心を募らせていきます。

源氏は玉鬘への未練を断ち切るため、**蛍宮**《ほたるのみや》か**鬚黒大将**《ひげくろのだいしょう》と結婚させようかと考えますが、玉鬘に会うとその決心は揺らぎます。そして、**結婚させた後に、人目につかないように逢える方法はないかと考える**のでした。

一方の内大臣が探し出した娘・**近江《おうみ》の君《きみ》**は、庶民が楽しむ盤ゲーム「双六《すごろく》」に熱中し、早口でまくしたてるような、**姫君らしからぬ娘**でした〔図1〕。困惑した内大臣は、近江の君に礼儀作法を学んでもらうため、自分の娘・弘徽殿女《こきでんのにょう》御《ご》に仕えるように勧めますが、近江の君は「便器掃除係でもやりたい」などと常識外れのことをいい出し、周囲から失笑されます〔図2〕。

双六に熱中する近江の君〔図1〕

平安時代の双六は、交互にサイコロを振って、自分の駒（白か黒）を進めるゲーム。賭博性が強く、貴族の娘がやるべき遊びではなかった。

女房（侍女）と双六に熱中する近江の君は、相手に「小さい目が出ろ」などと早口で唱える。自然体の近江の君は、体面を気にする貴族社会を批判する存在となっている。

「源氏五十四帖 廿六 常夏」国立国会図書館所蔵

内大臣の娘たち〔図2〕

内大臣には娘が多かったが、後宮で勢力を広げられずに焦り、姫君らしからぬ近江の君を「妃候補」として招き入れてしまった。

弘徽殿女御
秋好中宮《あきこのむちゅうぐう》との中宮争いに敗れる。

雲居雁
夕霧と恋仲になり、東《とう》宮《ぐう》の妃をあきらめる。

玉鬘
内大臣の知らぬ間に源氏の養女になる。

近江の君
貴族社会のルールを知らない。

知りたい！『源氏物語』の謎 2

謎 其の一 桐壺帝《きりつぼてい》は秘密を知っていた？

源氏と藤壺《ふじつぼ》との間に不義の子（後の冷泉帝《れいぜいてい》）が生まれたとき、桐壺帝は喜びます（↓P46）。桐壺帝が秘密を知っていたかどうかは書かれていません。後に、源氏は妻・女三《おんなさん》の宮《みや》の密通を知ったとき、「父は知らない顔をしていたのでは」と心中を察していますが、源氏や藤壺への一貫した愛情から推して、**桐壺帝は秘密を知らなかった**と考えるのが妥当でしょう。

桐壺帝は、藤壺が産んだ子を源氏に見せながら、「この子は、あなたにとても似ている」と喜んだ。源氏は恐ろしくも、またうれしくも感じた。

謎 其の二 なぜ源氏は朧月夜《おぼろづきよ》と密会を続けた？

朧月夜は、源氏の政敵であった右大臣の娘で、尚侍《ないしのかみ》（最高位の女官）として朱雀帝《すざくてい》の寵《ちょう》愛《あい》を得ていました（↓P56）。朧月夜と源氏の密会は、身の破滅を招く危険な行為だったのです。それでも密会を続けたのは、**危険な恋だからこそ熱中してしまう源氏の性格**が影響していると思われます。

右大臣が密会現場に踏み込んだときも、源氏はふてぶてしく振る舞う。

謎 其の三 『源氏物語』の巻名の由来は？

『源氏物語』54帖には、それぞれ優美な巻名がつけられています。これらの巻名は、紫式部自身がつけたのか、後世に読者がつけたのかが実はわかっていません。また、**巻名の多くはその巻で詠まれた和歌に由来**していますが、巻中の重要な事件や語句などが由来になっているものもあります。ただ、巻名の由来についても、確実な証拠はありません。

巻中で詠まれた和歌に由来

2帚木　3空蟬　4夕顔　5若紫
6末摘花　9葵　10賢木　11花散里
12須磨　13明石　14澪標　18松風
19薄雲　20朝顔　21少女　22玉鬘
23初音　24胡蝶　25蛍　26常夏
27篝火　29行幸　30藤袴　31真木柱
33藤裏葉　34若菜上　35若菜下
36柏木　37横笛　38鈴虫　39夕霧
40御法　41幻　44竹河　45橋姫
46椎本　47総角　48早蕨　49宿木
50東屋　51浮舟　52蜻蛉

巻中の事件に由来

7紅葉賀　8花宴　17絵合

巻中の語句に由来

1桐壺　15蓬生　16関屋　28野分
32梅枝　42匂兵部卿　43紅梅
53手習　54夢浮橋

謎 其の四 源氏は物語の中でどう呼ばれた？

平安時代、家族以外の前で自分の本名を名告《なの》ったり、他人の本名を呼んだりすることは基本的にありませんでした。そのため『源氏物語』の登場人物の呼称は、本名ではなくニックネームや官職名が使われています。しかも、紫式部がつけたニックネームは「空蟬」や「薫」などごくわずかで、ほとんどは後世の読者がつけたものです。「光源氏」も光るほど美しいためにつけられたニックネームで、**源氏の呼称も昇進や場面によってさまざまに変わっていく**のです。

光源氏の呼称の変遷

1桐壺 ～ 19薄雲
➡「君」「光る君」など

14澪標 ～ 38鈴虫
➡「大臣《おとど》」など

33藤裏葉 ～ 41幻
➡「院」など

場面による呼称
➡「男君」「大将」「殿」など

27

篝火《かがりび》

源氏の恋心をかわす玉鬘？

ひと言あらすじ

源氏への警戒心をゆるめた玉鬘《たまかずら》は、篝火《かがりび》の灯りの中で琴を枕にして源氏と寄り添って寝る。その後玉鬘は、実の弟である柏木《かしわぎ》の演奏に聞き入る。

登場人物

源氏
〔36歳〕

玉鬘
〔22歳〕

柏木
〔21歳〕

内大臣（昔の頭中将《とうのちゅうじょう》）に引き取られた近江《おうみ》の君《きみ》は、姫君らしからぬ行動で物笑いの種になっていました。源氏は、内大臣がよく考えもせず

添い寝する源氏と玉鬘〔図1〕

女房たちの前では、玉鬘は源氏の娘ということになっていた。このまま玉鬘と添い寝を続けると女房たちから異常だと思われるので、源氏は夜を明かすことなく帰ろうとした。

娘との添い寝が異常なことだと源氏は理解している。また、母と娘と一緒に関係をもつこともタブーだった

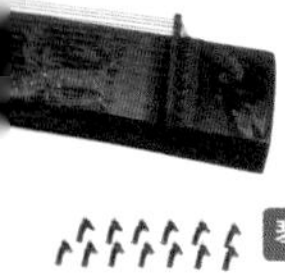
琴柱

箏の琴

13本の弦に、それぞれ琴柱《ことじ》を立てて、音を調整する。箏は、やがて「琴」と呼ばれるようになった。

近江の君を弘徽殿女御《こきでんのにょうご》の女房（侍女）にしたと批判します。**玉鬘は、思慮深い源氏に引き取られたことを幸運と感じ、警戒心をゆるめます。**

秋になり、玉鬘への恋心が抑えきれない源氏はたびたび玉鬘の部屋を訪れて和琴《わごん》を教えます。ある日の夕闇の中、**ふたりは和琴を枕にして夜中まで添い寝をします**〔図1〕。庭先の篝火《かがりび》に照らし出された玉鬘を見た源氏は、燃え立つような恋心を歌に詠みますが、玉鬘はやんわりとはぐらかす歌を返すのでした。

そのとき、夕霧《ゆうぎり》（源氏の子）と柏木《かしわぎ》（内大臣の長男・実は玉鬘の弟）たちが演奏する笛や箏《そう》の琴《こと》の音が聞こえてきたので、源氏は彼らを招いて演奏をさせます。柏木は、緊張しながらも和琴で見事な演奏をします〔図2〕。**玉鬘は実の弟の演奏をしみじみと聞きますが、事情を知らない柏木は玉鬘への思いを募らせます。**

平安時代の弦楽器〔図2〕

平安時代の「琴」は弦楽器の総称。代表的な琴には、「箏《そう》の琴《こと》」「琴《きん》の琴《こと》」「和琴《わごん》」「琵琶《びわ》」などがある。

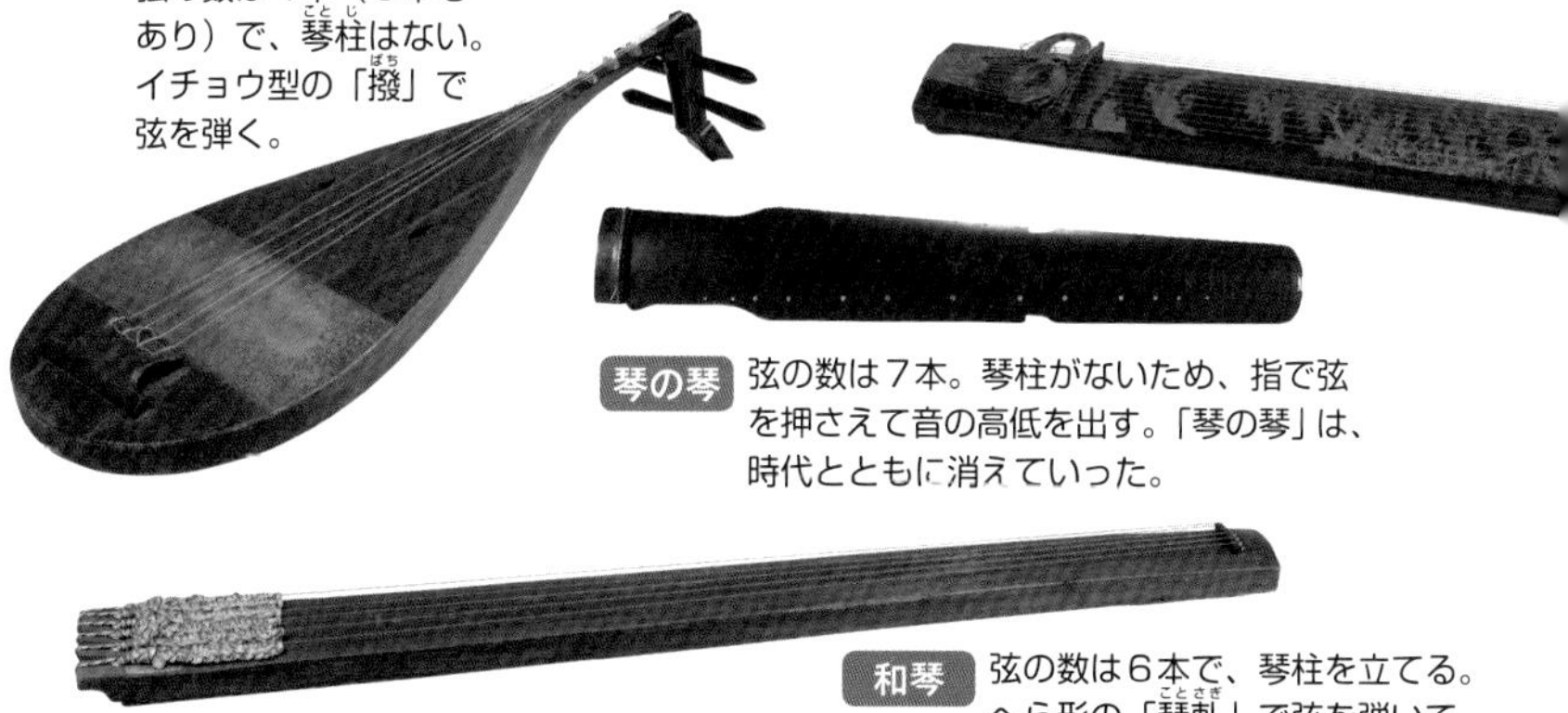

琵琶
弦の数は４本（５本もあり）で、琴柱《ことじ》はない。イチョウ型の「撥《ばち》」で弦を弾く。

琴の琴
弦の数は７本。琴柱がないため、指で弦を押さえて音の高低を出す。「琴の琴」は、時代とともに消えていった。

和琴
弦の数は６本で、琴柱を立てる。へら形の「琴軋《ことさぎ》」で弦を弾いて音を出した。

出典：ColBase「箏」「七弦琴」「和琴」「琵琶 銘 大虎」東京国立博物館所蔵

28

野分《のわき》

夕霧、父・源氏をうらやむ？

ひと言あらすじ

夕霧《ゆうぎり》は、台風に襲われた六条院を訪ねる。紫《むらさき》の上《うえ》や玉鬘《たまかずら》など、源氏に関わる美しい女性たちを垣間見《かいまみ》て心を奪われ、父のように暮らしたいと願う。

登場人物

源氏
〔36歳〕

紫の上
〔28歳〕

夕霧
〔15歳〕

秋、激しい野分《のわき》（台風）が六条院を襲います。紫《むらさき》の上《うえ》は草花が気にかかり、縁側近くで庭を眺めていました。**その姿を、ちょうど見舞いに来ていた夕霧《ゆうぎり》が垣間見《かいまみ》てしまいます**〔図1〕。夕霧は紫の上の美しさに呆然とし、**源氏が自分を紫の上に近づけさせなかった理由を悟ります**。紫の上のもとに戻ってきた源氏は、夕霧のぎごちない態度から、紫の上の姿を見られたことを悟ります。

翌朝、六条院を訪れた夕霧は、源氏のお供をして秋好中宮《あきこのむちゅうぐう》、明石《あかし》の君《きみ》、玉鬘、花散里《はなちるさと》など、六条院の女性たちのもとをめぐります〔図2〕。玉鬘のもとで、夕霧は馴れ馴れしく玉鬘に接する源氏を垣間見て驚き、嫌悪感を抱きますが、一方で**玉鬘の美貌に心を奪われる**のでした。

源氏のお供を終えた夕霧は、明石《あかし》の姫君《ひめぎみ》を見舞います。明石の姫君の姿も垣間見た夕霧は、藤の花のように美しいと感じます。そして、**自分も父・源氏のように美しい女性たちに囲まれて暮らしたいと願う**のでした。

紫の上を垣間見る夕霧〔図1〕

源氏が紫の上を夕霧に会わせなかったのは、かつて自分が犯した過《あやま》ち（義母との密通）を、夕霧にさせないためだった。

通常、貴族の女性たちは御簾《みす》の奥に隠れているので見ることはできない。夕霧が紫の上を見るためには、野分直後という設定が必要だった。

虫籠《むしかご》の虫に露を与える少女たち〔図2〕

野分の翌日、秋好中宮は少女たちを庭に下ろし、虫籠の虫に露を与えさせた。平安貴族たちは、松虫や鈴虫などを飼って鳴き声を楽しんでいた。

秋好中宮が、虫籠をもった色鮮やかな装束を着た少女たちを眺める。

出典：ColBase「源氏物語絵巻」（部分）東京国立博物館所蔵
(https://colbase.nich.go.jp/collection_items/tnm/A-12358?locale=ja)を加工して作成

29 行幸《みゆき》

源氏、政敵と和解する？

ひと言あらすじ

大原野に行幸する冷泉帝《れいぜいてい》を見た玉鬘《たまかずら》は、宮仕えを決意。一方の源氏は、内大臣に玉鬘の真相を告白して和解する。内大臣は玉鬘の裳着《もぎ》の腰結役《こしゆいやく》を引き受ける。

登場人物

源氏
〔36～37歳〕

玉鬘
〔22～23歳〕

冷泉帝
〔18～19歳〕

源氏が玉鬘の今後をどうするべきか悩んでいた12月、**冷泉帝《れいぜいてい》は狩のため京郊外の大原野《おおはらの》**（⬇P15）**に行幸《ぎょうこう》しました**〔図1〕。見物に出かけた玉鬘は、初めて実父の内大臣（昔の頭中将《とうのちゅうじょう》）や鬚黒大将《ひげくろのだいしょう》などを見ますが、冷泉帝の美しさは格別です。玉鬘の気持ちは、源氏に提案されていた「**尚侍《ないしのかみ》（最高位の女官）として宮仕えする**」という案に傾きます。ちなみに、源氏が尚侍を勧めた本当の理由は、**玉鬘を宮仕えさせて密会の機会をつくること**でした。

宮仕えに向けて、源氏は玉鬘の裳着《もぎ》（成人式のこと）を計画し、この**儀式で重要な役割である「腰結《こしゆい》」の役を、内大臣に頼むことにします。**源氏は、玉鬘の裳着をきっかけに内大臣に真実を打ち明けて、玉鬘との行き詰まった関係を変えようとしたのです。

源氏は大宮《おおみや》（内大臣の母）を仲介して内大臣と対面します。**ふたりは親友だった頃の話を語り合い、源氏は玉鬘の真相を打ち明けました。**こうしてふたりは、「雨夜の品定め」（⬇P30）

冷泉帝の行幸〔図1〕

天皇が狩猟のために野に出る「野行幸」は、平安時代初期には、たびたび行われた。

輦輿《れんよ》
天皇専用の輿《こし》
（乗り物）の屋根には
金色の鳳凰《ほうおう》の飾りがつく

大原野行幸には、多くの貴族が参加したが、源氏は自分が目立つことを避けるため、参加しなかった。

「源氏五十四帖 廿九 御幸」国立国会図書館所蔵

女性の成人式「裳着」〔図2〕

裳着とは、裳（➡P69）をつける儀式で、現在の成人式にあたる。12〜14歳で行うのが一般的だったが、玉鬘は23歳で行うことになった。

裳
プリーツスカートの後ろ半分しかないような形で、後ろに長く引きずる。

裳の腰（ベルト）を結ぶ役目の人を「腰結」といい、一族の長老などが担当した。玉鬘の腰結は、内大臣がつとめた。

を思い出し、泣いたり笑ったりしながら、打ち解けました。2月、玉鬘の裳着が華やかに行われ、娘と対面した内大臣は感激に打ち震えながら、腰結役をつとめ上げたのです〔図2〕。

30 藤袴《ふじばかま》

夕霧、玉鬘を狙う源氏に気づく？

ひと言あらすじ

夕霧《ゆうぎり》は、宮仕えを前に思い悩む玉鬘《たまかずら》に恋心を告白するが無視される。夕霧は源氏のたくらみを見抜いて追及する。髭黒大《ひげくろのだい》将《しょう》は玉鬘に熱心に求愛する。

登場人物

源氏
〔37歳〕

夕霧
〔16歳〕

玉鬘
〔23歳〕

玉鬘《たまかずら》は尚侍《ないしのかみ》（最高位の女官）になることが決まりましたが、心中は穏やかではありません。**尚侍は冷泉帝《れいぜいてい》の寵愛《ちょうあい》を受けることがあるので、秋好中宮《あきこのむちゅうぐう》や、妹の弘徽殿女御《こきでんのにょうご》と寵愛を争う立場にならないか心配**なのです。

そんなとき、大宮《おおみや》（内大臣の母）が亡くなります。喪に服す玉鬘のもとに、同じく喪服姿の夕霧《ゆうぎり》が源氏の使いとして訪れます〔図1〕。玉鬘が実の姉でないと知った**夕霧は感情を抑えられなくなり、藤袴（薄紫色の花）を差し出して告白**しますが、相手にされません〔図2〕。

源氏のもとに戻った夕霧は、**「玉鬘を愛人にするつもりではないのか」と源氏の真意を問いただします**。源氏は笑って否定しましたが、真意を見抜かれたことを悟ります。

玉鬘の宮仕えが決まると、求婚者たちは先を争って玉鬘に恋文を送ります。なかでも**髭黒大《ひげくろのだい》将《しょう》**は熱心で、内大臣も好感をもちます。玉鬘は、数多く送られてきた恋文の中で、**蛍宮《ほたるのみや》にだけ別れの返事を送りました**。

玉鬘の血縁関係〔図1〕

平安時代、結婚が認められたのは三等親以上で、異母きょうだいでも結婚はタブーだった。このため当初、夕霧は玉鬘への思いを自制していた。

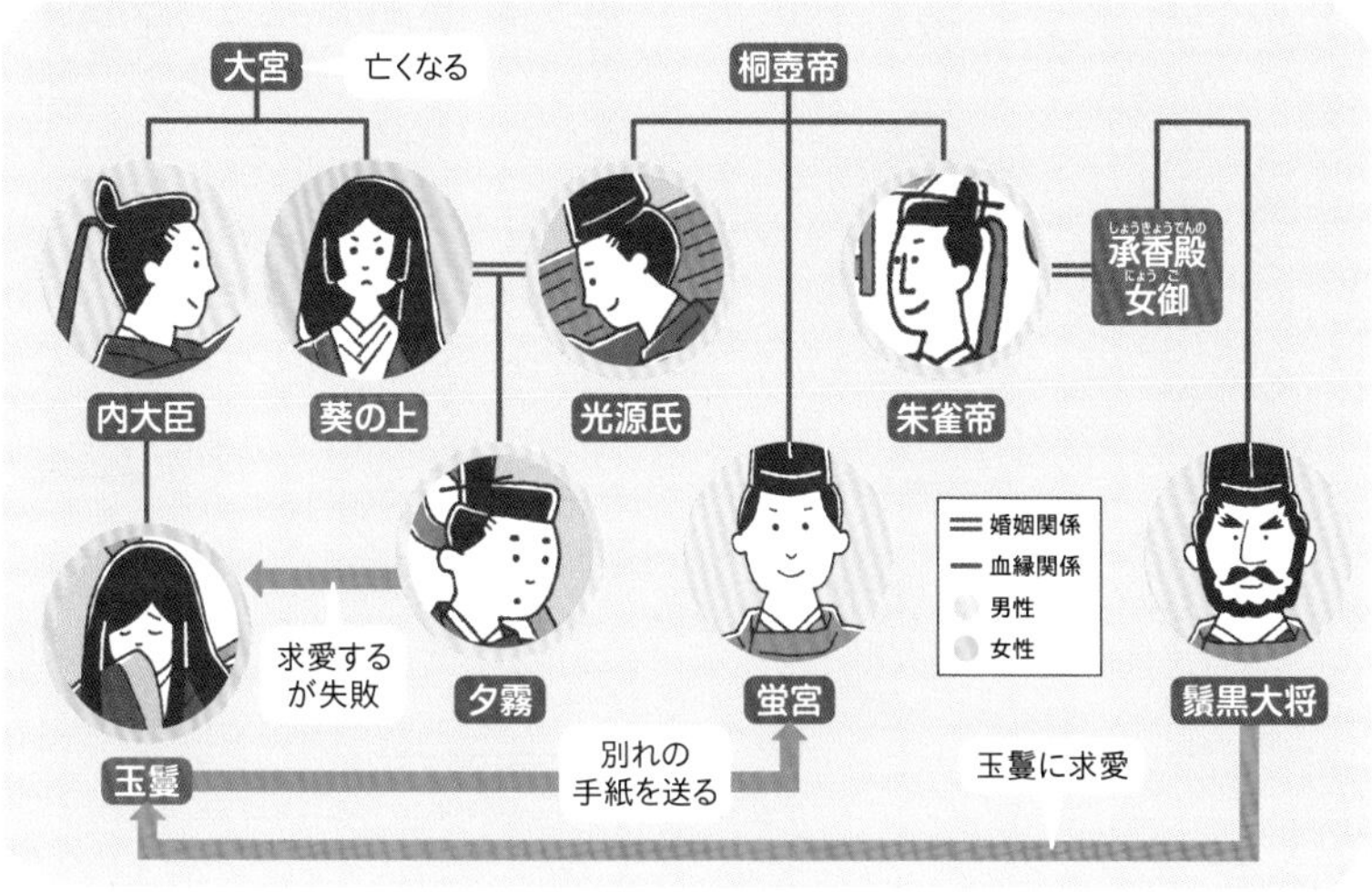

タイミングの悪い告白〔図2〕

宮中で起こりうる対立や、源氏の求愛などに悩みを深めていた玉鬘に、夕霧が突然、告白したのは、最悪のタイミングだった。

玉鬘も夕霧も喪服を着ていた。夕霧は、藤袴を差し出し、「同《おな》じ野《の》の露《つゆ》にやつるる藤袴あはれはかけよかごとばかりも」（あなたと私は同じ野の露に濡れてやつれた藤袴のような色の喪服を着ています。少しでも情けをかけてください」と歌に詠んだが、相手にされなかった。

31 真木柱《まきばしら》

玉鬘と源氏は結ばれずに終わる？

ひと言あらすじ

鬚黒大将《ひげくろのだいしょう》は、強引に玉鬘《たまかずら》との結婚を実現する。鬚黒の正妻は夫と決別し、子どもを連れて実家に帰る。玉鬘は鬚黒と結婚生活を送り、男児を産む。

登場人物

源氏
〔37〜38歳〕

玉鬘
〔23〜24歳〕

鬚黒大将
〔32〜33歳〕

「玉鬘《たまかずら》十帖」の最終巻です。**鬚黒大将《ひげくろのだいしょう》は女房（侍女）の手引きで玉鬘を手にします**。源氏は無念さを押し殺し鬚黒との結婚を認めました。

ある日、鬚黒は玉鬘を訪れようとしますが、正妻・**北《きた》の方《かた》**が突然乱心し、**火《ひ》取《とり》（香炉のこと）の灰を鬚黒に浴びせかけます**〔図1〕。これにより夫婦仲は完全に決裂し、鬚黒は自邸に帰らず玉鬘のもとに居続けるようになります。

北の方の父・式《しき》部《ぶ》卿宮《きょうのみや》は激怒し、北の方と孫たちを実家に引き取ります。鬚黒の娘・**真《ま》木《き》柱《ばしら》は、嘆きの歌を書いた紙を住み慣れた邸《やしき》の柱の割れ目に押し込み、別れを告げます**〔図2〕。鬚黒は式部卿宮邸に駆けつけますが、面会を拒絶され、娘たちは返してもらえませんでした。

翌年の春、玉鬘が宮仕えを始めると、**冷《れい》泉《ぜい》帝《てい》**はすぐさま玉鬘を訪れます。心配でしかたがない鬚黒は、強引に玉鬘を自邸に連れて帰ります。そして秋、玉鬘は男児を出産します。こうして「玉鬘十帖」は、**玉鬘が源氏の美的世界と決別したことによって終幕を迎えました。**

灰を浴びせられる髭黒〔図1〕

貴族の妻には、外出する夫のために、装束を用意する役目があった。北の方は、玉鬘のもとに通う髭黒の衣に香《こう》を焚きしめていた。

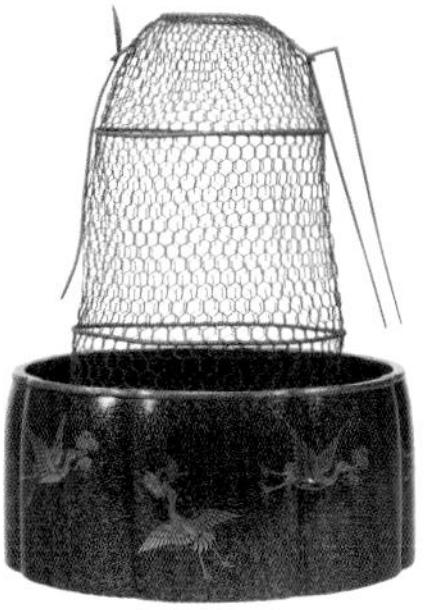

火取は香を焚く道具。火《ひ》取《とり》母《も》（木製容器）の内側に金属・陶器製の薫《くん》炉《ろ》を入れ、火《ひ》取籠《とりかご》をかぶせる。

出典：ColBase「火取」
東京国立博物館所蔵

髭黒の身支度を手伝っていた北の方は、突如錯乱し、火取の灰を浴びせかけた。

邸を去る真木柱〔図2〕

髭黒は玉鬘を手に入れた代償として、貴族が権力を握るうえで最大の武器であった「娘」を失ってしまう。

真木柱は、母とともに住み慣れた邸を去るとき、真木（檜《ひのき》）の柱に歌を書いた紙を差し入れた。

「源氏五十四帖 卅〔一〕真木柱」国立国会図書館所蔵

32 梅枝《うめがえ》

お香の調合で競い合う？

ひと言あらすじ

東宮《とうぐう》との結婚を控え、中宮《ちゅうぐう》になる運命の明石《あかし》の姫君《ひめぎみ》は、六条院で盛大な裳着《もぎ》を行う。源氏は六条院の女性たちに薫物《たきもの》の調合を依頼し、その出来を競わせる。

登場人物

源氏
〔39歳〕

明石の姫君
〔11歳〕

東宮
〔13歳〕

正月を迎え39歳になった源氏は、11歳になった明石《あかし》の姫君《ひめぎみ》の裳着《もぎ》（成人式のこと）の準備を進めます。13歳の**東宮《とうぐう》（朱雀院《すざくいん》の子）が元服《げんぷく》を**

用語解説

角髪《みずら》

平安時代以前の少年の髪型。髪を左右に分けて、耳のあたりで輪の形に束ねた。

男性の成人式「元服」〔図1〕

角髪《みずら》と呼ばれるお下げ髪を理髪して髻《まげ》を結い、初めて冠をつける儀式。12～16歳で行うのが一般的だった。

元服で冠をのせる人を「加冠《かかん》」といい、後見役などに頼んだ。源氏の加冠は左大臣（葵の上の父）がつとめた。

した後、結婚する予定なのです〔図1〕。

正月の末、源氏は六条院の女性たちに、**薫物《たきもの》**（香《こう》）の調合を依頼し、自らも秘法の薫物を調合します。2月、蛍宮《ほたるのみや》を審判として、**どの薫物が優れているかを競う「薫物合《たきものあわせ》」が行われる**ことになりました〔図2〕。女性たちの薫物はどれもすばらしく、優劣はつきませんでした。

明石の姫君の裳着は、秋好中宮《あきこのむちゅうぐう》の御殿で盛大に行われましたが、身分の低い明石の君は参列できず、娘の晴れ姿を見られませんでした。

東宮が元服すると、姫君は4月に妃として内《だい》裏《り》に入り、淑景舎《しげいしゃ》（桐壺《きりつぼ》）に住むことが決まります。それに備えて源氏は、優れた書による物語や歌集などを集めます。そうした噂を聞く内大臣（昔の頭中将《とうのちゅうじょう》）は、20歳の美しい盛りの娘・**雲居雁《くもいのかり》が夕霧《ゆうぎり》との仲を裂かれてふさぎ込む姿**を見て、親として心を痛めていました。

薫物の調合〔図2〕

当時の薫物の材料は、香木や蜂蜜などであったが、調合方法は秘伝とされた。

薫物ができるまで

1. 香木を粉にして、蜂蜜を煎じたものを入れて練り合わせ、「練り香」をつくる。
2. 練り香を壺に入れて土に埋めて熟成させる。
3. 香壺《こうこ》と呼ばれる容器に入れて保管する。

沈水香《じんすいこう》と呼ばれる香木。薫物の調合には、複数の香木を使うこともある。

出典：ColBase「沈水香」東京国立博物館所蔵

33 藤裏葉《ふじのうらば》

源氏、栄華を極める？

ひと言あらすじ

夕霧《ゆうぎり》と雲居雁《くもいのかり》がついに結ばれる。源氏は准太上《じゅんだじょう》天皇となり、天皇と上皇を六条院に招く。栄華の絶頂を極める源氏の姿がえがかれ、第1部が完結する。

登場人物

源氏〔39歳〕

夕霧〔18歳〕

紫の上〔31歳〕

4月、雲居雁《くもいのかり》の行く末を心配する内大臣（昔の頭中将《とうのちゅうじょう》）は、**夕霧《ゆうぎり》を自邸の藤の花の宴に招き、ふたりの結婚を許します**〔図1〕。6年ぶりに再会したふたりは、ついに結ばれたのです。

明石《あかし》の姫君《ひめぎみ》は、東宮《とうぐう》の妃として内裏《だいり》に入ります。このとき紫《むらさき》の上《うえ》が母として付き添いましたが、明石《あかし》の君《きみ》に後見役を譲りたいと源氏に伝えます。3日後、世話役を交代するとき、紫の上は初めて明石の君に対面し、**ふたりはお互いの人柄を認め合いました**〔図2〕。

秋、源氏は**准太上《じゅんだじょう》天皇**（上皇と同等の位）の位を与えられます。こうして**皇族から臣下の身分に降ろされた皇子は、上皇と肩を並べるまでになった**のです。また、内大臣は太政大臣《だいじょうだいじん》に、夕霧は中納言にそれぞれ昇進し、夕霧夫妻は、亡き大宮《おおみや》（夕霧の祖母）の邸に引っ越します。

10月、冷泉帝《れいぜいてい》と朱雀院《すざくいん》が六条院に招かれ、盛大な宴が開かれます。源氏と太政大臣は、若き日に一緒に青海波《せいがいは》（➡P46）を舞ったことを、なつかしく思い出すのでした。

結婚の許可を得る夕霧〔図1〕

まじめな性格の夕霧は、雲居雁を強引に手に入れるのではなく、内大臣の許しを得られるまで6年間、結婚を待った。

藤の花の宴に夕霧を招いた内大臣は、酒をすすめながら、雲居雁との結婚を許した。柏木《かしわぎ》は、藤の花を一房折って夕霧の盃に添えた。

「源氏五十四帖 卅三 藤裏葉」国立国会図書館所蔵

紫の上と明石の君の初対面〔図2〕

初対面したふたりは、対等に話し合い、お互いの美点を認め合った。

高貴で美しい…
多くの女性たちの中で、
この方が源氏様に
特別に愛されるのも当然だわ
物腰のすばらしさ…
この方が源氏様に
愛されるのも
無理はないわ

謎 其の一 六条御息所《ろくじょうのみやすどころ》邸跡に六条院を建てた理由は？

六条御息所の生霊《いきりょう》は、葵《あおい》の上《うえ》に取りついて殺します（→P52）。当時、恨みを抱えて死んだ人の魂（怨霊）は、人に危害を及ぼすと考えられていました。源氏は、**六条御息所の怨霊をしずめ、その霊力を得ようとして**、六条御息所の邸跡を秋の町として取り込んで六条院を建てたのです。

「源氏五十四帖 十 榊」国立国会図書館所蔵

源氏は葵の上の死後、伊勢に旅立つ六条御息所のもとを訪れ、和解した。

謎 其の二 「玉鬘十帖《たまかずらじゅうじょう》」はなぜえがかれた？

庶民的な女性が、複数の貴族的な男性から求愛されるシンデレラ・ストーリーは、現代でも人気が高い。

「玉鬘十帖」は、第1部の完成後に差し込まれたという説があるほど外伝的で、玉鬘が貴族男性たちに求婚される話です。身分の低い玉鬘は、若い時期に九州をさすらうなど、苦労を重ねます。恵まれない境遇だけどモテモテの玉鬘は、**中流貴族の女性や女房（侍女）たちが感情移入しやすいキャラクター**。昔から伝わる物語の典型的な要素をふんだんにもっている玉鬘十帖を、読者たちは胸をときめかせて読んだのでしょう。

謎 其の三 源氏はなぜ玉鬘を養女にした？

玉鬘を引き取った源氏は、六条院に出入りする若い男性貴族たちに玉鬘の美しさを喧伝《けんでん》して、彼らの心が乱れる様子を見物したいと語ります（⬇P84）。それを聞いた紫の上は、「けしからぬ考え」だと呆れました。源氏が自分の悪趣味を告白したのは、**玉鬘への下心を隠す目的**がありましたが、**六条院で若い貴族たちを支配したい**という願望でもあったと考えられます。

源氏が内裏《だいり》から離れた場所に六条院を築いたのは、帝ではない自分を頂点とする貴族社会を築きたかったためだと考えられる。

謎 其の四 准《じゅん》太《だ》上《じょう》天皇とは？ 実在した位？

栄華を極めた源氏は、准太上天皇の位を与えられます（⬇P108）。准とは「準優勝」などの準と同じで、「準じる」という意味です。太上天皇とは、退位した天皇のことで、「上皇《じょうこう》」のこと。つまり、准太上天皇とは、上皇と同等の待遇を受ける位なのですが、**歴史上、この位は存在しません。臣下に降ろされた源氏が上りつめられる最高位**として、准太上天皇という位がつくられたのです。

准太上天皇となった源氏は、冷泉帝《れいぜいてい》と朱雀院《すざくいん》を六条院に招き、盛大に歓待した。

源氏物語の関連人物 2

紫式部に嫌われた外交的な随筆家

清《せい》少《しょう》納《な》言《ごん》

【966?～1025?】

紫式部と並んで、平安時代を代表する女性文学者として知られる清少納言。歌人・清原元輔《きよはらのもとすけ》の娘で、993年、一条天皇の中宮《ちゅうぐう》だった定子《ていし》（藤原《ふじわらの》道隆《みちたか》の娘）に仕え始め、約10年間、女房（侍女）として宮廷生活を送りました。

「春は、あけぼの」という有名な文章で始まる『枕草子』は、自身が体験した宮廷生活を四季の移ろいとともに、鋭い観察眼と豊かな感性で表現した随筆の傑作です。

紫式部が、中宮である彰子《しょうし》（藤原道長《ふじわらのみちなが》の娘）に仕え始めたのは1006年頃なので、清少納言と面識はなかったと思われます。しかし、紫式部は、『紫式部日記』の中で「清少納言は得意顔でえらそうに振る舞う人。利口ぶって漢字を書き散らしているけど、足らない点が多い」「このような人の末《まつ》路《ろ》がよいはずがない」などと、感情的ともいえる陰口を書いています。これは、道長（彰子の父）と道隆（定子の父）の政治的な対立から、定子を称える清少納言を批判したためと考えられていますが、内向的な紫式部が、快活で社交的な清少納言に嫌悪感を抱いていたともいわれています。

中宮定子の死後、清少納言は宮仕えを辞めて、京都の東山で静かに暮らしたともされます。

第2部

苦悩に満ちた光源氏の半生

順風満帆に思えた光源氏の人生ですが、女三《おんなさん》の宮《みや》との結婚をきっかけに暗い影が落ち始めます。苦悩を抱えた源氏に、紫の上との別れの時がやってきます。

34若菜上〜41幻

ざっくりわかる!

源氏物語〔第2部〕あらすじ

栄華を極めていた源氏は、朱雀院《すざくいん》の娘・女三《おんなさん》の宮《みや》と結婚するが、愛情をもつことができない。女三の宮は柏木《かしわぎ》と密通し、不義の子・薫《かおる》を出産。苦悩を深めた紫《むらさき》の上《うえ》が病に倒れて亡くなると、源氏は深く悲しみ、出家を決意する。

1 女三の宮との結婚

源氏は、朱雀院の娘・女三の宮と結婚する。紫の上は、正妻の地位を奪われることになり動揺する。〔↓34若菜上〕

2 明石女御の出産

源氏の娘である明石女御《あかしのにょうご》が東宮《とうぐう》（朱雀院の子）の皇子を出産。夢を確実にした明石《あかし》の入道《にゅうどう》は姿を消す。〔↓34若菜上〕

3 紫の上の発病

源氏は、六条院で女性たちによる演奏会を開く。その翌朝、紫の上が病に倒れ、二条院へ移る。〔↓35若菜下〕

4 柏木と女三の宮の密通

源氏の留守中に、柏木は女三の宮と密通。ふたりの関係を知った源氏は、柏木を精神的に追いつめる。〔↓35若菜下〕

5 薫の誕生

女三の宮は、実は柏木の子である薫を出産。朱雀院は女三の宮を出家させ、それを知った柏木は亡くなる。〔→36柏木〕

6 横笛を贈られる夕霧

源氏の子・夕霧《ゆうぎり》は、柏木の未亡人である落葉《おちば》の宮《みや》のもとを何度も訪れ、柏木愛用の横笛を贈られる。〔→37横笛〕

7 女三の宮への未練

出家した女三の宮に未練を残す源氏は、彼女が住む邸宅の庭を秋の野原につくり変え、鈴虫を放つ。〔→38鈴虫〕

8 落葉の宮に恋する夕霧

夕霧は落葉の宮に告白し、何度も言い寄るが拒絶される。ついに夕霧は、強引に落葉の宮と契りを結ぶ。〔→39夕霧〕

9 紫の上の死

体調を崩しがちだった紫の上は、源氏に見守られながら息を引き取る。源氏は悲しみに打ちひしがれる。〔→40御法〕

10 源氏の出家

源氏は紫の上を追悼《ついとう》し、彼女からもらった手紙をすべて焼く。源氏は俗世での人生が終わったことを実感する。〔→41幻〕

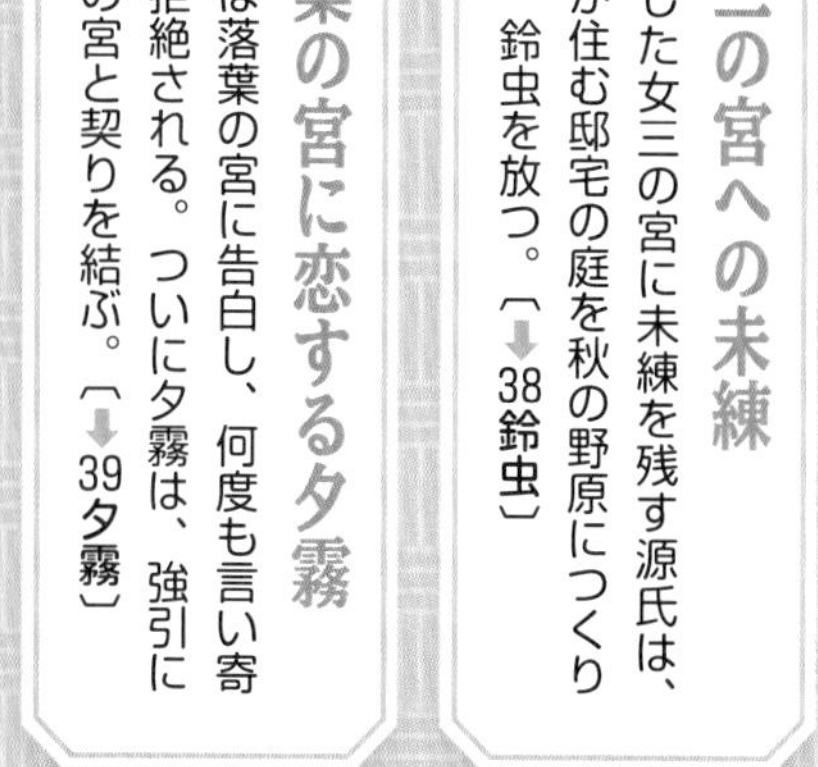

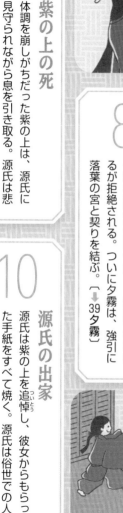

第2部

34若菜上〜41幻

人物相関図

源氏の実の子である冷泉帝《れいぜいてい》が退位し、源氏の血縁ではない今上帝《きんじょうてい》が即位すると、源氏は政治的な権力を失うことになる。源氏は女三《おんなさん》の宮《みや》との結婚を決意するが、女三の宮は柏木《かしわぎ》と密通する。

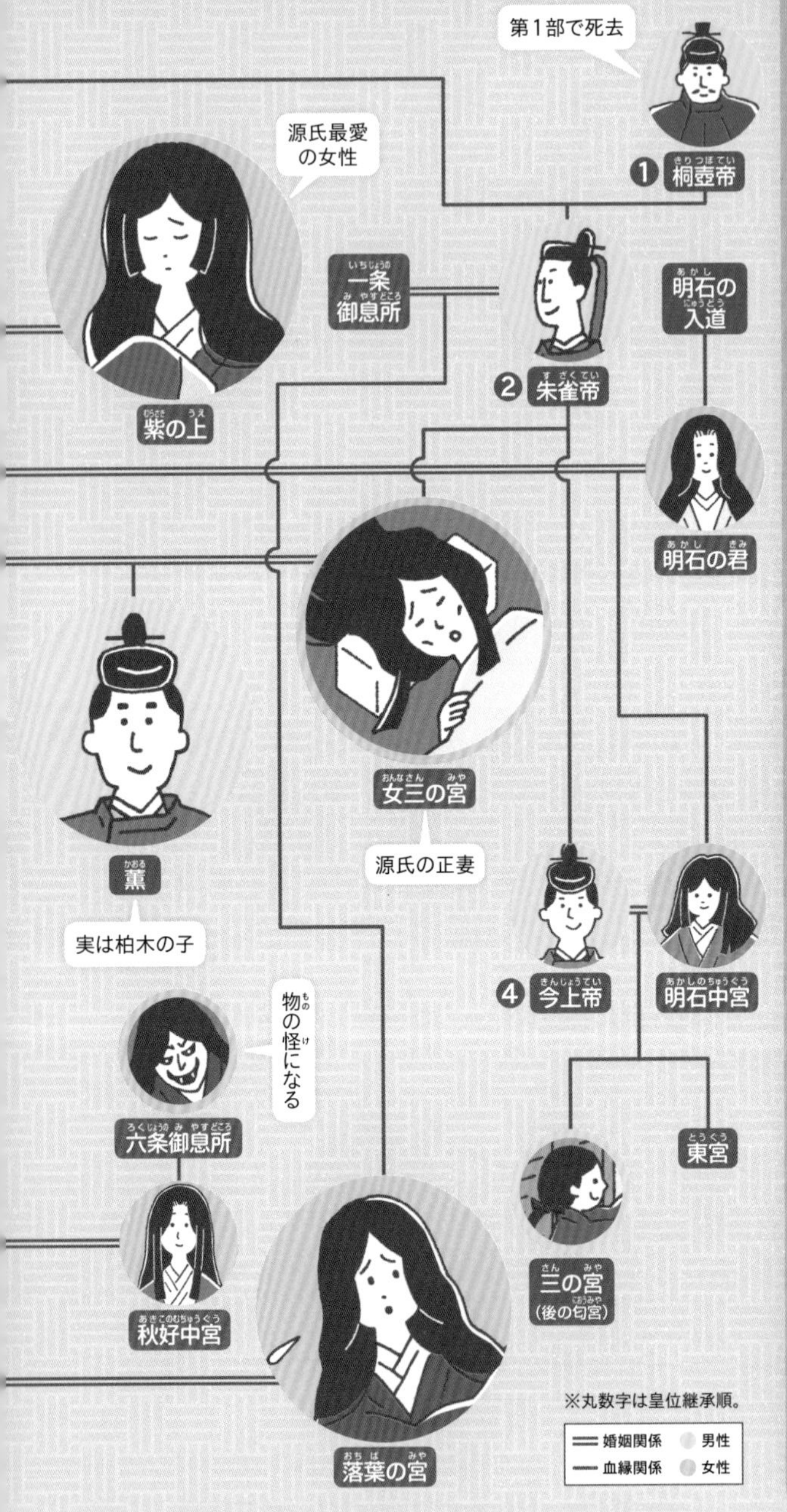

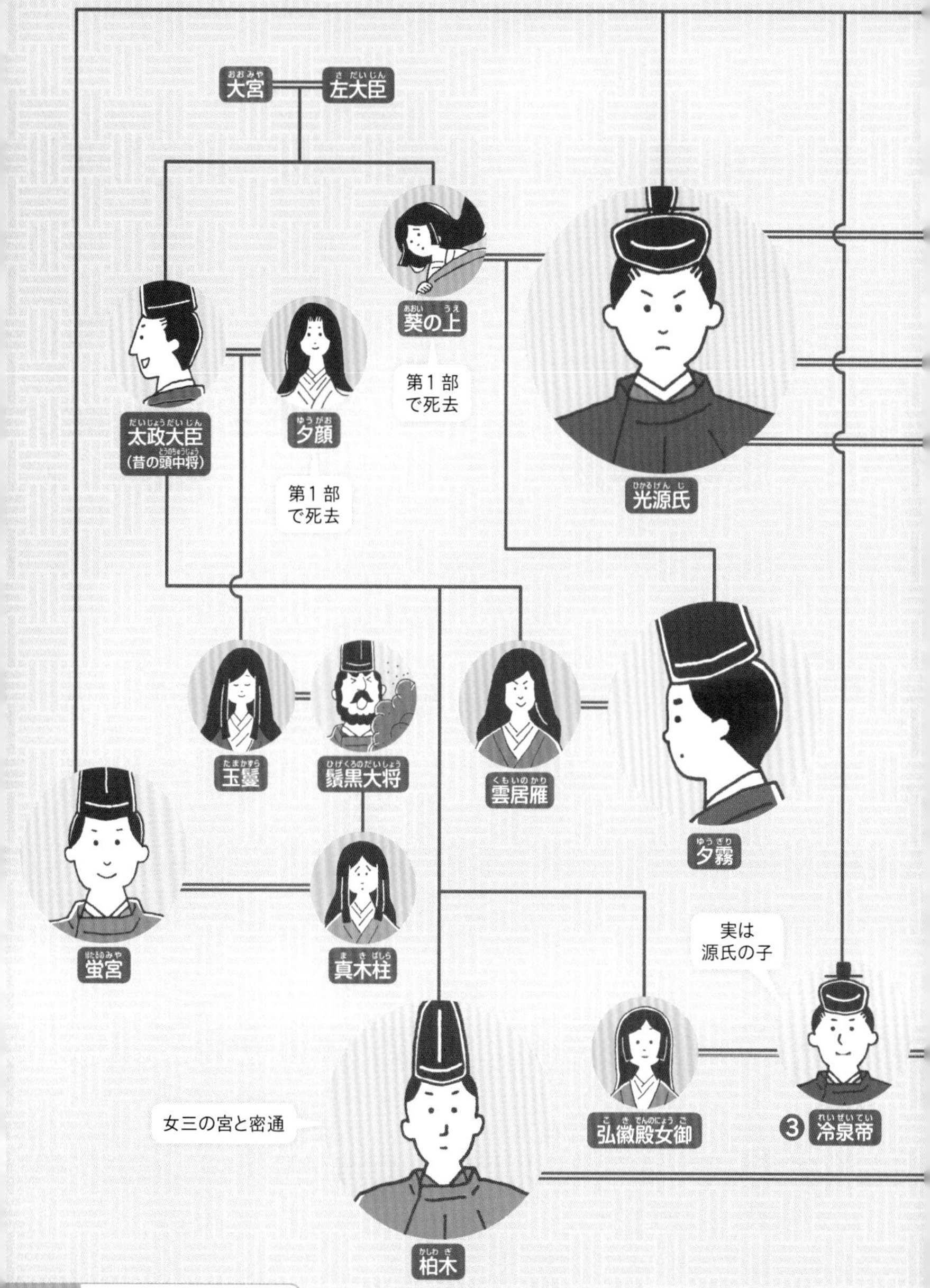
大宮《おおみや》
左大臣《さだいじん》
葵の上《あおいのうえ》
第1部で死去
光源氏《ひかるげんじ》
太政大臣《だいじょうだいじん》
(昔の頭中将《とうのちゅうじょう》)
夕顔《ゆうがお》
第1部で死去
玉鬘《たまかずら》
鬚黒大将《ひげくろのだいしょう》
雲居雁《くもいのかり》
夕霧《ゆうぎり》
螢宮《ほたるのみや》
真木柱《まきばしら》
実は源氏の子
女三の宮と密通
弘徽殿女御《こきでんのにょうご》
3 冷泉帝《れいぜいてい》
柏木《かしわぎ》

34 若菜上《わかなのじょう》

源氏、苦悩に満ちた人生の始まり？

ひと言あらすじ

源氏は、朱雀院《すざくいん》の娘で、親子ほど歳の離れた女三《おんなさん》の宮《みや》と結婚。正妻の立場を失いかねない紫《むらさき》の上《うえ》は動揺する。柏木《かしわぎ》は女三の宮への恋情に取りつかれていく。

登場人物

源氏
〔39～41歳〕

紫の上
〔31～33歳〕

女三の宮
〔13か14～15か16歳〕

第2部では、源氏の苦悩に満ちた人生が始まります。そのきっかけとなったのは**朱雀院《すざくいん》（源氏の兄）の娘・女三《おんなさん》の宮《みや》との結婚**でした。

最愛の娘・女三の宮の将来が心配な朱雀院は、源氏に女三の宮と結婚してほしいと頼みます。最初、源氏は辞退しますが、女三の宮の裳着《もぎ》（成人式のこと）の後、**出家した朱雀院から女三の宮との結婚を再び懇願され、断れずに承諾**します〔図1〕。女三の宮との結婚を知った**紫《むらさき》の上《うえ》**は動揺します。身分差から、**女三の宮に正妻の座を奪われることは明らかだったから**です。

年が明け、源氏の40歳を祝う「**四十《しじゅう》の賀《が》**」を最初に催したのは玉鬘《たまかずら》でした。源氏に長寿を祝う若菜を贈った玉鬘は、ふたり子の母として風格を漂わせていました。

2月、女三の宮が六条院に迎えられると、婚儀の3日間、源氏は女三の宮のもとに通います〔図2〕。**紫の上は、涙をこらえて源氏を送り出します**。しかし源氏は、女三の宮の幼稚さに失望し、紫の上の魅力を再確認したのでした。

（➡P120へ続く）

源氏が結婚を決断した理由〔図1〕

女三の宮は藤壺《ふじつぼ》の姪《めい》だった。源氏は、紫の上のように美しく、しかも身分の高い女性を手にできるのではと期待していた。

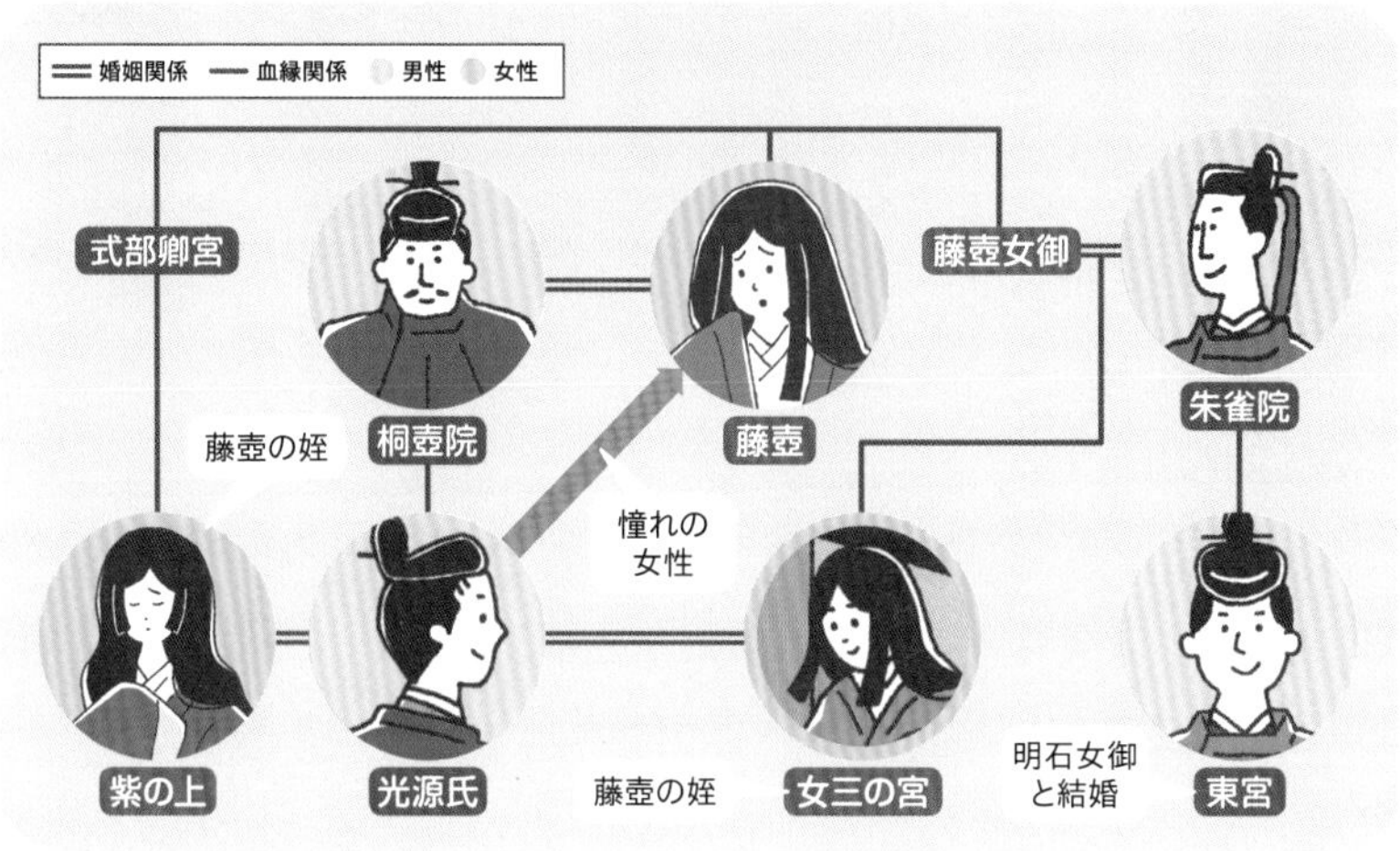

身分差を明らかにする女三の宮〔図2〕

六条院に迎えられた女三の宮は、「春の町」の寝殿《しんでん》に入り、紫の上は東《ひがし》の対《たい》に移らなければならなくなった。

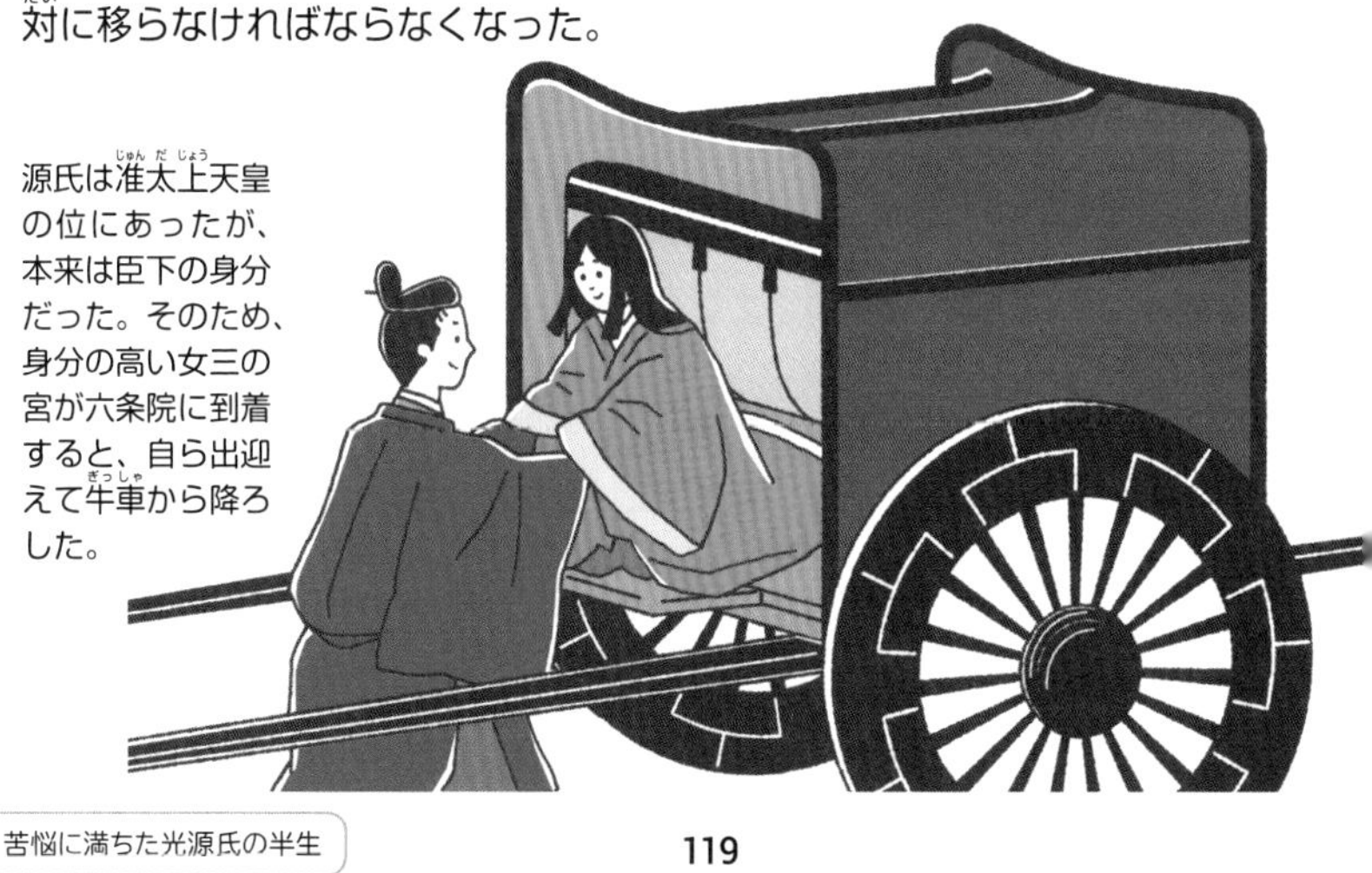

源氏は准太上《じゅんだじょう》天皇の位にあったが、本来は臣下の身分だった。そのため、身分の高い女三の宮が六条院に到着すると、自ら出迎えて牛車《ぎっしゃ》から降ろした。

朱雀院《すざくいん》が出家すると、妃たちはそれぞれ里に帰りました。尚侍《ないしのかみ》（最高位の女官）だった朧月《おぼろづき》夜《よ》も実家に帰ったことを知った源氏は、**朧月夜と15年ぶりの再会を果たし、一夜をともにします**。翌朝、六条院に戻った源氏に対して、**紫の上**《うえ》は浮気だと気づきながら嫉妬もせず素知らぬ顔をしています。戸惑う源氏は、聞かれてもいないのに浮気を白状するのでした。

翌年3月、里帰りしていた**明石女御**《あかしのにょうご》（**明石**《あかし》**の姫君**《ひめぎみ》）**が東宮**《とうぐう》（**朱雀院の子**）**の皇子を出産**します。この知らせを聞いた明石《あかし》の入道《にゅうどう》は、「すべての願いがかなったので俗世を捨て去ってしまおう」と弟子にいい、夢の実現をめざしてきた半生を記した手紙を明石《あかし》の君《きみ》に送ると、山奥に入って消息を絶ちます〔図3〕。手紙を読んだ源氏は、**須磨**《すま》**や明石に流浪したのは、明石の姫君を生むためだったのだと気づきます**。こうした

▶ 夢の実現に賭けた明石の入道〔図3〕

明石の入道は、明石の君が誕生するときに夢を見た。その夢を実現するためにすべてを賭けて行動したことを手紙に記して、明石の君に伝えた。

夢に見た内容

- 明石の君の娘が皇后になる
- 明石の君の娘が産んだ子が帝になる

実際の行動

- 中央政界を去り、播磨《はりま》（現在の兵庫県）で蓄財に励む
- 明石の君を大切に育てる
- 明石の君を源氏と結婚させる

明石の入道は、「極《ごく》楽往生《らくおうじょう》（死後、極楽浄土に生まれ変わること）の願いがかなうと確信したので、山奥でひたすら修行したい」と手紙に記した。

状況の中、「源氏が女三《おんなさん》の宮《みや》を愛する気持ちは薄く、うわべだけ丁重に接している」という噂を耳にした柏木《かしわぎ》（太政大臣《だいじょうだいじん》の子）は、女三の宮への思いを募らせます。

3月の晴れた日、源氏は、六条院の庭に夕霧《ゆうぎり》（源氏の子）たちを集めて蹴鞠《けまり》をさせます。柏木もそこに加わりましたが、そのとき、飛び出した猫の紐《ひも》がからまって御簾《みす》が引き上がり、**柏木は部屋の中にいた女三の宮の姿を垣間見《かいまみ》てしまいます**〔図4〕。狂おしいほどに思いを募らせた柏木は、女三の宮に恋文を送るのでした。

事実婚に悩みを深める紫の上

平安時代の貴族女性の結婚は、父親が認めた相手と披露宴を挙げることが重要でした。源氏は盗み出すように紫の上を二条院に連れ出し、父の式部卿宮《しきぶきょうのみや》に知らせることなく三日夜《みかよ》の餅の儀だけを行いました。いわゆる「事実婚」です。源氏と女三の宮の婚儀を目の当たりにした紫の上は、正式な婚儀を挙げていないという事実を突きつけられ、苦しみを深めていったのです。

女三の宮を垣間見る柏木〔図4〕

柏木が女三の宮を垣間見るきっかけをつくったのは唐猫《からねこ》だった。当時の唐猫は中国から輸入された貴重なペット。まだなついていない唐猫は、紐をつけて室内で飼育されていた。

蹴鞠は、軽い鞠を地面に落とさないように蹴り続ける遊び。次の人に落とさないように蹴り上げる。

出典：ColBase「源氏物語図屏風（若菜上）」（部分）東京国立博物館所蔵
(https://colbase.nich.go.jp/collection_items/tnm/A-1005?locale=ja)を加工して作成

35 若菜下《わかなのげ》

最愛の紫の上が病に伏す？

ひと言あらすじ

六条院での演奏会翌日、紫《むらさき》の上《うえ》は重病となり命を落としかける。女三《おんなさん》の宮《みや》は柏木《かしわぎ》との密通により妊娠し、秘密を知った源氏に睨《にら》まれた柏木は病床につく。

登場人物

源氏
〔41～47歳〕

紫の上
〔33～39歳〕

柏木
〔25か26～31か32歳〕

女三《おんなさん》の宮《みや》の姿を垣間見《かいまみ》て恋心を抑えられなくなった柏木《かしわぎ》は、垣間見のきっかけとなった唐猫《からねこ》を手に入れてかわいがります。

その4年後、冷泉帝《れいぜいてい》は退位し、明石女御《あかしのにょうご》の産んだ6歳の皇子が東宮《とうぐう》（皇太子のこと）になります。太政大臣《だいじょうだいじん》（昔の頭中将《とうのちゅうじょう》）は退任し、致仕《ちじ》の大臣《おとど》と呼ばれます。**明石《あかし》の入道《にゅうどう》の祈願成就のお礼のため、源氏は紫《むらさき》の上《うえ》や明石女御《あかしのにょうご》、明石《あかし》の君《きみ》らを伴って住吉《すみよし》大社（大阪市）に参詣**しました。

朱雀院《すざくいん》の50歳を祝う**「五十《ごじゅう》の賀《が》」**を六条院で開く計画を立てた源氏は、そのときに演奏させるため、女三の宮に琴《きん》の琴《こと》を教えます。そして翌年正月、祝宴に先立って源氏は女性たちによる演奏会（**女楽《おんながく》**）を開きました〔図1〕。**紫の上が和琴《わごん》、明石《あかし》の君《きみ》が琵琶、明石女御《あかしのにょうご》が箏《そう》の琴《こと》、女三の宮が琴《きん》の琴《こと》**を弾いて合奏し、誰もがすばらしい演奏をします〔図2〕。

その翌日、**紫の上は胸を病んで重態となります**。源氏は紫の上を二条院に移して必死に看病しましたが、病状は回復しませんでした。

（➡P124へ続く）

六条院の「女楽」〔図1〕

女三の宮が演奏する琴《きん》の琴《こと》は、最も格式の高い楽器としてえがかれる。源氏は楽器によって女三の宮が序列の最高位であることを示した。

出典：ColBase「色紙」（部分）東京国立博物館所蔵

箏《そう》の琴《こと》を演奏する明石女御。御簾《みす》の外では夕霧の長男が横笛を吹いた。

源氏に失望する紫の上〔図2〕

女楽の後、源氏は紫の上に「あなたは幸運な人だ」と語る。自分の悲しみを理解されていないことに気づいた紫の上は出家を願い出るが、源氏は許さなかった。

紫の上は、「自分は幸運だと他人から思われるかもしれないけど、私の心には堪《こら》えきれない悲しみがあり、その悲しみが自分自身のための祈りのようになっている」と答えた。

紫《むらさき》の上《うえ》が二条院に移ると、彼女を慕う多くの人々も二条院に移り、六条院はひっそりと静まります。柏木《かしわぎ》は、女三《おんなさん》の宮《みや》の姉・落葉《おちば》の宮《みや》と結婚しましたが、女三の宮をあきらめられません。そしてある日、**柏木は小侍従《こじじゅう》（女三の宮の乳母《めのと》子《ご》）の手引きによって部屋に忍び込み、女三の宮と強引に関係を結んだ**のです。

同じ頃、二条院では紫の上が危篤《きとく》におちいりますが、祈祷《きとう》によって六条御息所《ろくじょうのみやすどころ》の物《もの》の怪《け》が取り除かれ、かろうじて蘇生します。源氏は、二条院で紫の上の看病を続けました。

紫の上の病状が安定した6月、女三の宮の妊娠が判明します。不審に思っていた源氏は、**柏木の恋文を発見し、ふたりの密通を知ります**〔図3〕。源氏は柏木を許せないと感じますが、かつて自分が藤壺《ふじつぼ》と犯した罪を思い出し、**「父の桐壺帝《きりつぼてい》は、すべてを知っていながら知らぬ顔をしていたのでは**」と、その心中を察するのでした。女三の宮と柏木は、源氏に密通の事実を知られたことを知り、ひたすら恐れます。

延期になっていた朱雀院《すざくいん》の「五十《ごじゅう》の賀《が》」は、12月に行われることになります。その試楽（リハーサル）の夜、六条院で開かれた宴席で、源氏は柏木を睨《にら》みながら**「柏木は私を笑っているが、老いは誰にも逃れられないものだよ**」と皮肉を浴びせます〔図4〕。柏木は、この日以来病で寝込んでしまいます。

我が子を守るために出家する
婚姻関係 血縁関係 男性 女性

手紙を発見する源氏〔図3〕

源氏は、女三の宮に宛てた柏木の手紙を発見。そこには密通の事実がはっきり書かれていた。

源氏が柏木の手紙を
読んでいることに気づいて慌てる
小侍従

源氏は、「私が若い頃は、他人に見られてもわからないように事実をぼかして書いたのに」と柏木の不用意さを軽蔑した。

用語解説

乳母子《めのとご》

貴族の女性は自分で子育てはせず、乳母《めのと》（母親の代わりに子育てをする女性）に育てさせます。乳母が育てた子を「養君《やしないぎみ》」といい、乳母自身の子を「乳母子」といいます。養君と乳母子には、強い結びつきがあります。

くり返される密通事件〔図4〕

源氏は、桐壺帝が自分の密通を知りながら知らぬふりをしたのではと考えたが、自分の妻と密通した柏木を許すことはできなかった。

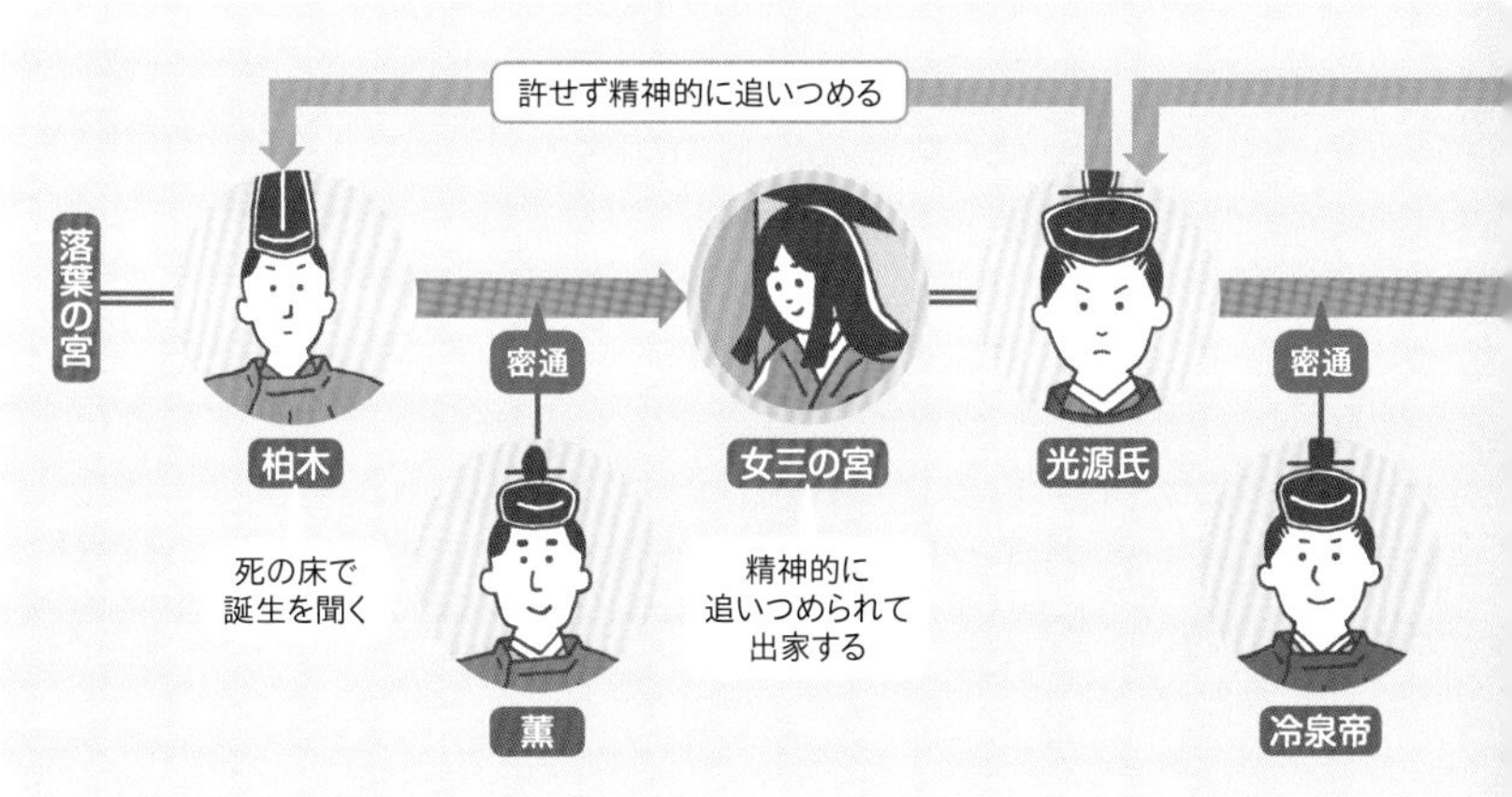
許せず精神的に追いつめる
落葉の宮
柏木
密通
女三の宮
光源氏
密通
死の床で
誕生を聞く
薫
精神的に
追いつめられて
出家する
冷泉帝

36 柏木
かしわぎ

源氏の妻と密通した柏木が亡くなる？

ひと言あらすじ

女三《おんなさん》の宮《みや》は柏木《かしわぎ》との不義の子・薫《かおる》を出産するが、後に出家。柏木は女三の宮への執着を残しつつ、病で亡くなる。源氏は、柏木そっくりの薫に複雑な感情をもつ。

登場人物

源氏
〔48歳〕

柏木
〔32か33歳〕

女三の宮
〔22か23歳〕

　病に倒れた**柏木《かしわぎ》**は、回復することなく新年を迎えます。柏木は「**自分が死ねば、源氏は過《あやま》ちを許してくれるはずだ**」と考えつつも、**女三の宮への執心は留めることができずに最後の手紙を書きます**。その夕方、**女三の宮は産気づき、翌朝、皇子（薫《かおる》）を出産**します。

　出産を喜べない源氏は、産後で衰弱している女三の宮に冷たく接します。女三の宮は出家を望みますが、源氏は許しません。そこに突然、**朱雀院《すざくいん》**が源氏のもとに出向き、**娘である女三の宮を強引に出家**させました。朱雀院は、この機会に源氏と別れさせることを決断したのです。その夜、**六条御息所《ろくじょうのみやすどころ》の物《もの》の怪《け》**が姿を現し、女三の宮を出家させたのは自分の仕業だと告げるのでした〔図1〕。女三の宮の出家を知った柏木は危篤《きとく》におちいり、見舞いに訪れた夕霧《ゆうぎり》（源氏の子）に、源氏の許しと妻・落葉《おちば》の宮《みや》（朱雀院の次女）の後見を頼んで亡くなります〔図2〕。

　3月、薫の**五十日《いか》の祝い**が行われ、源氏は複雑な思いを抱えつつ、薫を抱き上げました。

六条御息所の物の怪〔図1〕

源氏の正妻になりたかった六条御息所は、正妻や正妻格の女性に取りついた。

六条御息所の物の怪の登場巻

09 葵（➡P50）	生霊《いきりょう》に取りつかれた正妻・葵の上は、六条御息所の声で源氏に話しかける。
35 若菜下（➡P122）	憑坐《よりまし》（祈祷《きとう》などで一時的に霊を乗り移らせる女性や子ども）に死霊が乗り移って源氏に恨みをいう。
36 柏木（➡P126）	死霊として現れ、女三の宮に取りついたと告げる。

※「04 夕顔」で夕顔に取りついた物の怪が六条御息所の生霊かどうかは不明。

柏木を見舞う夕霧〔図2〕

死の間際、柏木は見舞いに来た夕霧に密通をほのめかし、妻・落葉の宮の世話を頼んで亡くなった。

柏木の死後、夕霧は落葉の宮を何度も見舞いに行った。

出典：ColBase「狩野養信模写 源氏物語絵巻」（部分）東京国立博物館所蔵

37 横笛《よこぶえ》

源氏、亡き柏木の横笛を受け取る?

ひと言あらすじ

柏木《かしわぎ》の一周忌。源氏は幼い薫《かおる》を見て自身の老いを感じる。夕霧《ゆうぎり》は柏木《かしわぎ》が残した横笛を贈られるが、夢に現れた柏木はその笛を渡したい人は別にいると語る。

登場人物

柏木《かしわぎ》の一周忌に、源氏と夕霧《ゆうぎり》は法要を営みました。源氏は、2歳で歯が生えかけの薫《かおる》が筍《たけのこ》にかぶりつく姿をいとおしく見つめます。

▶泣く子をあやす雲居雁〔図1〕

霊物《れいぶつ》の気配におびえた赤ん坊が泣き出すと、雲居雁は乳房を赤ん坊の口にふくませた。

生活感いっぱいの我が家に戻った夕霧は、風流な落葉の宮に理想の女性・紫の上を重ね合わせ、心惹かれていった。

出典：ColBase「狩野養信模写 源氏物語絵巻」(部分)東京国立博物館所蔵

秋、夕霧は柏木の未亡人・落葉《おちば》の宮《みや》（朱雀院の次女）を何度も訪ねるようになり、合奏したり、歌を詠み交わしたりします。すると、**一条《いちじょう》の御息所《みやすどころ》（落葉の宮の母）は、柏木が愛用していた横笛を夕霧に贈りました。**

夕霧が自邸に戻ると、妻・雲居雁《くもいのかり》は落葉の宮に嫉妬して、ふて寝しています。夕霧は、横笛を吹きながら優雅な落葉の宮との時間を思い出し、日常に埋没する雲居雁との生活とを思い比べます。その夜、**夕霧の夢に柏木が現れ、「横笛を渡したい人は別にいる」と告げます。**すると、子どもらは泣き出し、泣く子をあやす雲居雁と言い合いになりました〔図1〕。

翌日、夕霧は横笛をどうするべきか相談するため、六条院の源氏を訪ねます。夕霧から夢のことを伝えられた源氏は、「**私が預かる理由がある**」と答え、横笛を受け取りました〔図2〕。

柏木の横笛を預かる源氏〔図2〕

横笛は男性が吹く楽器で、父から息子に渡されるものだった。源氏は薫に渡すつもりで横笛を預かったが、薫の出生の秘密は夕霧に話さなかった。

横笛には種類があるが、当時、横笛といえば「龍笛」を指した。
竹製が多く、穴は7つある
出典：ColBase「龍笛 銘占月丸」東京国立博物館所蔵

38 鈴虫《すずむし》

虫の音とともに開かれる宴?

ひと言あらすじ

出家した女三《おんなさん》の宮《みや》に未練を残す源氏は、六条院の庭に虫を放つ。満月の夜、源氏たちが管絃《かんげん》の酒宴を開くと、ちょうど冷《れい》泉院《ぜいいん》からも宴に誘われる。

登場人物

源氏
〔50歳〕

女三の宮
〔24か25歳〕

秋好中宮
〔29歳〕

源氏50歳の夏、**出家した女三《おんなさん》の宮《みや》が、六条院で法要を行いました**。源氏は法要の準備を手伝いつつ未練の思いを伝えますが、女三の宮は取り合いません。朱雀院《すざくいん》は、女三の宮に源氏と別居するように勧めますが源氏は受け入れず、**女三の宮が住む「春の町」の庭を尼僧らしい秋の野原につくり変え、虫を放ちます**〔図1〕。源氏は、「虫の声を聞くため」という口実をつくって女三の宮のもとを訪れますが、女三の宮は源氏をわずらわしく思います。

8月15日、女三の宮のもとを訪れた源氏が琴を弾いていると、蛍宮《ほたるのみや》（源氏の弟）や夕霧《ゆうぎり》がやってきたので、虫の音を聞きながら管絃の酒宴が始まりました。そこに**冷泉院《れいぜいいん》から月見の宴の誘い**があり、源氏たちはそろって冷泉院の御所に移動しました〔図2〕。

明け方、源氏が秋好中宮《あきこのむちゅうぐう》のもとを訪れると、**中宮は物《もの》の怪《け》になったという母・六条御息所《ろくじょうのみやすどころ》の供養をするため、出家したい**といいます。源氏は出家を思いとどまるように説得します。

松虫と鈴虫〔図1〕

平安時代の「鈴虫」は現在の松虫で、「松虫」は現在の鈴虫といわれる。どちらの虫も、心情を示す言葉として使われた。

松虫（現在の鈴虫）

鳴き声：リーンリーン

「松」「待つ」という意味をかける「掛詞《かけことば》」としてよく使われる。

鈴虫（現在の松虫）

鳴き声：チンチロリン

鈴は振って音を出すので、「振る」「古る」「降る」などが「縁《えん》語《ご》」（関連する言葉）として使われる。

鈴虫が鳴く夜、女三の宮を訪れた源氏は、「なお鈴虫の声ぞふりせぬ」（やはりあなたの声は、鈴虫の声のように古くはならず美しい）と歌に詠んだ。

冷泉院御所での月見の宴〔図2〕

直衣《のうし》姿の軽装だった源氏たちは、そこに下襲《したがさね》（➡P83）だけを加えて、冷泉院御所に向かった。冷泉院は身軽な装いで源氏たちを迎えた。

出典：ColBase「狩野養信模写 源氏物語絵巻」（部分）東京国立博物館所蔵

Q 平安貴族の邸宅「寝殿造《しんでんづくり》」。寝殿には入り口が何か所あった？

1か所 or 2か所 or 4か所

平安時代の貴族の邸宅は**寝《しん》殿《でん》**という建物の東・西・北に**対屋《たいのや》**が置かれ、それぞれが**渡《わた》殿《どの》**（渡り廊下）でつながれています。この建築様式が「**寝殿《しんでん》造《づくり》**」です。源氏の邸宅「二条院」「六条院」も寝殿造です。寝殿の周囲は、「**簀子《すのこ》**」と呼ばれる板張りの縁側《えんがわ》で囲まれています。寝殿の内部に入るドアは「**妻戸《つまど》**」といいますが、寝殿の妻戸が設置されたのは通常、何か所だったでしょうか？

寝殿内部の外側は、「**格子**《こうし》」（**蔀戸**《しとみど》）と呼ばれる建具で囲まれています。格子の内側には、「**廂**《ひさし》」と呼ばれる廊下がめぐっています。その内側に住居スペースである「**母屋**《もや》」があります。母屋の端には「**塗籠**《ぬりごめ》」（⬇P137）という物置がありました。格子の内側は、**御簾**《みす》や**几帳**《きちょう》、**屏風**《びょうぶ》などで隠されているため、通常、格子の内側は見えません。男性が、寝殿内部の女性の姿を垣間見《かいまみ》るのは簡単ではなかったのです。

格子の内側には、妻戸から入ります。妻戸は4か所につけられています。ですので、正解は4か所です。

寝殿の内部

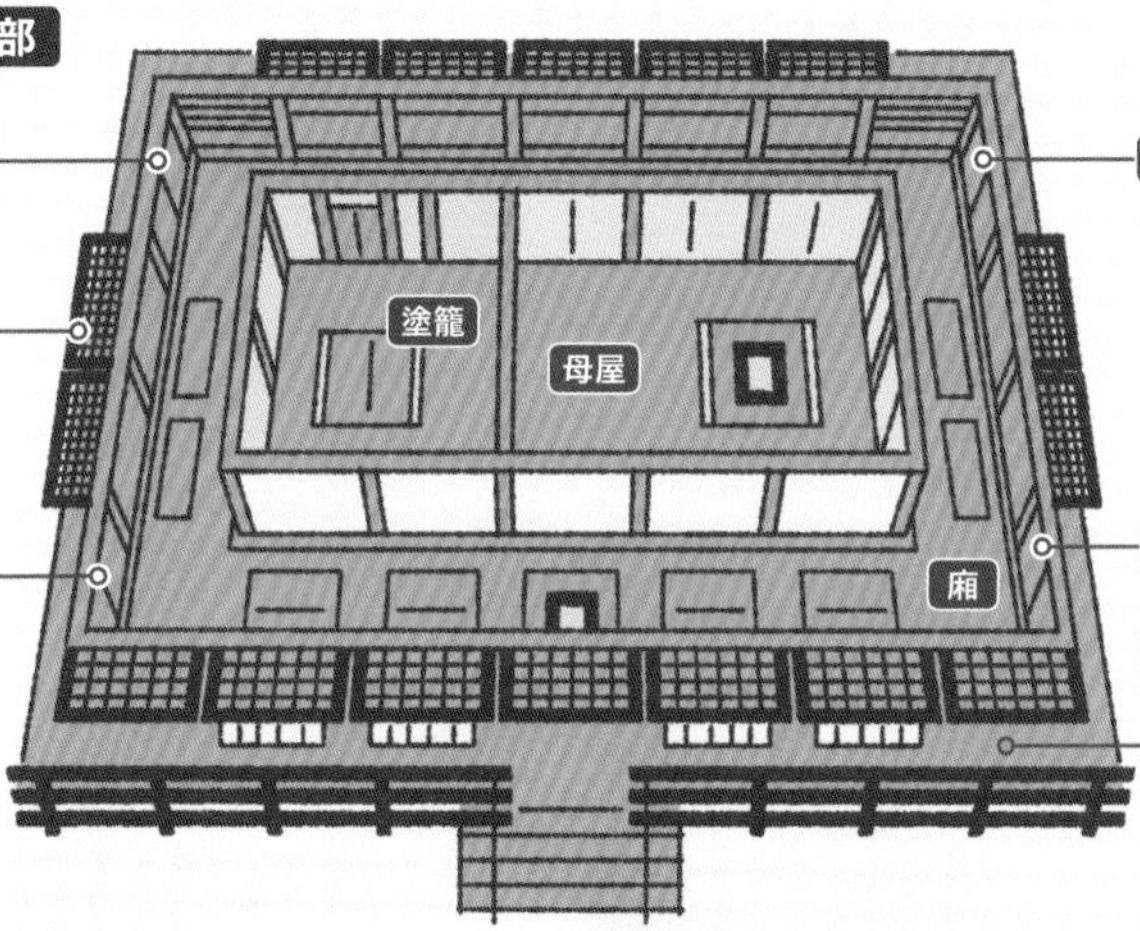

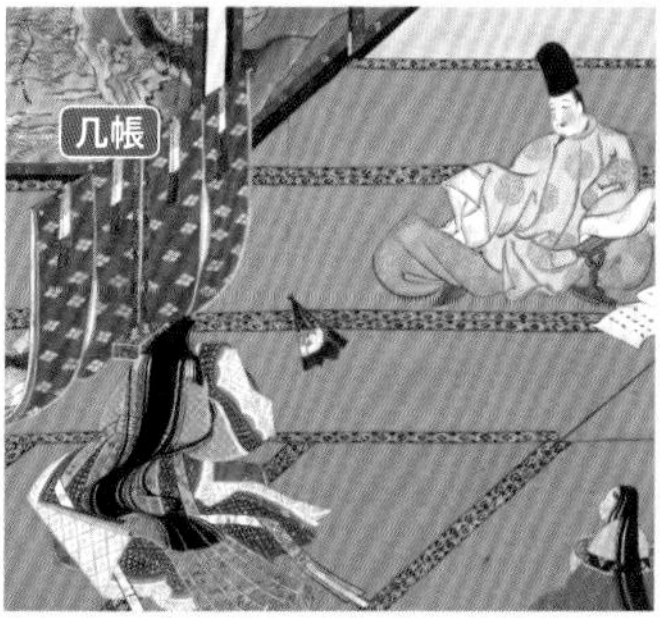

寝殿内部は几帳で仕切られている。

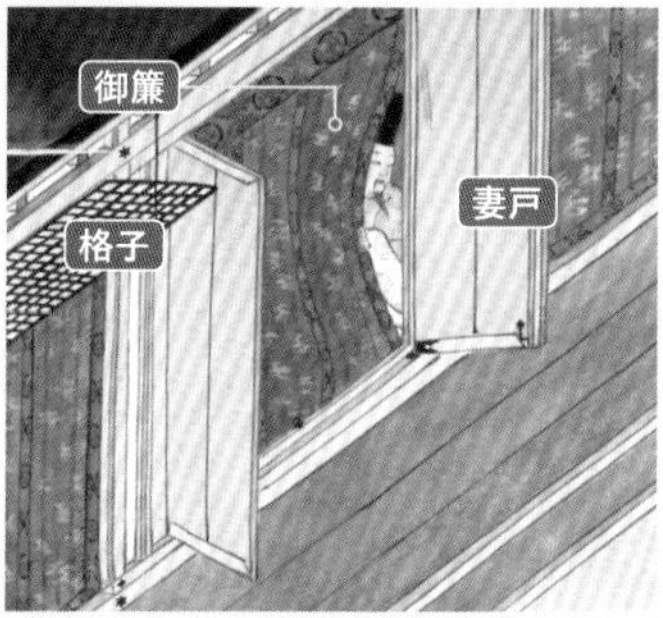

妻戸の内側にも御簾が下ろされている。

「春日権現験記」国立国会図書館所蔵

39 夕霧《ゆうぎり》

源氏の子・夕霧の恋愛問題？

ひと言あらすじ

まじめな性格の夕霧《ゆうぎり》は、亡き柏木《かしわぎ》の妻・落葉《おちば》の宮《みや》に思いを寄せる。しかし、夕霧の思いやりのない行動は、雲居雁《くもいのかり》との離婚騒動を引き起こす。

夕霧《ゆうぎり》は、柏木《かしわぎ》の未亡人・**落葉《おちば》の宮《みや》（朱雀院《すざくいん》の次女）を何度も見舞っているうちに、恋心を抱きます**。そんなとき、落葉の宮は病気になった母の一条御息所《いちじょうのみやすどころ》の療養のため、一緒に小野《おの》（比叡山《ひえいざん》の麓《ふもと》）の別荘に移りました〔図1〕。

8月中旬、小野を訪れた夕霧は、落葉の宮に思いを告白します。女心を理解できない夕霧は、思いを受け入れない落葉の宮に対し、**男女の仲を知らないわけでもないのに、と嫌味をいいます**。傷ついた落葉の宮は、強引に忍び込んできた夕霧を拒絶したまま夜が明けます〔図2〕。

ふたりが一夜を明かしたことを知った一条御息所は、真相を確かめようとして落葉の宮を呼び寄せます。一条御息所は、内親王《ないしんのう》（天皇の皇女）は高貴な存在なので結婚するべきでない、という考えの持ち主でした。ちょうどそこに、夕霧からの手紙が届きます。そこには、**落葉の宮の冷淡さを責める内容**が書かれていました。心を痛めた一条御息所は、夕霧の真意を確かめるために抗議の手紙を送ります。

（⇒P136へ続く）

落葉の宮が暮らした「小野」〔図1〕

落葉の宮は、物《もの》の怪《け》が取りついて病気になった母・一条御息所に、比叡山の僧の祈祷を受けさせるため小野の山荘に移った。

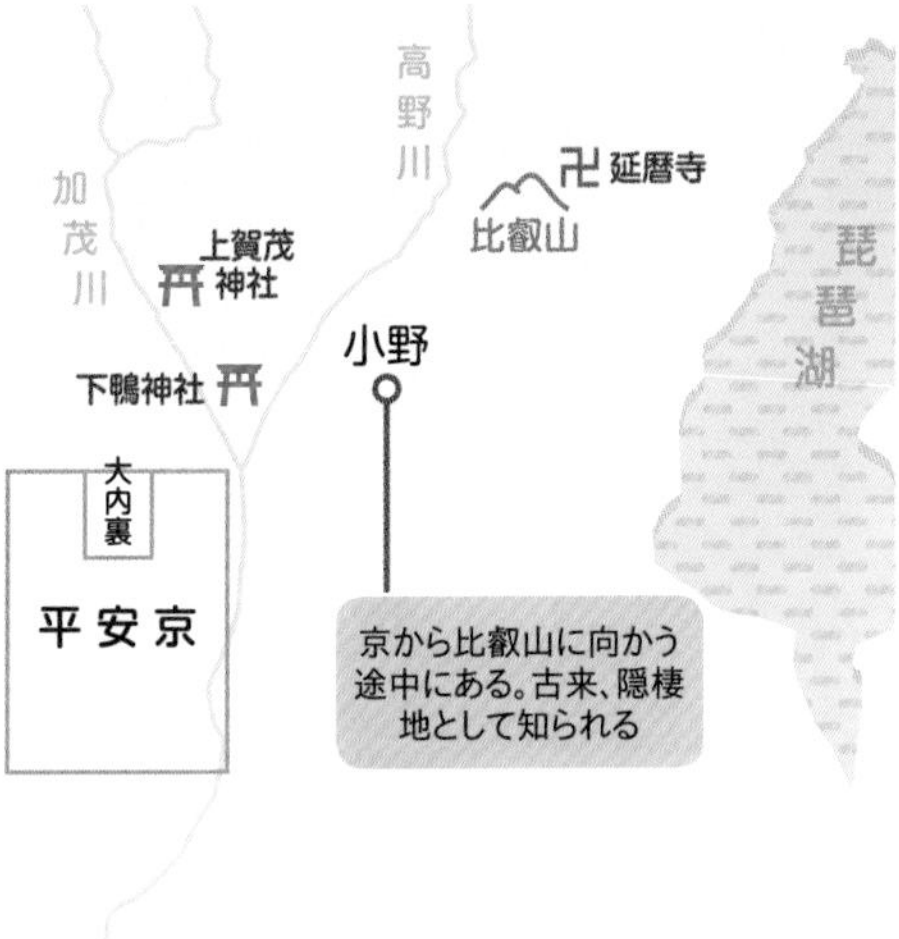

「源氏五十四帖 卅九 夕霧」国立国会図書館所蔵

小野を訪れた夕霧は、落葉の宮に恋心を訴えた。

夕霧を拒絶する落葉の宮〔図2〕

平安時代、皇女は独身を通すべきとの考え方が残っていた。その考えに固執する母・一条御息所の影響を強く受け、落葉の宮は夕霧を拒絶した。

愚直な夕霧は、強引に部屋に押し入り、抱き寄せておきながら、「お許しがなければ、これ以上のことはしない」といい、落葉の宮を困惑させた。内親王が、臣下の男性に許可を出すことはあり得なかった。

一条御息所《いちじょうのみやすどころ》からの手紙は、夕霧《ゆうぎり》が読む寸前で雲居雁《くもいのかり》に奪い取られます〔図3〕。夕霧がその手紙を読むことができたのは、翌日の夕方でした。**一条御息所は、夕霧に手紙を送っても返事がないことを嘆き、そのために病状が悪化して息を引き取ります。**落葉《おちば》の宮《みや》は、後を追って死にたいと思いつめるほど嘆き、夕霧が弔問に訪れても、夕霧を恨んで返事もしません。

葬儀の後も、夕霧は落葉の宮に何度も手紙を送りますが、一行の返事もありません。それでも夕霧は何度も落葉の宮のもとを訪れましたが、会うことはできませんでした。

源氏は、夕霧と落葉の宮の噂を耳にして心を痛めていましたが、口出しはできません。落葉の宮を気の毒に思う**紫《むらさき》の上《うえ》は、「女ほど、生きるのが不自由で、悲しいものはない」**と嘆きます。

夕霧が一条御息所の四十九日の法要を取りし

夕霧の手紙を奪う雲居雁〔図3〕

夫の手紙を奪うことは貴族の女性として不作法だったが、信頼を裏切られた雲居雁は怒りを抑えられなかった。

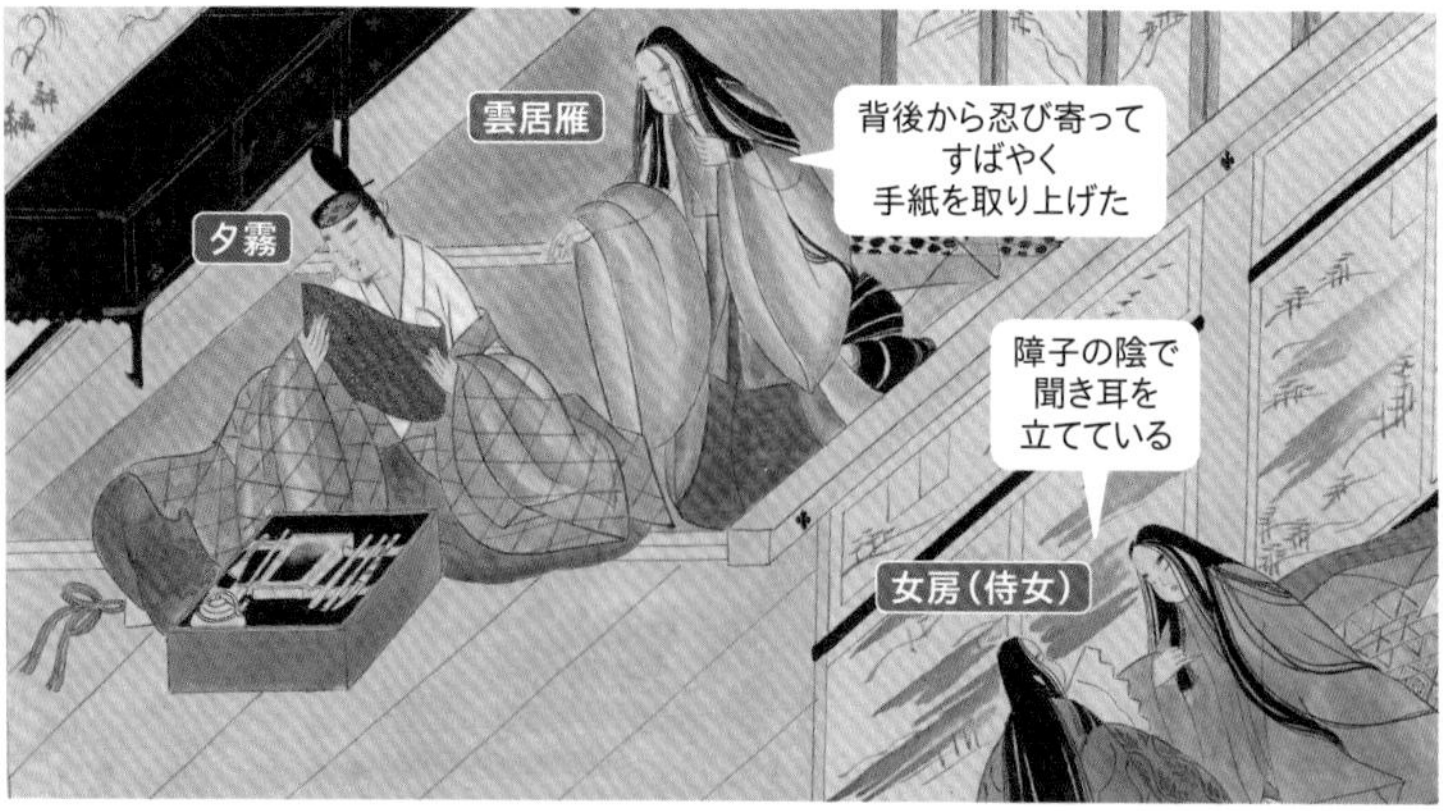
雲居雁
背後から忍び寄って
すばやく
手紙を取り上げた
夕霧
障子の陰で
聞き耳を
立てている
女房（侍女）

出典：ColBase「狩野養信模写 源氏物語絵巻」（部分）東京国立博物館所蔵

きった後、落葉の宮は出家したいと願いますが、父・朱雀院《すざくいん》は出家を許しません。説得をあきらめた夕霧は、落葉の宮を強引に京に連れ戻し、結婚生活を始めようとします。落葉の宮は塗籠《ぬりごめ》にこもって拒否しますが、**夕霧は強引に塗籠に入り込み、契りを結びました**〔図4〕。

これを知って怒った雲居雁は、子どもたちを連れて実家である致仕大臣《ちじのおとど》（昔の頭中将《とうのちゅうじょう》）の邸《やしき》に帰ります。夕霧は迎えに出向きますが相手にされず、恋愛騒動に嫌気がさすのでした。

皇女として生きる道を望んだ母

落葉の宮と女三の宮はともに朱雀院の皇女ですが、結婚相手は落葉の宮が中納言《ちゅうなごん》の柏木《かしわぎ》であるのに対し、女三の宮が准太上《じゅんだじょう》天皇の源氏と、身分が大きく違います。これは、女三の宮の母（藤《ふじ》壺女御《つぼのにょうご》）が女御だったのに対し、落葉の宮の母・一条御息所が更衣《こうい》だったためです。一条御息所は、身分が低かったからこそ、娘が皇女として生きることを望んだのです。

塗籠の内部〔図4〕

寝殿《しんでん》の内部は、基本的に柱だけで区切られているが、塗籠は唯一、土壁で囲まれていた空間だった。

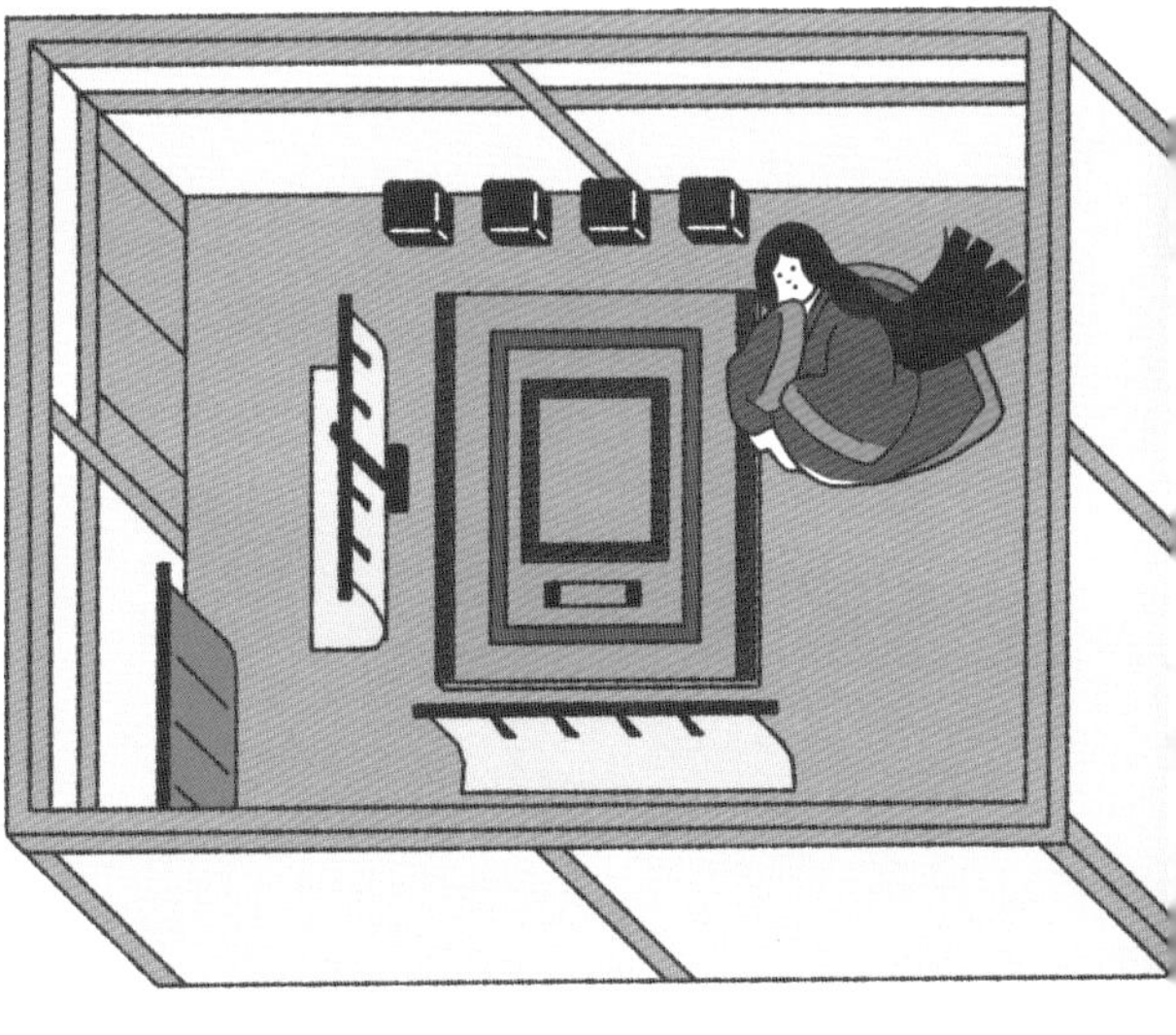

平安時代初期、塗籠は寝室とされたが、やがて物置として使われるようになった。

40

御法《みのり》

最愛の妻の死に源氏は何を思う？

ひと言あらすじ

体調を崩しがちだった紫《むらさき》の上《うえ》は、43歳の秋、源氏と明石中宮《あかしのちゅうぐう》に見守られながら息を引き取る。茫然自失となり悲しみに暮れる源氏は、出家の願いを強める。

4年前の大病（⬇P122）以降、体調を崩しがちだった**紫《むらさき》の上《うえ》は出家だけを願うようになりますが、源氏はそれを許しませんでした。**

3月、紫の上が主催する法要が二条院で営まれました。法要が終わると、自らの死を予感する紫の上は、明石《あかし》の君《きみ》や花散里《はなちるさと》と歌を詠み交わし、別れの気持ちをそれとなく伝えるのでした。夏、紫の上を見舞うため、明石中宮《あかしのちゅうぐう》が二条院に里帰りします。紫の上は、中宮の皇子・三《さん》の宮《みや》（後の匂宮《におうみや》）に、自身の死後、二条院に住んで、庭の紅梅《こうばい》と桜を大切にしてほしいと遺言します。三の宮はうなずいて、涙を流すのでした。

そして秋の夕暮れ、**紫の上は源氏と明石中宮に見守られながら、露が消えるように最期を迎えました**〔左図〕。

葬儀を取り仕切った夕霧《ゆうぎり》は、憧れの女性・紫の上の死に顔を源氏とともに見つめ、その美しさに心を打たれます。葬儀では人に支えられないと歩けないほど**悲しみ打ちひしがれる源氏は、出家だけを願うようになる**のです。

紫の上を見舞う源氏

紫の上は、自分が死ねば源氏が悲しむだろうと胸を痛めながら、「自分の命は萩《はぎ》の上の露《つゆ》のように、はかなく消えるだろう」と歌に詠んだ。

紫の上は、源氏に出会ってから33年で、別れを迎えた。
出典：ColBase「狩野養信模写 源氏物語絵巻」(部分)東京国立博物館所蔵

平安時代の臨終

死の間際、阿弥陀如来《あみだにょらい》の仏像や仏画に結んだ五色の色を手に取ることで、極楽浄土に生まれ変われると信じられた。

阿弥陀如来像に結ばれた五色の糸。

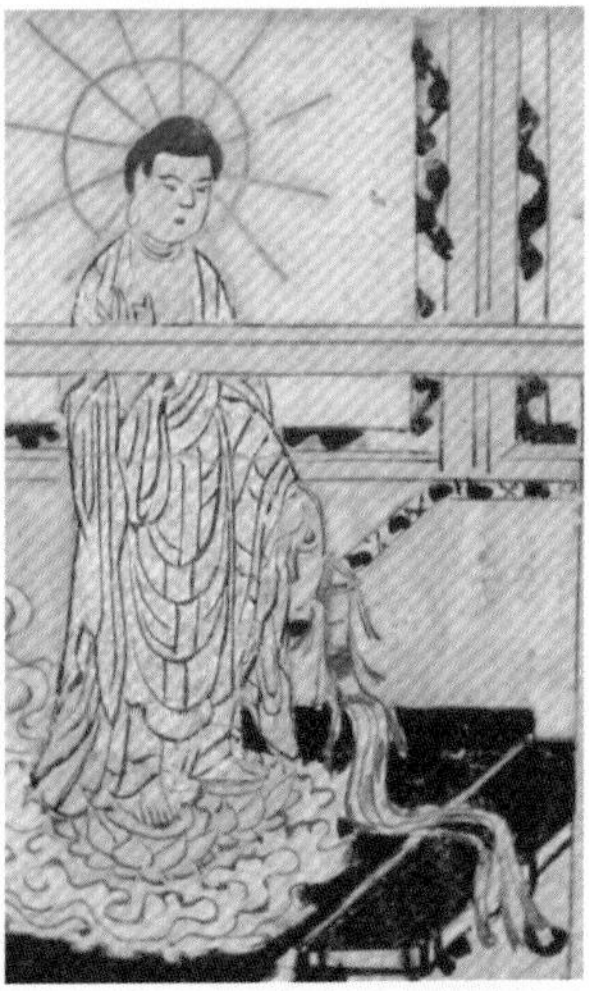

出典：ColBase「法然上人絵伝」(部分)
東京国立博物館所蔵

41

幻《まぼろし》

源氏の人生の終わりは？

ひと言あらすじ

紫《むらさき》の上《うえ》の死後、源氏は追憶の1年を過ごす。出家に向け、身辺整理のために紫の上の手紙を焼いた源氏は、1年の終わりに自分の人生も終わったことを悟る。

登場人物

源氏
〔52歳〕

三の宮（匂宮）
〔6歳〕

第2部の実質的な最終話です。紫《むらさき》の上《うえ》が亡くなり、年が明けて52歳になった源氏は、新年を祝う客が訪れても会おうとしません。**源氏は、過去に自らの女性関係で紫の上を苦しめたことを思い出し、深く後悔する**のでした。

3月、三《さん》の宮《みや》（後の匂宮《におうみや》）が紫の上の遺言を守り、二条院の庭の紅梅《こうばい》や桜を大切にする姿を見た源氏は微笑みを浮かべますが、また涙ぐんでしまいます。4月の賀茂の葵祭《あおいまつり》、5月の五月《さみ》雨《だれ》、7月の七夕と月日が流れる中、源氏は紫の上を追悼し続けます〔図1〕。

年の暮れ、出家に向けて身辺整理をするため、源氏は涙を流しながら**紫の上からもらった手紙をすべて焼きました**。そして、その年の罪を懺《ざん》悔《げ》する仏名会《ぶつみょうえ》で、源氏は久々に人前に姿を現しました。大晦日、追儺《おにやらい》（鬼を払う行事）で走り回る三の宮を見ながら、**源氏は俗世で人生が終わったことを思う**のでした〔図2〕。

次巻「雲隠《くもがくれ》」には題名しかありません。源氏の死が暗示されているのです（⬇P143）。

紫の上を追悼する源氏〔図1〕

最初、源氏にとって紫の上は、憧れの女性・藤壺《ふじつぼ》の身代わりだった。しかし、いつしか源氏にとって、紫の上は最愛の女性となっていた。

源氏は、「大空《おおぞら》を通うまぼろし夢にだに見《み》えこぬ魂《たま》の行方《ゆくえ》たづねよ」（大空を行き通える幻術士《まぼろし》よ、夢にも現れない紫の上の魂の行方を探し出してほしい）という歌を詠んだ（➡P142）。

「源氏五十四帖 四十一 幻」国立国会図書館所蔵

俗世に別れを告げる源氏〔図2〕

出家を決意した源氏は、三の宮が追儺《おにやらい》の行事を楽しみにして走り回る姿を見ながら、俗世での人生が終わったことを実感する。

出家を決意した源氏は、「もの思ふと過ぐる月日も知らぬ間に年もわが世も今日や尽きぬる」（物思いをして月日が過ぎたことに気づかないうちに、今年も私の人生も、今日尽きてしまうことよ）と歌に詠んだ。

謎 其の一 源氏と女三《おんなさん》の宮《みや》との結婚が紫《むらさき》の上《うえ》に与えた影響は？

源氏の正妻だった紫の上は、「源氏様も落ち着き、歳も重ねて、もう大丈夫」と安心していました。しかし、源氏が上皇の娘・女三の宮と結婚すれば、身分の低い紫の上は正妻の地位を奪われることになります。その現実に打ちのめされた紫の上は、体から魂が遊離し、源氏の夢枕に立ちます。紫の上は、**物《もの》の怪《け》になった六条御息所《ろくじょうのみやすどころ》と同じくらい精神的に追いつめられていた**のです。

源氏が女三の宮のもとに通った夜、紫の上は思い乱れた。

謎 其の二 なぜ源氏は幻術士《まぼろし》の歌を詠んだ？

紫の上の死後、源氏は「幻術士《まぼろし》よ、魂の行方を探せ」という歌を詠みます（➡P141）。これは、源氏の父・桐壺帝《きりつぼてい》が亡き桐壺《きりつぼの》更衣《こうい》をしのんで詠んだ**「幻術士《まぼろし》がいてほしい。魂の居場所を知られるように」という歌に対応しています**。父と同じく、最愛の女性の魂を求める場面で、源氏の生涯は幕を閉じるのです。

桐壺帝は、源氏が生まれると、すぐに宮中に招いた。

「源氏物語五十四帖 桐壷」国立国会図書館所蔵

謎 其の三 なぜ源氏は紫の上の手紙を焼いた？

出家の意思を固めた源氏は、信頼できる女房（侍女）たちに紫の上の手紙を目の前で破らせ、すべて焼き捨てます（➡P140）。焼いたのは、残った手紙を他人に見られたくなかったためですが、当時、文字には、それを書いた人の魂がこもるとされたので、**手紙を焼くことは紫の上の鎮魂になったの**です。また、この場面は、『竹取《たけとり》物語』で、月に帰ったかぐや姫が残した手紙を、帝が富士山頂で焼かせる場面を参考にしたともいわれます。

源氏は手紙を焼いて、紫の上への思いを断ち切ろうとした。

謎 其の四 なぜ「雲隠《くもがくれ》」には本文がないの？

「41幻《まぼろし》」に続く巻「雲隠」は、題名だけが存在して、本文はありません。もともとは本文があったが紛失したという説や、後世に誰かが巻名だけをつけたという説などがありますが、有力なのは紫式部が巻名だけを記して、**本文をあえて書かないことで源氏の死を暗示した**という説です。いずれにしても、現在では「雲隠」は54帖には含めないのが一般的です。

紫式部は本文を書かないことで、源氏の死を読者に想像させることを狙ったと考えられる。

一条天皇に愛された悲劇の皇后
藤原《ふじわらの》定子《ていし》
【976～1000】

清少納言《せいしょうなごん》が仕えた定子《ていし》は藤原道隆《ふじわらのみちたか》の娘で、14歳のときに11歳の一条《いちじょう》天皇の女御《にょうご》となり、その年に中宮《ちゅうぐう》になりました。定子の母親は受領《ずりょう》（地方官）階級で身分は低かったのですが、明朗かつ温厚な性格、漢籍などについてもくわしく知性も豊かで、一条天皇から深く愛されました。

しかし、父・道隆が亡くなり兄・伊周《これちか》らが失脚すると、絶望した定子は出家して宮廷から離れました。ところが、一条天皇は定子を宮中に呼び戻します。出家後の妃の復帰は異例中の異例で、貴族たちから不謹慎だと激しく非難されました。さらに、藤原道長《ふじわらのみちなが》は定子に執拗《しつよう》に嫌がらせをくり返しつつ、定子を中宮から皇后宮《こうごうぐう》（皇后のこと）として、自分の娘・彰子《しょうし》を一条天皇の中宮に据《す》えます。定子は、皇子（敦康《あつやす》親王）とふたりの皇女を産みましたが、悲嘆のうちに24歳の若さで亡くなりました。

この悲劇は、紫式部が『源氏物語』を執筆する直前に起こりました。桐壺帝《きりつぼてい》は一条天皇、桐壺更《きりつぼのこう》衣《い》は定子をモデルにしているとの説もあります。悲劇の皇后・定子は、『枕草子』はもちろん、『源氏物語』にも大きな影響を与えていると考えられているのです。

第3部 源氏の子孫の物語

光源氏が亡くなった後の物語が始まります。
主人公は、源氏の子・薫《かおる》と、帝の子・匂宮《におうみや》です。
彼らに愛された女性たちの愛と苦悩がえがかれます。

42匂兵部卿〜54夢浮橋

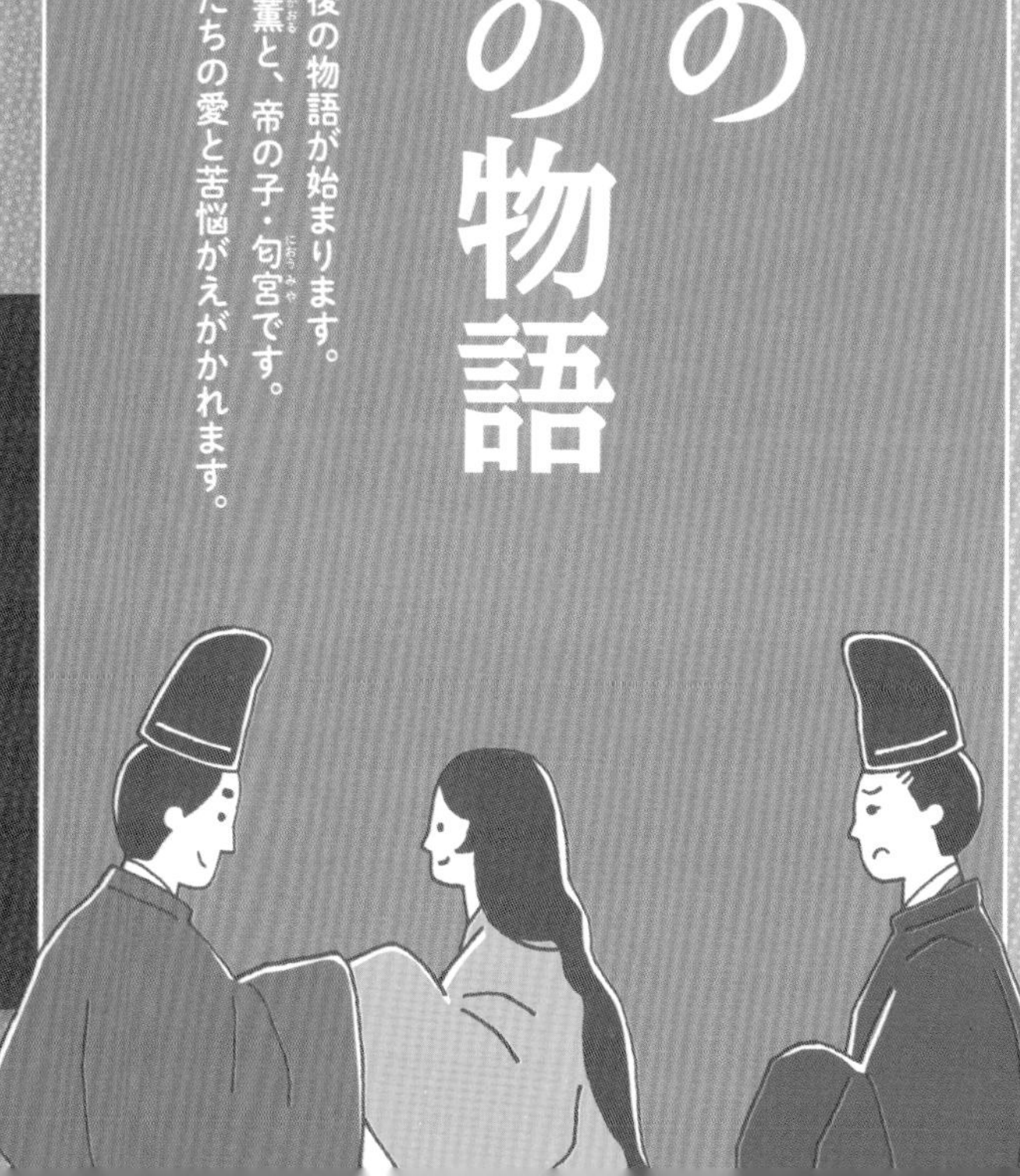

ざっくりわかる!

源氏物語〈第3部〉あらすじ

源氏の死より8年後の世界から物語が始まる。主人公は、源氏の子・薫《かおる》と、帝の子・匂宮《におうみや》。ふたりは宇治《うじ》に住む大君《おおいぎみ》、中《なか》の君《きみ》というふたりの姫君に思いを寄せる。その後、薫と匂宮は、宇治の姫君たちの妹・浮舟《うきふね》をめぐって争う。

1 薫と匂宮の登場

源氏の死後、源氏の子・薫（実は柏木《かしわぎ》の子）と、今上帝《きんじょうてい》の子・匂宮のふたりが世間の注目を浴びる。〔⬇42匂兵部卿〕

2 真実を知る薫

宇治に住む八《はち》の宮《みや》の娘・大君と中の君に心を奪われた薫は、彼女たちの侍女から自らの出生の秘密を知る。〔⬇45橋姫〕

3 大君に恋する薫

薫は大君、匂宮は中の君に恋をする。八の宮が亡くなると、薫は大君に告白するが、受け流される。〔⬇46椎本〕

4 大君の死

匂宮と中の君を結婚させた薫は、大君に結婚を迫るが失敗。匂宮の訪問が途絶えると大君は心労で亡くなる。〔⬇47総角〕

5 中の君をめぐる争い

匂宮は、中の君を京に迎え入れる。ふたりの関係に嫉妬した薫は、中の君に接近し、匂宮から警戒される。〔⬇48早蕨〕

6 匂宮と六の君の結婚

匂宮は六《ろく》の君《きみ》（夕霧《ゆうぎり》の娘）と結婚するが、中の君への執着を深める。中の君は薫に妹・浮舟の存在を明かす。〔⬇49宿木〕

7 浮舟と契る薫

薫は、浮舟が隠れ住んでいた小屋を訪れ、関係を結ぶ。薫は浮舟を宇治に連れていき、山荘に隠し住まわせる。〔⬇50東屋〕

8 匂宮と浮舟の熱愛

宇治を訪れた匂宮は、浮舟と恋愛関係になる。匂宮と薫との板挟みに悩みを深めた浮舟は、入水《じゅすい》を決意する。〔⬇51浮舟〕

9 浮舟の出家

浮舟は倒れていたところを横川《よかわ》の僧都《そうず》に救われる。浮舟は彼に頼んで出家を果たすが、消息を薫に知られる。〔⬇53手習〕

10 浮舟の消息を知る薫

横川の僧都から浮舟のゆくえを聞いた薫は、浮舟に会いたいと手紙を出す。浮舟は返事をせずに涙を流す。〔⬇54夢浮橋〕

第3部 42匂兵部卿～54夢浮橋 人物相関図

大君《おおいぎみ》と中《なか》の君《きみ》の父である八《はち》の宮《みや》は、薫《かおる》の父・源氏と、匂宮《におうみや》の祖父・朱雀帝《すざくてい》の弟にあたる。第3部後半の重要人物である浮舟《うきふね》は、八の宮が中将《ちゅうじょう》の君《きみ》に産ませた娘として唐突に登場する。

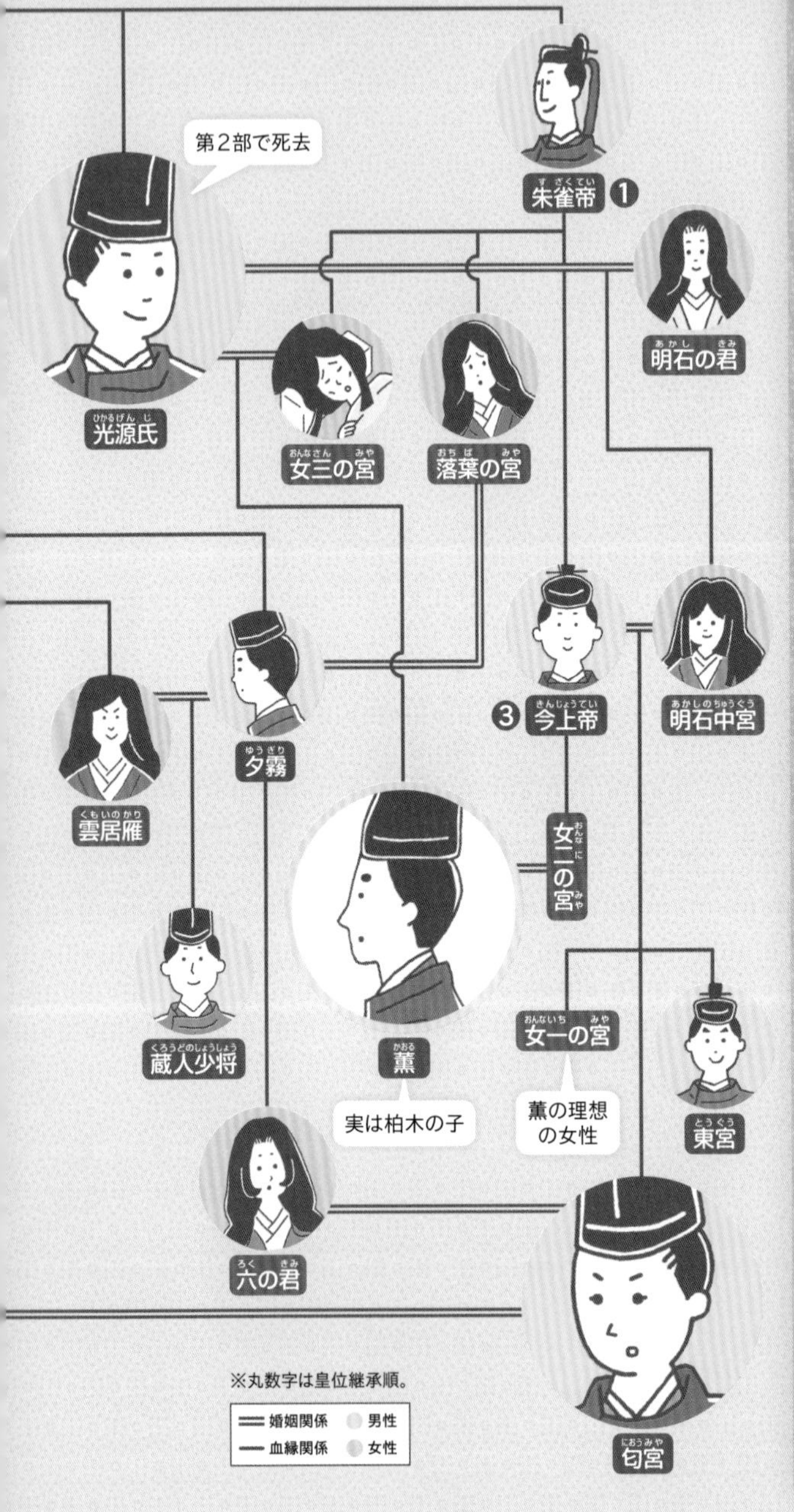

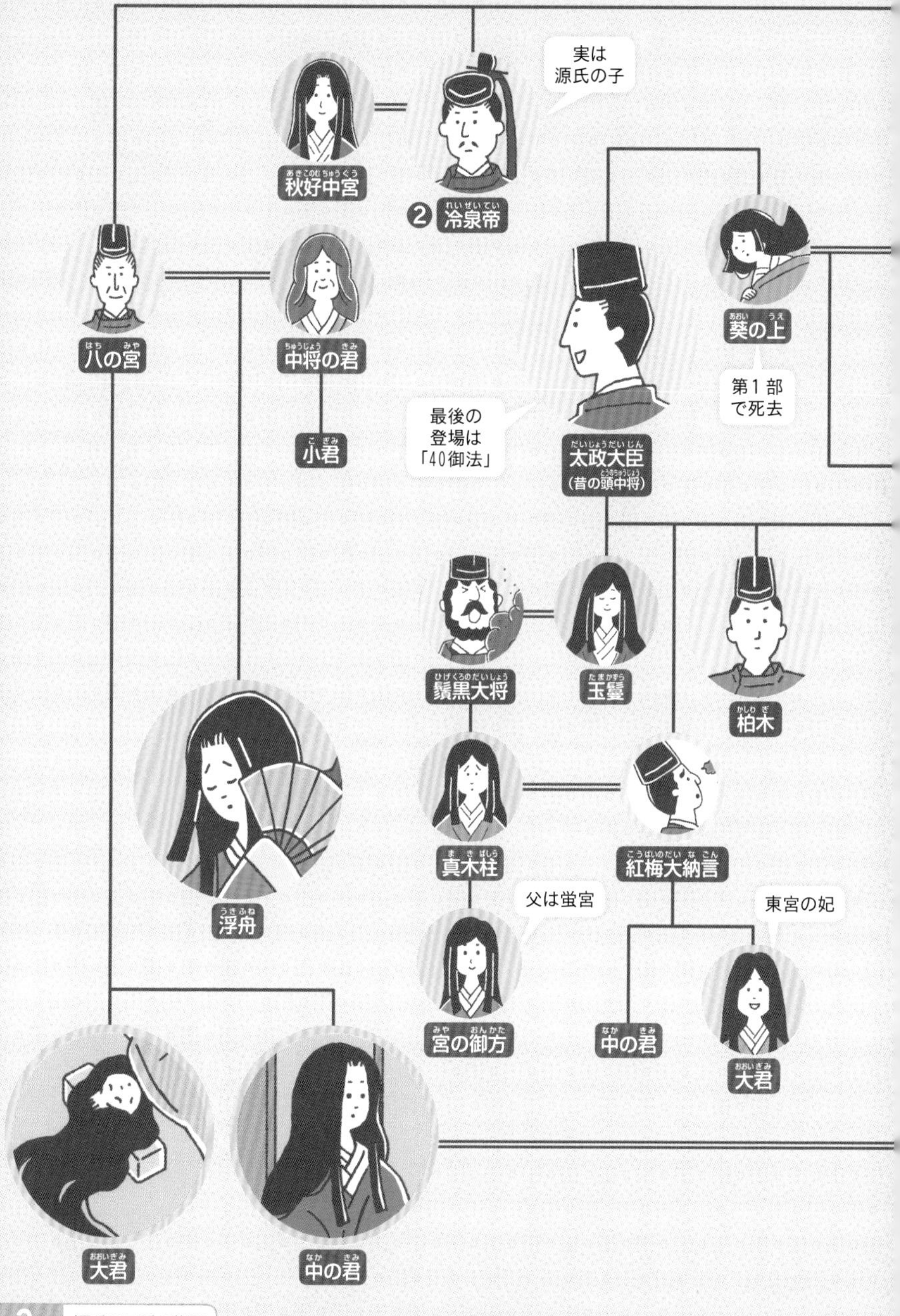

実は源氏の子
秋好中宮《あきこのむちゅうぐう》
❷ 冷泉帝《れいぜいてい》
八《はち》の宮《みや》
中将《ちゅうじょう》の君《きみ》
小君《こぎみ》
葵《あおい》の上《うえ》
第１部で死去
最後の登場は「40御法」
太政大臣《だいじょうだいじん》
（昔の頭中将《とうのちゅうじょう》）
鬚黒大将《ひげくろのだいしょう》
玉鬘《たまかずら》
柏木《かしわぎ》
浮舟《うきふね》
真木柱《まきばしら》
紅梅大納言《こうばいのだいなごん》
父は蛍宮
東宮の妃
宮《みや》の御方《おんかた》
中《なか》の君《きみ》
大君《おおいぎみ》
大君《おおいぎみ》
中《なか》の君《きみ》

42 匂兵部卿《におうひょうぶきょう》

新たな主人公・薫と匂宮の物語?

ひと言あらすじ

第3部の本編「宇治十帖《うじじゅうじょう》」につながる外伝的な「匂宮三帖《におうみやさんじょう》」の最初の巻。源氏の死から8年後の世界で、新たな主人公として薫《かおる》と匂宮《におうみや》が紹介される。

登場人物

薫
〔14～20歳〕

匂宮
〔15～21歳〕

明石中宮
〔33～39歳〕

第3部は、冒頭で「**光隠れたまひにし後**」(光源氏が世を去って後)と書かれ、**源氏没後の世界であることが示されます**。物語は源氏の死から8年後、源氏の子・**薫**《かおる》(実は柏木《かしわぎ》の子)と、※今上帝《きんじょうてい》の子・**匂宮**《におうみや》を中心に進みます〔図1〕。

匂宮は明るく社交的で、紫《むらさき》の上《うえ》からかわいがられたというので二条院に住んでいます。匂宮の母・明石中宮《あかしのちゅうぐう》は宮中に住まわせようとしますが、匂宮は気安い住居を好んでいます。

薫は、冷泉院《れいぜいいん》と秋好中宮《あきこのむちゅうぐう》にかわいがられて育ち、14歳で右近中将《うこんのちゅうじょう》に出世します。しかし自分が源氏の子であることに疑いをもっており、性格は暗く、出家の願望を秘めています。

薫は生まれつき芳香を漂わせる体質でした。薫に対抗したい匂宮は、薫物《たきもの》に熱中し、名香を衣服に焚きしめます〔図2〕。世間は、ふたりを「**匂ふ兵部卿**」「**薫る中将**」ともてはやしました。ふたりにはぜひ婿にとの話が多く寄せられますが、匂宮は冷泉院《れいぜいいん》の娘・女一《おんないち》の宮《みや》を慕っており、薫は女性との関わりにとても消極的でした。

※朱雀帝《すざくてい》の第一皇子。今上帝とは在位中の帝の呼び方。

源氏没後の人間関係〔図1〕

薫と匂宮は、源氏の弟（朱雀院）の孫にあたる。

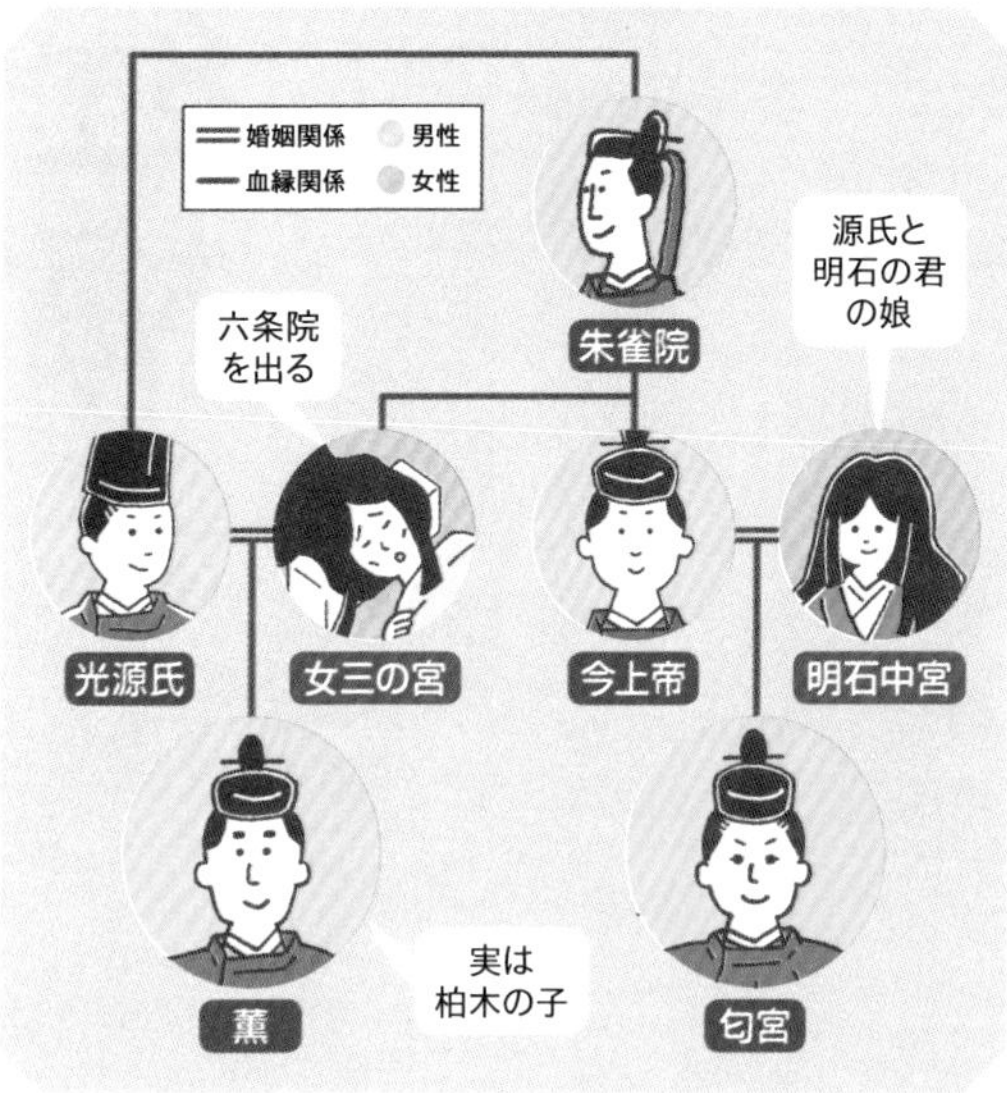

匂宮三帖は最後に付け加えられた？

「42 匂兵部卿」「43 紅梅《こうばい》」「44 竹河《たけかわ》」の3巻は外伝的な内容で、「匂宮三帖《におうみやさんじょう》」と呼ばれます。「宇治十帖《うじじゅうじょう》」（➡P158）につながる部分で、源氏の死後の主要な一族のできごとがえがかれています。3巻はそれぞれ独立した内容で時系列もばらばら。官位などに矛盾もあります。そのため、最後に付け加えられたという説があり、「44 竹河」には作者が別人という説もあります。

好対照の薫と匂宮〔図2〕

源氏亡き後、その有力な後継者として期待されたのは、薫と匂宮のふたりだった。ふたりは、まったく違うタイプの性格だった。

43

帝の子・匂宮の結婚相手は誰に？

紅梅《こうばい》

ひと言あらすじ

故致仕大臣《ちじのおとど》（昔の頭中将《とうのちゅうじょう》）の次男・紅梅《こうばいの》大納言《だいなごん》をめぐる話。真木柱《まきばしら》と再婚した大納言は、連れ子を含め3人の娘の父となる。匂宮《におうみや》は、真木柱の娘に恋をする。

登場人物

匂宮
〔25歳〕

紅梅大納言
〔54か55歳〕

真木柱
〔46か47歳〕

柏木《かしわぎ》（故致仕大臣《ちじのおとど》の長男）の弟にあたる**紅梅《こうばいの》大納言《だいなごん》には、先妻との間に大君《おおいぎみ》・中《なか》の君《きみ》のふたりの娘がいましたが、先妻の死後、真木柱《まきばしら》**（P104）**と再婚**しました。真木柱は鬚黒大将《ひげくろのだいしょう》の娘。蛍宮《ほたるのみや》（源氏の弟）と結婚していましたが、蛍宮の死後、娘・宮《みや》の御方《おんかた》を連れ子として大納言と再婚したのです〔図1〕。

裳着《もぎ》（成人式のこと）をすませた3人の姫君には、多くの求婚者がいました。長女の大君を東宮《とうぐう》（皇太子）の妃にした大納言は、**次女・中の君を匂宮《におうみや》と結婚させたい**と考え、紅梅の枝とともに、中の君との結婚をほのめかす手紙を送ります〔図2〕。しかし、**匂宮が興味を示したのは中の君ではなく、宮の御方でした**。宮の御方は極端に内気な性格で、結婚願望もありません。そのため宮の御方は、匂宮から手紙が届けられても返事を書こうともしませんでした。

宮の御方の母・真木柱は、匂宮が好色で多くの女性のもとに通っている評判を聞き、内心ではふたりの結婚をあきらめていました。

紅梅大納言と再婚した真木柱〔図1〕

真木柱は、鬚黒大将のもとで育っていたら中宮になれる可能性もあったが、式部卿宮《しきぶきょうのみや》（真木柱の母方の祖父）に引き取られ、蛍宮と結婚。夫婦仲が悪いまま死別した。

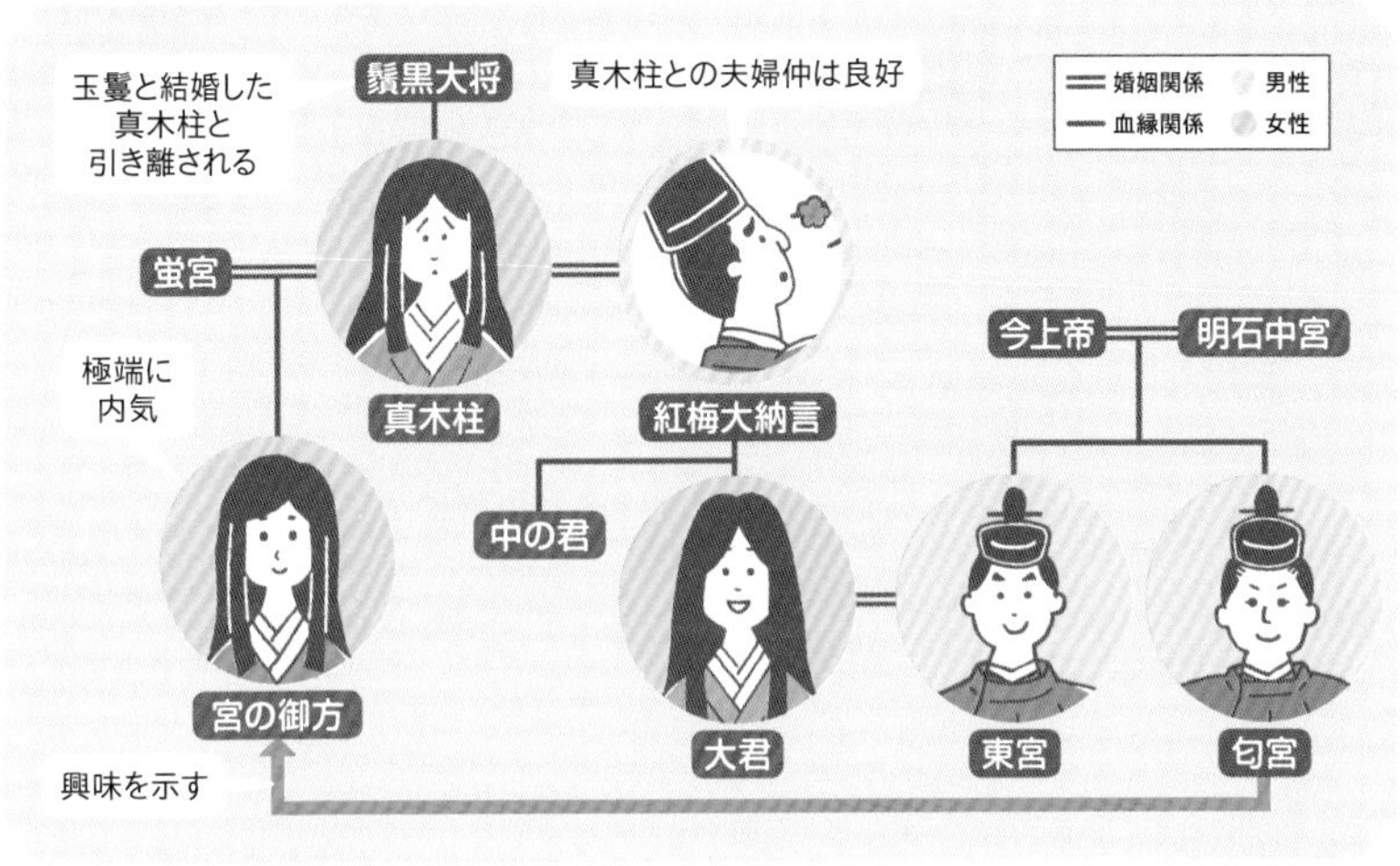

玉鬘と結婚した真木柱と引き離される

真木柱との夫婦仲は良好

紅梅の枝を折る紅梅大納言〔図2〕

紅梅大納言は、長女を東宮と結婚させたのに対して、次女は匂宮と結婚させようとする。源氏に憧れてきた紅梅大納言は匂宮に源氏の姿を重ねようとしているのかもしれない。

大納言は、紅梅の枝を折り取ろうとしたとき、源氏のことを思い出す。そして、源氏の代わりとなれるのは匂宮ぐらいしかいないと感じた。

44

竹河《たけかわ》

源氏の養女・玉鬘の苦悩？

ひと言あらすじ

源氏の養女・玉鬘《たまかずら》とその娘たちの話。夫に先立たれた玉鬘は、娘たちの将来に頭を悩ませ、大君《おおいぎみ》を冷泉院《れいぜいいん》と結婚させるが、帝の不興を買ってしまう。

登場人物

薫〔14〜23歳〕

玉鬘〔47〜56歳〕

蔵人少将〔年齢不名〕

源氏の養女だった玉鬘《たまかずら》（⬇P84）は、鬚黒大《ひげくろのだい》将《しょう》との間に生まれた三男二女を育てていました。**鬚黒が若死にしたため、玉鬘は、ふたりの娘（大《おお》君《ぎみ》・中《なか》の君《きみ》）を誰と結婚させるべきか、頭を悩ませていました。**ふたりの姫君の求婚者には、**今上帝《きんじょうてい》**や**冷泉院《れいぜいいん》**（実は源氏の子）のほか、**蔵人《くろうどの》少将《しょうしょう》**（夕霧《ゆうぎり》の子）、**薫《かおる》**などもいました。

正月20日過ぎ、薫が藤侍従《とうじじゅう》（玉鬘の三男）を訪ねると、ちょうど蔵人少将が来ていました。彼らは催馬楽《さいばら》（歌謡のこと）の「竹河」を歌って、酒宴に興じます〔図1〕。

4月、さんざん迷った末、**玉鬘は大君を冷泉院の妃にします**〔図2〕。大君は冷泉院から深く愛されますが、機嫌を損ねた今上帝は、玉鬘の息子を呼び出して文句をいいます。

数年後、大君は皇子を産みますが、周囲からの嫉妬に苦しみ、里帰りします。その後、中納言に昇進した薫が挨拶《あいさつ》に訪れたとき、**玉鬘は大君を冷泉院と結婚させたことを悔やみ、薫と比べて出世の遅い息子らを嘆く**のでした。

鉢合わせする薫と蔵人少将〔図1〕

大君に激しい恋心を抱く蔵人少将は、玉鬘邸で薫と鉢合わせした。

酒宴の後、薫は「竹河のはしうちいでしひと節に深き心の底は知りきや」(竹河を歌ったそのひと節に、私の深い心の底にある恋心を知ってもらえましたか) という歌を届けた。その筆跡を見た玉鬘は、息子たちの拙《つたな》い字を叱る。

「竹川(源氏香の図)」国立国会図書館所蔵

玉鬘が冷泉院を選んだ理由〔図2〕

玉鬘は、かつて自分が結婚するはずだった冷泉院を大君の結婚相手に選んだ。玉鬘は今上帝の機嫌を取るため、尚侍《ないしのかみ》(最高位の女官) を中の君に譲って、宮中に送り込んだ。

蔵人少将
父の夕霧は玉鬘の義弟で信頼できるが、臣下との結婚になる。
➡ダメ

薫
玉鬘は、心の中で婿候補にしていたが、14歳とまだ若かった。
➡迷う

今上帝
明石中宮《あかしのちゅうぐう》と寵愛《ちょうあい》を争うことになり、苦労するのが明らか。
➡ダメ

冷泉院
玉鬘は鬚黒と結婚していなければ冷泉帝と結婚するはずだった。
➡許可

Q 朝廷に勤めていた貴族たち。週に何回くらい休みがあった？

1回 or 2回 or 3回

平安貴族といえば毎日優雅に遊んでいた…。そんなイメージがあるかもしれませんが、実際の平安時代の貴族たちは朝廷に仕える役人でした。

位階（身分・役職）によって違いはありますが、通常は日の出前に出勤し、午前中に勤務を終えたそうです。ただ、**宿直《とのい》（夜勤）も多かった**そうです。では、平安貴族たちの休日は、週におおよそ何回くらいあったのでしょうか？

平安貴族たちの時間感覚は、現在のように「勤務は日中が基本。出退勤は時間で管理」というものではありません。特に、平安時代中期以降、公的な行事や重要な会議などは夜に開かれることが多くなりました。そのため、**大臣などの上級貴族であっても、頻繁に宿直が課せられました**。そして、宿直は交代制ではなく、日勤が終わった後に夜勤もつとめるという連続勤務だったのです。

日勤・宿直を含めた勤務日数については、**年間240日以上**とされていました（当時の1年は360日）。そして、おおよそ**6日に1日の割合**で休日が与えられていました。1か月（当時は30日）に5日の休日、つまり正解は週に1回です。意外と過酷ですよね。

宿直の回数も位階によって大きな違いがあり、位階が低いほど宿直回数は多くなります。ですが、当時の最高権力者であった**藤原道長**《ふじわらのみちなが》でも、月に2～3回の宿直をつとめたことが記録に残っています。

上級貴族であっても勤怠管理は厳密に行われ、勤務実態は給料や昇進に大きく影響したといいます。「雨夜《あまよ》の品定《しなさだ》め」（↓P30）のときに、源氏や頭中将《とうのちゅうじょう》らが宮中に泊まりこんでいたのは、宿直のためだったのです。

平安貴族の1日

起床　午前3時頃

自分の生まれた年を支配する星の名前を7回唱える／鏡で顔を見る／暦を見て、今日の運勢を確認／神仏へ祈る／日記を書く／朝食をとる（粥など）／風呂に入る（5日に1度程度）

↓

勤務　早朝～午前11時頃

午前中には仕事を終了（宿直がある場合は徹夜で勤務）／昼食をとる（午前10時頃または正午頃）

↓

自由時間　午後

蹴鞠《けまり》や囲碁などをして遊ぶ／勉強をする／夕食をとる（午後4時頃）／就寝（日没後）

45 橋姫《はしひめ》

源氏の子・薫が惹かれた女性は？

ひと言あらすじ

薫《かおる》は、宇治《うじ》で仏道に励む八《はち》の宮《みや》と親しくなる。ある夜、月光に照らされた八の宮の姫君たちに魅了された薫は、彼女らの老女房から自らの出生の秘密を知る。

登場人物

薫
〔20～22歳〕

八の宮
〔58～60歳？〕

大君
〔20～24歳〕

「匂宮三帖《におうみやさんじょう》」が終わり、「45橋姫」からは第3部の本編である**「宇治十帖《うじじゅうじょう》」**が始まります。

源氏の弟・**八《はち》の宮《みや》**（桐壺帝《きりつぼてい》の第八皇子）は、陰謀に巻き込まれて失脚し、中央政界から忘れられた存在でした。八の宮は妻と死別後、大君《おおいぎみ》・中《なか》の君《きみ》というふたりの娘を育てていましたが、京の邸宅が焼失したため、宇治（現在の京都府宇治市）の山荘に姫君たちを連れて移り住み、仏道修行に励んでいました〔図1〕。

出家願望のある薫《かおる》は、八の宮の生き方に興味をもち、宇治の八の宮邸を訪れて親交を深め始めます。その3年後、八の宮の不在中に、薫は八の宮邸を訪れたとき、月の光のもとで琵琶と箏《そう》の琴《こと》を合奏するふたりの姫君を垣間見《かいまみ》ます〔図2〕。**心を奪われた薫は大君に会いたいと伝えますが、大君は戸惑います**。代わりに対応した老女房（老侍女）・弁《べん》の尼《あま》は、自分は柏木《かしわぎ》の乳母子《めのとご》（乳母の子）で、遺言を伝えたいといいます。薫は出生の秘密を聞きたいと思いますが、周囲にほかの女房もいたので京に戻ります。

八の宮のふたりの姫君〔図1〕

大君と中の君は、同母姉妹のため容姿も似ていた。大君は長女、中の君は次女を意味する。

八の宮の次女。現実的で対応力がある。（中の君）

八の宮の長女。理想的で志を貫く性格。（大君）

> **「宇治十帖」は日本初の近代小説？**
>
> 「45 橋姫」から「54 夢浮橋《ゆめのうきはし》」までの10巻は、「宇治十帖」と呼ばれ、宇治を主要な舞台にしています。当時、「宇治」は「憂《う》し」をイメージさせる言葉でした。その言葉どおり、宇治十帖は全体的に陰鬱《いんうつ》な雰囲気が漂います。薫と匂宮に翻弄《ほんろう》される3人の女性（大君・中の君・浮《うき》舟《ふね》）の心理描写は、まるで近代小説のように極めて繊細にリアルにえがかれています。

姫君たちを垣間見る薫〔図2〕

大君と中の君を垣間見た薫は、「物語から抜け出た姫君たちのようだ」と感じ、心を奪われた。

薫は立ち去るとき、大君に「橋姫《はしひめ》の心をくみて高瀬《たかせ》さす棹《さお》の雫《しずく》に袖《そで》ぞ濡《ぬ》れぬる」（愛しい姫君の寂しい心に同情して、宇治川の船頭が棹の雫で袖を濡らすように、私も涙で袖が濡れてしまいました）という歌を送った。

10月、宇治に出向いた薫は、八の宮から姫君らの後見役を頼まれます。そして**弁の尼から柏木が実の父であると知らされ、形見の手紙を渡されます。**その手紙には、女三《おんなさん》の宮《みや》、薫と別れて死なねばならないつらさが記されていました。

46

椎本《しいがもと》

薫、匂宮の恋焦がれる相手は？

ひと言あらすじ

薫《かおる》は大君《おおいぎみ》に、匂宮《におうみや》は中《なか》の君《きみ》に恋心を抱く。八《はち》の宮《みや》は、娘たちに軽率な結婚を戒める遺言をして亡くなる。薫は大君に告白し、匂宮も中の君への思いを募らせる。

登場人物

薫〔23～24歳〕

匂宮〔24～25歳〕

八の宮〔61歳？〕

2月、24歳の匂宮《におうみや》は、長谷寺《はせでら》（奈良県）に詣でた帰りに宇治《うじ》に立ち寄りました。**匂宮は、薫から聞かされていた八《はち》の宮《みや》**（⬇P158）**の姫君たちに興味をもっていた**のです。

宇治にある夕霧《ゆうぎり》の別荘に向かった薫は、匂宮を出迎えて一緒に管絃《かんげん》の遊びをします〔図1〕。にぎやかな演奏の音は、宇治川の対岸にある八の宮の山荘にも響きます。京での風流な暮らしを思い出した八の宮は、薫を誘う手紙を出します。その返事を匂宮が代筆します。以後、何度も匂宮から手紙が届き、その返事を八の宮は中《なか》の君《きみ》に書かせました。

秋、中納言《ちゅうなごん》に出世した薫は、久しぶりに宇治を訪れます。死期が迫った八の宮は、娘たちの後見を薫に依頼する一方、**娘たちには軽々しく結婚をしないように戒め**、宇治から出るなと遺言します。そして、山寺にこもると間もなく亡くなりました。9月、薫は宇治を訪れて大君《おおいぎみ》に対面して八の宮をしのびますが、悲しみに沈む姫君たちは心を開きません。

年の暮れ、宇治を訪れた薫は、大君に恋心を告白しますが、受け流されます〔図2〕。年明け、匂宮に夕霧の娘（六《ろく》の君《きみ》）との縁談話が出ましたが、中の君への思いが強く関心を示しません。

宇治に向かう匂宮と薫〔図1〕

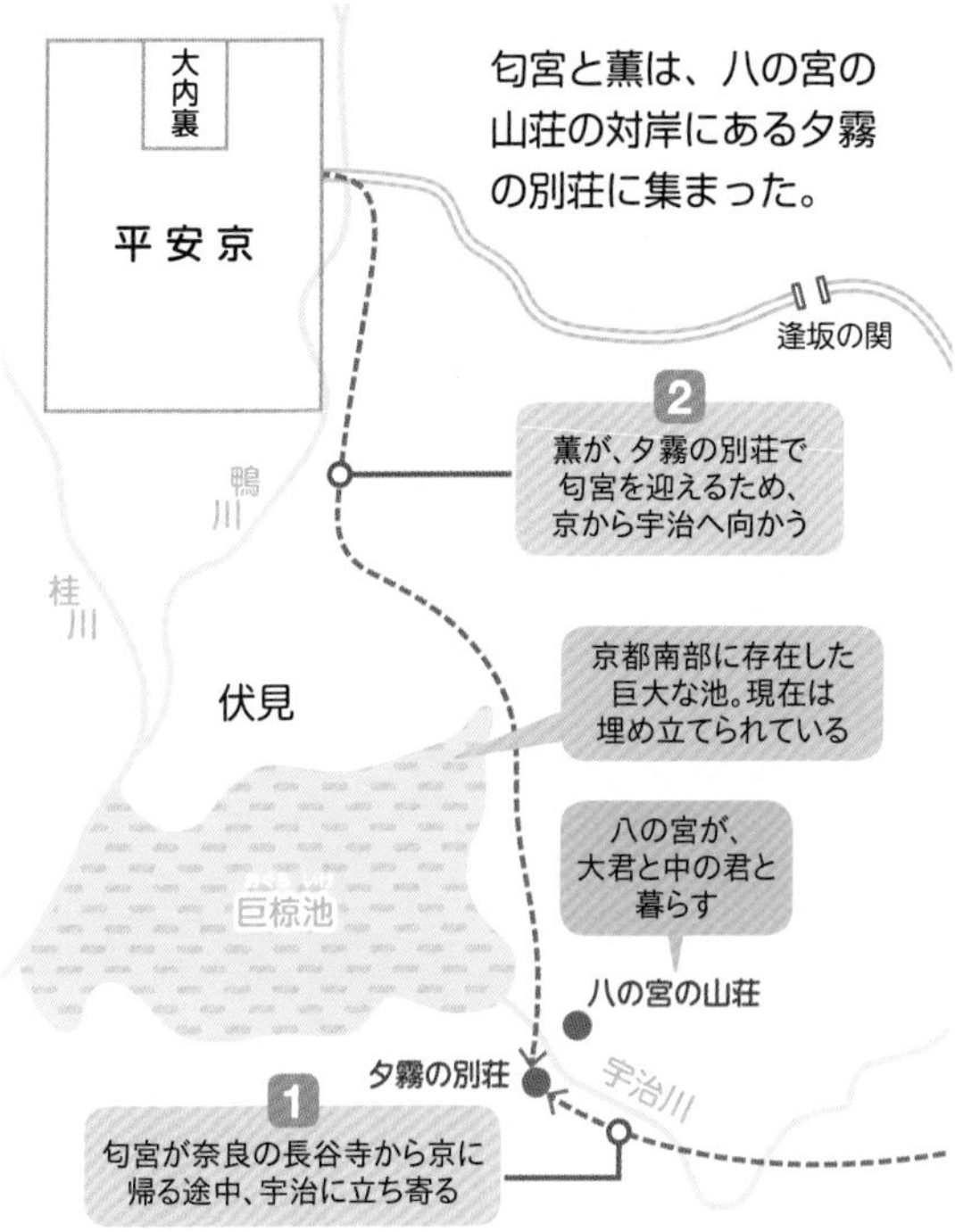

薫が、夕霧の別荘で匂宮を迎えるため、京から宇治へ向かう

京都南部に存在した巨大な池。現在は埋め立てられている

匂宮と薫は、八の宮の山荘の対岸にある夕霧の別荘に集まった。

匂宮が奈良の長谷寺から京に帰る途中、宇治に立ち寄る

当時、京から宇治までは、牛車《ぎっしゃ》や輿《こし》で6時間程度かかったという。巨椋池を舟で渡るルートもあった。

大君に告白する薫〔図2〕

宇治を訪れた薫は大君に思いを伝えたが、受け流された。

亡き八の宮の部屋を見た薫は、「立ち寄らむ蔭《かげ》と頼みし椎《しい》が本《もと》むなしき床《とこ》になりにけるかな」（出家したら頼りにしようと思っていた椎の木〔八の宮〕が亡くなり、その居所はむなしい床になってしまったことよ）という歌を詠んだ。

47 総角《あげまき》

薫、匂宮の恋により起こる悲劇？

ひと言あらすじ

薫《かおる》は、大君《おおいぎみ》に結婚を迫るがうまくいかない。一方、薫の画策により匂宮《におうみや》と中《なか》の君《きみ》は結婚するが、匂宮の訪問が途絶える。中の君を案じる大君は、心労で亡くなる。

登場人物

薫〔24歳〕

匂宮〔25歳〕

大君〔26歳〕

八《はち》の宮《みや》の一周忌の頃、薫《かおる》は宇《う》治《じ》を訪れて**大君《おおいぎみ》に恋心を訴えますが、またしても話をそらされます**〔図1〕。その夜、薫は大君の部屋に忍び込みますが、嫌がって嘆く喪服姿の大君を見て、強引なことはできないまま一夜を明かしました。生涯独身を貫くことを決意した大君は、**中《なか》の君《きみ》を薫と結婚させて、自分は親代わりをつとめたいと願う**のでした。

一周忌が終わって喪が明けると、薫は再び宇治を訪れます。**大君は薫に「中の君と結婚してほしい」と伝えますが、薫は強引にふたりの寝所に入り込みます**。危険を察知した大君が中の君を残して隠れたため、薫はしかたなく中の君と語り合って夜を明かしました。

薫は、中の君と匂宮《におうみや》を結婚させれば、大君も心変わりをするはずだと考え、**密かに匂宮を宇治に連れていき、薫だと思わせて中の君の寝所に導きます**。薫は、匂宮と中の君が結ばれたことを大君に伝えて結婚を迫りますが、大君は嘆き悲しみ、薫を拒絶しました〔図2〕。

（⇒P164へ続く）

総角を編む姫君たち〔図1〕

薫が宇治を訪れると、大君と中の君は、八の宮の一周忌で使う飾りを総角結びで編んでいた。

「源氏五十四帖 四十七 総角」国立国会図書館所蔵

薫は大君に、「あげまきに長き契《ちぎ》りを結びこめ同じ所によりもあはなむ」（総角結びに永遠の縁を結びこめて、糸がより合うように、一緒になって逢いたいものです）と、求愛の歌を詠んだが、相手にされなかった。

用語解説

総角《あげまき》
平安時代の元服《げんぷく》前の男子の髪型「角髪《みずら》」（➡P106）から考案された糸の結び方。3つの輪ができる飾り結びで、調度品の飾りなどに使われる。

薫の求愛を拒む大君〔図2〕

薫は、自分の手引きによって匂宮が中の君の部屋に入ったことを大君に伝え、自分の恋心を訴えた。

大君は薫と男女の仲を超えた心の交流を求めていたので、薫の画策を非難し、嫌悪感を抱いた。

中《なか》の君《きみ》と匂宮《におうみや》が契りを結んだので、大君《おおいぎみ》は「姉の画策だろうか」と機嫌を損ねる中の君をなだめながら、後朝《きぬぎぬ》の文《ふみ》（➡P37）の返事を書かせ、三日夜《みかよ》の餅（➡P37）を用意します。**匂宮は中の君のもとに3日間通って、結婚を成立させました**。しかし、皇子という身分柄、匂宮は気ままに宇治に通うことが難しく、訪問は途絶えがちに。姫君たちは嘆き悲しみます。

10月、匂宮は宇治川で紅葉狩りをすることを口実に中の君を訪れる計画を立てます。しかし、明石中宮《あかしのちゅうぐう》が大勢の臣下を差し向けてきたため、人目が多くなりすぎて、**中の君を訪れることができませんでした**〔図3〕。思いを裏切られた中の君は深く嘆き、妹を傷つけられた大君は、男性不信から自らの死を望むまで絶望します。

匂宮が宇治へ遠出したことを怒った父・今上《きんじょう》帝《てい》は、匂宮に宮中から出ないように命じ、夕霧《ゆうぎり》

薫と匂宮の紅葉狩り〔図3〕

薫や匂宮たちは、笛の音を響かせながら、宇治川に舟を浮かべて紅葉狩りを楽しんだ。

明石中宮が大勢のお供を差し向けて大騒ぎになったので、匂宮は中の君を訪ねることができなかった。

「総角（源氏香の図）」国立国会図書館所蔵

の娘・六《ろく》の君《きみ》との縁談を進めます。その噂を聞いた大君は、**自分のせいで妹を不幸な目にあわせてしまった**と嘆き悲しみ、心労がたたって病に倒れます。**薫は大君を見舞い、懸命に看病しますが、その甲斐なく息を引き取ります**〔図4〕。

悲しみに沈む薫は、京に戻らず、宇治にこもります。匂宮も宇治に向かいますが、中の君からは冷淡な対応を取られます。それでも、明石中宮の許しを得て、中の君を京の二条院に引き取る決意をするのでした。

主人の意思に逆らう女房たち

大君は結婚を望んでいませんでしたが、女房（侍女）たちは大君ではなく薫の思惑に従い、薫に協力するようになります。大君などのように親を失った姫君には生活能力がないので、女房たちは自分たちが生きるため、生活力のある薫を頼りにしたのです。当時の姫君の生活のすべては女房に握られていたので、女房の要求に逆らって生き抜くことは不可能でした。

薫に看取られる大君〔図4〕

薫は衰弱する大君の耳に口を近づけて恋心を訴え続け、また、痩せ細った大君の美しさに心惹かれた。

大君は薫に「中の君と結婚してくれなかったことが恨めしい」と語った後、ものが枯れていくように亡くなった。

謎 其の一 『源氏物語絵巻』は誰がかいたもの？

『源氏物語』の場面を絵画化した国宝『源氏物語絵巻』（徳川美術館・五島美術館所蔵）は、『源氏物語』を題材としたものとしては、日本に現存する最古の絵巻物で、絵巻物の最高峰といわれます。えがかれたのは平安時代末期で、『源氏物語』が書かれてから百数十年後。**作者は藤原隆能《ふじわらのたかよし》と伝えられますが、実際は数人の宮廷画家の合作**といわれます。『源氏物語絵巻』の特徴は、人物が「**引《ひき》目《め》鉤《かぎ》鼻《ばな》**」でえがかれ、屋内は屋根や天井を省略して斜め上の視点からえがく「**吹き抜き屋台**」様式であること。このスタイルは、その後の源氏絵（⬇P13）に受け継がれていきました。

「05若紫」（➡P38）で、北山から下山する源氏が僧都《そうず》と別れる場面。1976年、国宝『源氏物語絵巻』の一部であることが確認された。

出典：ColBase「源氏物語絵巻断簡」（部分）
東京国立博物館所蔵

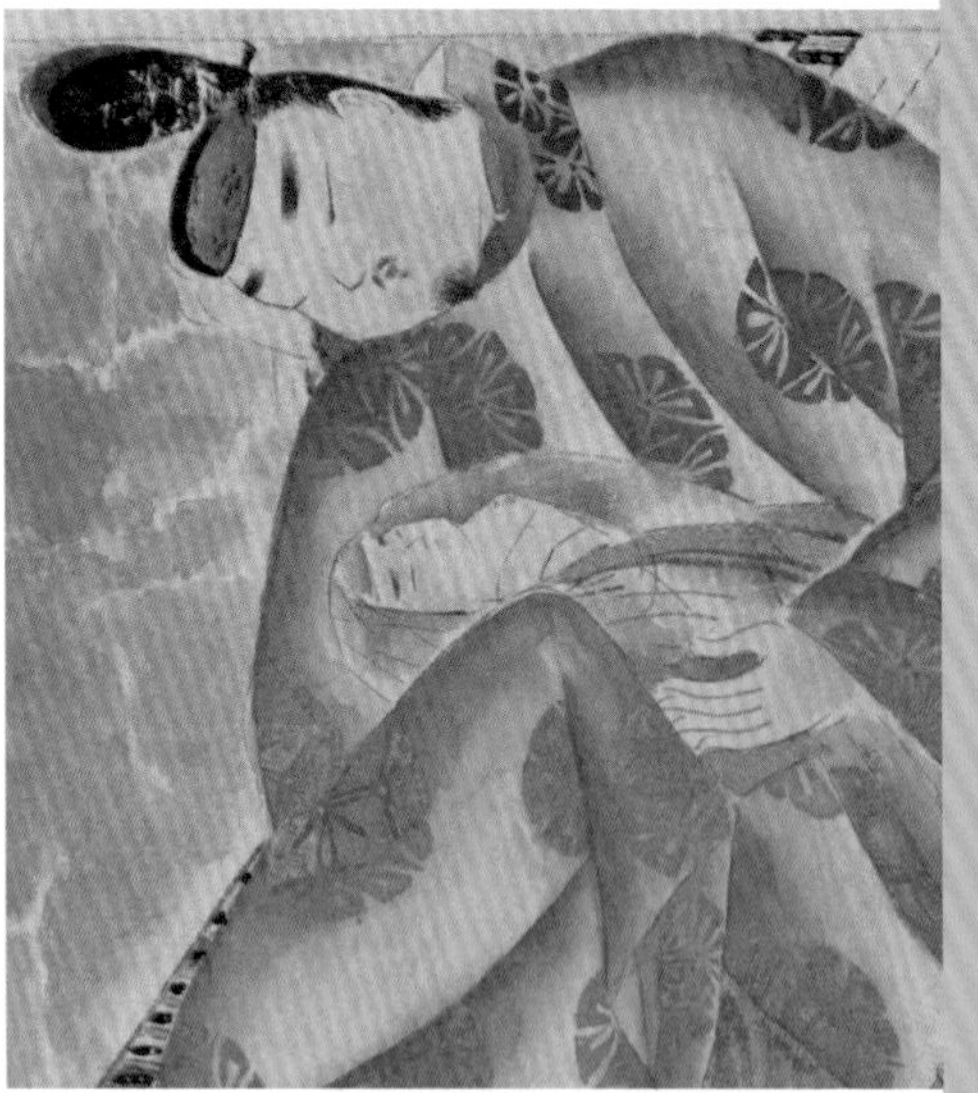

『源氏物語絵巻』より、薫を抱く源氏。源氏の顔は、引目（細い目）・鉤鼻（くの字型の鼻）で表現されている。

「源氏物語絵巻［2］（模写）」国立国会図書館所蔵

謎 其の二 『源氏物語』はなぜ難解といわれる？

『源氏物語』の文章は、清少納言の『枕草子』などと比べると難解だといわれます。その理由のひとつに、**語り手が客観的な立場で語るほか、登場人物の内面に寄り添ってその心情を語る**など、複雑な語り方をしている点が挙げられます。場面にあわせて登場人物の心情をダイレクトに語ることで、読者は人物の心に直接ふれられるのです。

例 源氏と藤壺の密通場面

原文
いかがたばかりけむ、いとわりなくて見たてまつるほどさへ、現《うつつ》とはおぼえぬぞわびしきや。

訳
（女房が）どのような手引きをしたのか、（源氏は）とても無理してお会いしている間さえ、現実とは思われないのが、つらいことである。

謎 其の三 実は『源氏物語』の原本はもうない？

『源氏物語』の原本はどこにあるのでしょうか？　実は、執筆当時から草稿本や豪華本など数種類の原本があったようですが、**いつのまにかそれらの原本は失われてしまった**のです。また、『源氏物語』が写されていく過程で、誤写や勝手な創作によって混乱し、全体像はわからなくなりました。そこで鎌倉時代初期、歌人の**藤原定家《ふじわらのていか》**は、『源氏物語』本来の姿を求めて、**多数の写本を比較検討し、内容を整理**しました。これが「青表紙本《あおびょうしぼん》」です。現在伝わる『源氏物語』の本文は、「青表紙本」のほかに、**源光行《みなもとのみつゆき》**・**親行《ちかゆき》**父子がまとめた「河内本《かわちぼん》」、両者に属さない「別本《べつぼん》」の3種類に分類されています。

青表紙本
藤原定家による校訂本。現在、より原文に近いものとされる。

河内本
源光行・親行による校訂本。意味が通るように、わかりやすく整理されている。

別本
青表紙本・河内本以外のもの。

48 早蕨《さわらび》

後悔と嫉妬渦巻く薫の心中は？

ひと言あらすじ

大君《おおいぎみ》の死後、薫《かおる》は中《なか》の君《きみ》と匂宮《におうみや》を結婚させたことを後悔する。匂宮は、中の君を宇治《うじ》から京の二条院に引き取る。薫は、ふたりの関係に嫉妬し始める。

登場人物

薫〔25歳〕

匂宮〔26歳〕

中の君〔24歳〕

大君《おおいぎみ》の死後、姉を失った中《なか》の君《きみ》は年が明けても悲しみに沈んでいます。そんな折、宇治山の高僧から早蕨《さわらび》などの山菜が届き、亡き姉と父を追憶する歌を詠みます〔図1〕。

2月上旬、**匂宮《におうみや》は中の君を京の二条院に引き取ることを決めます**。薫《かおる》は、中の君が上京する前日に宇治を訪れ、亡き大君をしのびながら、**大君によく似た中の君を匂宮と結婚させたことを後悔します**。中の君の女房（侍女）たちは上京を喜び浮き立ちますが、中の君の不安は消えません〔図2〕。不安を抱えながら上京した中の君を、匂宮は二条院で温かく迎えました。

夕霧《ゆうぎり》は、娘・六《ろく》の君《きみ》と匂宮を結婚させるつもりでしたが、匂宮にその気はありません。そこで夕霧は、薫に六の君との結婚を提案しますが、薫からも断られます。**二条院を訪れた薫は、中の君と仲むつまじく暮らす匂宮に嫉妬心を抱きます**。中の君に親切にする薫を見た匂宮は警戒心を強め、中の君に「**薫に気を許すな**」と戒めますが、中の君はわずらわしく思います。

返礼の歌を詠む中の君〔図1〕

中の君は、山寺の高僧から毎年恒例の春の山菜が届けられると、亡き姉と父を追憶した。

山菜

中の君は、山菜の礼に、「この春はたれにか見せむ亡《な》き人のかたみに摘《つ》める峰《みね》の早蕨」（姉までもが亡くなった今年の春は誰に見せたらよいでしょうか。亡き父の形見として摘んでくださった峰の早蕨を）という歌を詠んだ。

上京の準備をする中の君〔図2〕

中の君は上京に不安を抱くが、女房たちは華やかな京に移る喜びを隠しきれない。

中の君
匂宮との将来に
不安を抱く
女房たち
新しい衣装を
用意している
弁の尼
出家したため
髪は尼削ぎ

中の君と弁《べん》の尼《あま》は別れを惜しんで悲しんでいるが、女房たちの心は浮き立っている。

出典：ColBase「狩野養信模写 源氏物語絵巻」（部分）東京国立博物館所蔵

49

宿木《やどりぎ》

故人に執着する薫の新たな出会い？

ひと言あらすじ

匂宮《におうみや》が夕霧《ゆうぎり》の娘と結婚したため、中《なか》の君《きみ》は傷つく。中の君と薫《かおる》が接近すると、匂宮は中の君に執着し始める。そんな中、薫は宇治《うじ》で大君《おおいぎみ》そっくりの浮舟《うきふね》と出会う。

登場人物

薫
〔24～26歳〕

匂宮
〔25～27歳〕

中の君
〔24～26歳〕

大君《おおいぎみ》が亡くなる前の夏、今上帝《きんじょうてい》は溺愛する14歳の次女（女二《おんなに》の宮《みや》）の将来を考え、薫《かおる》との結婚を願います〔図1〕。その噂を聞いた夕霧《ゆうぎり》は、

碁を打つ薫と今上帝〔図1〕

今上帝は女二の宮との結婚を承諾させるつもりで薫を呼び出し、「軽々しく渡せないものを賭けよう」といって碁の勝負に誘った。

碁の勝負に敗れた今上帝は、女二の宮との結婚を薫に許すと伝えた。

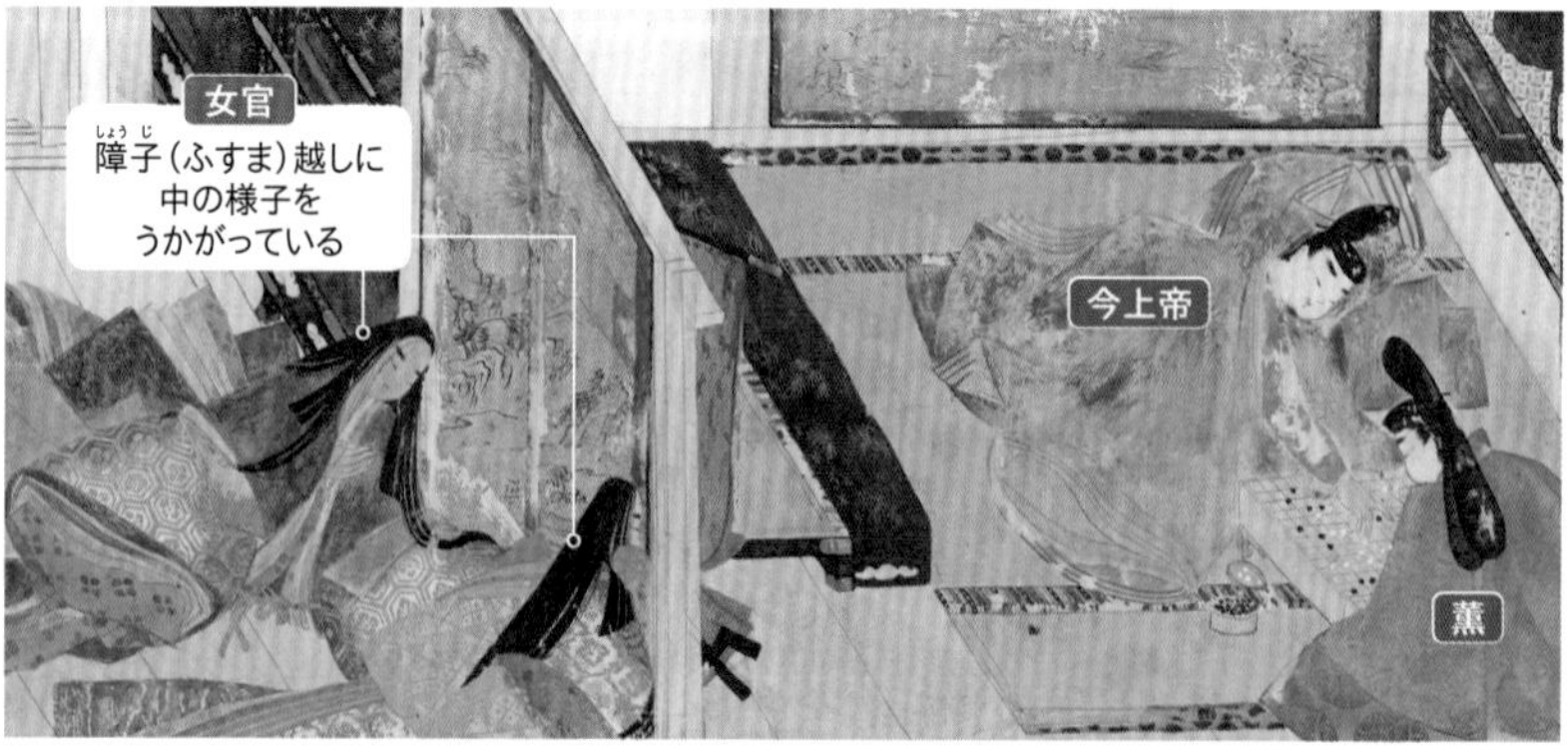

女官
障子《しょうじ》（ふすま）越しに中の様子をうかがっている
今上帝
薫

出典：ColBase「狩野養信模写 源氏物語絵巻」（部分）東京国立博物館所蔵

娘・六《ろく》の君《きみ》の結婚相手に薫をあきらめ、匂宮《におうみや》に定めます。大君が絶望して亡くなったのは、この噂を聞いたためでした（⇩P165）。

翌年の夏、薫は女二の宮との結婚を受け入れます。しかし、大君のことが忘れられず、また**中《なか》の君《きみ》を匂宮に譲ったことを後悔していたので結婚を急ぐ気になりません**。一方、二条院で匂宮と暮らし始めた中の君は、匂宮と六の君との結婚が決まり不安にかられます。**六の君の美しさに魅了された匂宮は夕霧邸に住みつくようになり**、二条院に帰らなくなります〔図2〕。

傷ついた中の君は薫を手紙で呼び出し、宇治に連れ帰ってほしいと訴えます。**恋心が抑えられなくなった薫は、御簾《みす》の下から中の君の袖《そで》をとらえ、強引に中に入って添い寝します**。しかし、妊娠を示す腹帯《はらおび》に気づき、無理に関係をもつことを自制しました。

（⇒P172へ続く）

六の君と結婚した匂宮〔図2〕

匂宮は、夕霧邸の六の君のもとに3日間、夜に通って、結婚を成立させた。

結婚の成立後、初めて昼間に六の君を見た匂宮は、その美しさに魅了された。

薫《かおる》が帰った後、匂宮《におうみや》は久しぶりに二条院に戻ってきます。匂宮は、妻の中《なか》の君《きみ》から漂う薫の移り香に気づき、薫との関係を問いつめます。薫を警戒する匂宮は、二条院に居続けることにしました。薫は中の君の世話だけをしようと心に決めますが、ついつい恋心をつづった手紙を中の君に送ってしまい、中の君を困惑させます。

ある夕方、中の君を訪れた薫は、「亡き大君《おおいぎみ》の人形《ひとがた》をつくって供養したい」と語ります。薫の求愛から逃げたい中の君は、大君に執着する薫の気持ちに気づくと、**亡き父・八《はち》の宮《みや》の隠し子・浮舟《うきふね》の存在を打ち明け、大君にそっくりだと語ります**。9月、宇治に向かった薫は、宇治山の高僧に大君の法要を依頼します。このとき、弁《べん》の尼《あま》から浮舟の素性を聞き出します。浮舟は八の宮が召人《めしうど》（主人と男女関係のある女房）・中《ちゅう》将《じょう》の君《きみ》に産ませた娘だったのです〔図3〕。

薫の移り香の件から中の君に執着する匂宮は、六《ろく》の君《きみ》のもとに通わなくなります〔図4〕。腹を立てた夕霧《ゆうぎり》は二条院に乗り込み、匂宮を連れ去ります。自らの弱い立場を嘆く中の君でしたが、翌年2月に皇子を出産すると盛大に祝福され、正式な妻として認められます。一方の薫は、裳《も》着《ぎ》（成人式のこと）を行った16歳の女《おんな》二《に》の宮《みや》と、気の進まない結婚をしました。

4月、宇治を訪れた薫は、偶然、宇治の山荘に泊まりにきた浮舟を垣間見《かいまみ》ます。**容姿や雰囲気が大君とそっくりの浮舟に心奪われた薫**は、さっそく弁の尼に仲介を頼むのでした。

用語解説

人形《ひとがた》

人形とは、神事などで自分の身代わりに心身の穢《けが》れや罪などを撫でつけて川や海に流すもので、「撫《な》で物《もの》」とも呼ばれます。浮舟は、薫にとって大君の人形として登場するのです。

浮舟の素性〔図3〕

浮舟の母は召人だった。浮舟は八の宮から母とともに捨てられた。

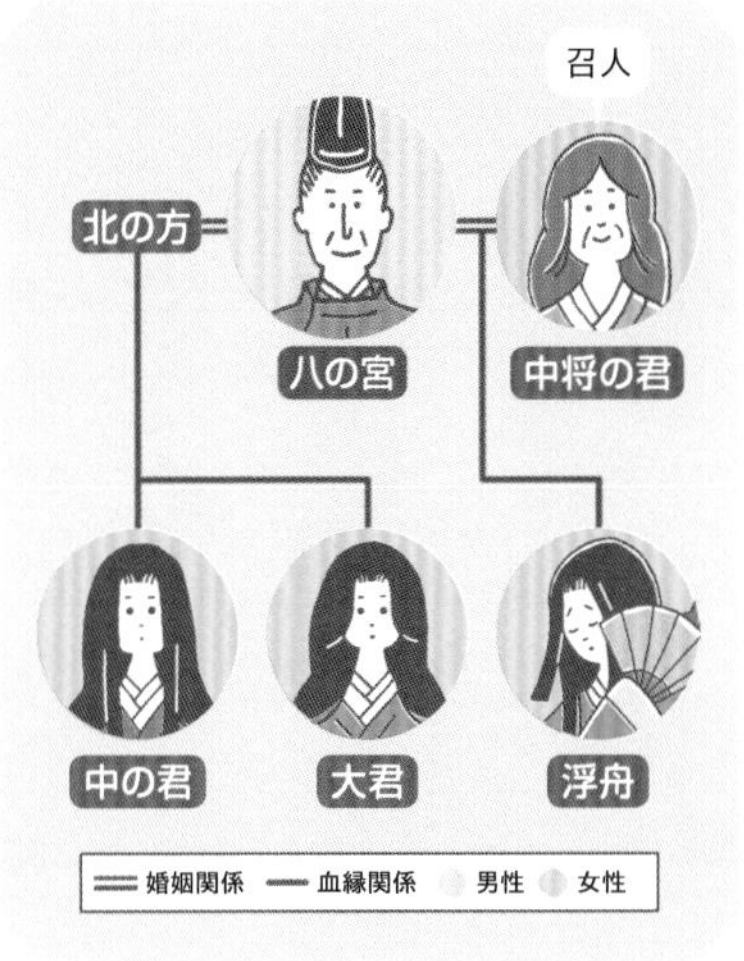

宇治の山荘を訪れた薫は、木にからみついた蔦《つた》（宿木）を見ながら、「宿《やど》りきと思《おも》ひ出《い》でずは木《こ》の下《もと》の旅寝《たびね》もいかに寂《さび》しからまし」（昔泊まった思い出がなければ、この山荘での旅寝はどんなに寂しかっただろう）と歌に詠んだ。

琵琶を弾く匂宮〔図4〕

匂宮は薫と中の君の仲を疑っていたが、六の君との結婚で不安になった中の君に琵琶を弾いてなぐさめた。

中の君は匂宮に、「秋果《は》つる野辺の気色《けしき》も篠薄《しのすすき》ほのめく風につけてこそ知れ」（秋が果てる野辺の様子も、薄の穂をほのかに揺らす風によって知れるように、私に飽き果てたあなたの心も、そのそぶりでわかります」という歌を詠んで涙ぐんだ。

出典：ColBase「狩野養信模写 源氏物語絵巻」（部分）東京国立博物館所蔵

Q 平安貴族の男性が冠や烏帽子《えぼし》をかぶっていたのは何のため？

災いを避けるため or 頭頂部を隠すため or 背を高く見せるため

平安時代の貴族の男性は、どんな場面でも必ず冠や烏帽子をかぶっています。

冠は公式な場で着用するもので、正式な装束である**束帯**《そくたい》（➡P83）・**衣冠**《いかん》とセットになっていますが、普段着の**直衣**《のうし》（➡P83）でも許されることがあります。烏帽子は私的な場で着用するもので、直衣や**狩衣**《かりぎぬ》とセットになっています。

さて、なぜ男性は冠や烏帽子をかぶるのでしょうか？

冠は、奈良時代に頭部を覆う布製の「**頭巾**《ときん》」から発展したかぶり物です。冠本体のほかに、髻《もとどり》（頭上で髪の毛を束ねた部分）を収める「**巾子**《こじ》」や、後ろに垂《た》らす「**纓**《えい》」などから構成されています。

　烏帽子は、「**圭冠**《けいかん》」という織物を漆《うるし》で塗り固めたかぶり物から発展したものです。烏帽子には、貴族がかぶる正式な「**立烏帽子**《たてえぼし》」のほかに、庶民は布が前方に垂れた「**萎烏**《なええ》**帽子**《ぼし》」をかぶっていました。

　室町時代頃まで、日本では**頭頂部を人前にさらすことは、人前で下着になるのと同じくらい、極めてはずかしい行為でした。**つまり、正解は、頭頂部を隠すためです。

　貴族は特に、頭頂部を見られることを嫌がったので、寝るとき以外、風呂に入るときも烏帽子を取らなかったそうです。夕霧《ゆうぎり》が柏木《かしわぎ》を見舞ったとき、柏木は起き上がることができないほど衰弱していたにもかかわらず、烏帽子だけはかぶって対応をしたと書かれています（⬇P127）。

冠のかぶり方

髻を巾子の中に入れて、かんざしで髻を刺して固定する。

烏帽子のかぶり方

烏帽子の内側につけられた「小結《こゆい》」と呼ばれる紐《ひも》を髻の根元に結びつけて固定する。

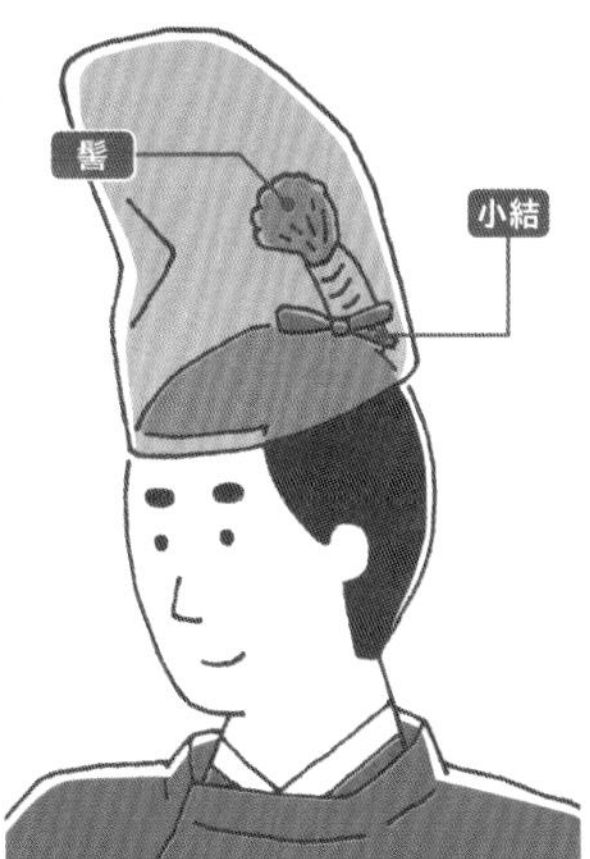

50

東屋《あずまや》

薫、意中の浮舟を探し求める？

ひと言あらすじ

浮舟《うきふね》の母は、浮舟を薫《かおる》ではない男と結婚させようとするが失敗。浮舟は中《なか》の君《きみ》に預けられ、その後、隠れ家に住むことに。薫は隠れ家を訪れ、浮舟と契りを結ぶ。

登場人物

薫〔26歳〕

中の君〔26歳〕

浮舟〔21歳〕

薫《かおる》は浮舟《うきふね》への恋心を高めていきますが、浮舟の母・中将《ちゅうじょう》の君《きみ》は、あまりにも身分が違うため困惑していました。そこに、**左近少将《さこんのしょうしょう》が浮舟に求婚してきたので、喜んで結婚を許します**。ところが左近少将は、中将の君の夫で受領《ずりょう》（⬇P67）の**常陸介《ひたちのすけ》の財産が目当てだった**ので、浮舟が実子でないと知ると、浮舟の妹にあたる常陸介の実の娘に乗りかえます。中将の君は、浮舟をなぐさめるため二条院の中《なか》の君《きみ》に預けます。**薫を自分から遠ざけたい中の君は、さっそく浮舟を薫に勧める**のでした。

ところが偶然、**匂宮《におうみや》が二条院にいる浮舟を発見**。「あなたは誰だ」といいながら、強引に言い寄ってきましたが、宮中から使いが来たため、浮舟は難を逃れました〔図1〕。

この話を聞いた中将の君は、浮舟を三条の小家（東屋）に隠し住まわせます。それを弁《べん》の尼《あま》から聞いた**薫は三条の小家を訪れ、一夜をともにしました**〔図2〕。翌朝、薫は浮舟を連れて宇《う》治《じ》に行き、八《はち》の宮《みや》の山荘に住まわせ始めます。

浮舟を捕まえる匂宮〔図1〕

匂宮は自宅の二条院で謎の美女（浮舟）を見つけると、衣の裾《すそ》をとらえた。

浮舟は扇で顔を隠したが、匂宮は浮舟を放さず言い寄った。中の君は洗髪中で不在だった。

東屋を訪れる薫〔図2〕

薫は仲介者の弁の尼を遣わした後、自ら小家を訪ねた。

雨の中、外で待たされた薫は、「さしとむるむぐらや繁《しげ》き東屋のあまりほどふる雨《あま》そそきかな」（戸を閉ざすほど、むぐらが繁っているのでしょうか。東屋の軒で雨注ぎの中、あまりに長い時を待たされるよ）と歌に詠んだ。

出典：ColBase「狩野養信模写 源氏物語絵巻」（部分）東京国立博物館所蔵

51

浮舟《うきふね》

三角関係が生み出す悲劇？

ひと言あらすじ

浮舟《うきふね》を忘れられない匂宮《におうみや》は、薫《かおる》を装って浮舟と関係をもつ。ふたりの密通を知った薫は、浮舟を恨む。三角関係に苦しむ浮舟は、死を決意する。

登場人物

薫〔27歳〕

匂宮〔28歳〕

浮舟〔22歳〕

薫《かおる》が浮舟《うきふね》を宇治《うじ》の山荘に隠し住まわせた一方で、**匂宮《におうみや》は二条院で偶然会った謎の美女（浮舟）を忘れることができません**。匂宮は、その美女が二条院からいなくなったのは妻の中《なか》の君《きみ》が追い出したと考えて八つ当たりしますが、**中の君は浮舟のことを一切教えません**。一方の薫は、忙しくてなかなか宇治に通えませんが、京に浮舟を迎え入れる邸《やしき》を新造していました。

年が明け、宇治の浮舟から中の君に年賀の挨《あい》拶《さつ》が届きますが、その手紙が匂宮に見つかってしまいます。謎の美女からの手紙だと気づいた匂宮は薫の近辺を調べ、**薫が宇治に謎の美女らしき女性を囲っていることを知ります**。

薫と中の君が協力して女性を隠していることに苛立つ匂宮は、薫が多忙な日を狙って宇治を訪れます。そして、**薫の声色を使って女房（侍女）をだまし、山荘の邸内に入って浮舟と強引に関係を結んだのです**〔図1〕。浮舟は、姉の夫と関係をもってしまったことを嘆きますが、情熱的な匂宮に惹かれていきます。

（⇒P180へ続く）

浮舟の寝所に忍び込む匂宮〔図1〕

匂宮は、薫の声をまねて女房をだまし、浮舟の寝所に入った。

他人を装って女性と強引に関係をもつことは、当時でも異常なことだった。
しかし、世間知らずの浮舟は、匂宮の強引さに惹かれていく。

平安時代の書道道具

平安時代の貴族たちは、頻繁に手紙のやり取りを行っていた。手紙を書くときに使う硯《すずり》や墨、筆、水滴（水を入れる容器）などは、「硯箱《すずりばこ》」と呼ばれる箱に収められた。手紙を書くための小型の机は「文台《ぶんだい》」と呼ばれた。

硯箱
室町時代の硯箱で、中心に硯が置かれ、上側に瓜の実の形をした水滴がある。左右の容器には筆などを入れた。

文台 室町時代の文台で、飛ぶ千鳥の姿が装飾されている。

出典：ColBase「男山蒔絵硯箱」「千鳥蒔絵文台」東京国立博物館所蔵

2月、薫《かおる》が久しぶりに宇治を訪れると、浮舟《うきふね》は罪悪感を抱きながらも、誠実な薫に魅力を感じ、捨てられたくないと思います。薫から、春には京の新邸に移したいと伝えられた浮舟は、**薫と匂宮《におうみや》との板挟みの関係に悩みを深めていきます**。

薫が浮舟を想う古歌を口ずさむのを聞いた匂宮は、嫉妬と焦りを感じ、雪の降り積もる中を宇治に向かいます。そして、**浮舟を宇治川の対岸にある小屋に連れ出します**〔図2〕。匂宮は雪をかき分けて浮舟に会いにきたと口説き、浮舟は不安定な境遇を「空の途中で消えてしまいそう」と、歌に詠みます。**ふたりは恋に酔いしれ、親密な2日間を過ごしました。**

匂宮は薫より先に浮舟を京に移したいと考え、一方の薫は浮舟を迎える日程を決めます。やがて、薫と浮舟の使者が宇治で鉢合わせしたこと

浮舟を連れ出す匂宮〔図2〕

匂宮は宇治川対岸の隠れ家に浮舟を連れ出し、愛欲の2日間を過ごした。

「源氏五十四帖 五十一 浮舟」国立国会図書館所蔵

「橘《たちばな》の小島」と呼ばれる宇治川にある小島を見たとき、浮舟は不安な気持ちを「橘の小島の色は変はらじをこの浮舟ぞ行方《ゆくえ》知られぬ」（橘の小島の常磐木《ときわぎ》の色はいつまでも変わらないでしょうが、浮舟のように頼りないこの私は、これからどうなってしまうことでしょうか）と歌に詠んだ。

から、**匂宮と浮舟との関係を薫が知ることとなります**。薫は浮舟の裏切りを責める歌を詠み、山荘周辺の警備を固めます。そのため、無理を通して宇治を訪れた匂宮は、浮舟に会えずに帰京するしかありませんでした。

　三角関係に苦悩を深め、追いつめられた浮舟は、**自分が死ねば問題は解決すると考え、宇治川に身を投げる決意をします**〔図3〕。そして、匂宮と母・中将《ちゅうじょう》の君《きみ》に手紙を書き、死の覚悟を伝えるのでした。

休みの口実に使われた“物忌《ものい》み”とは？

匂宮が浮舟と親密に過ごした翌日、匂宮は外出予定だった浮舟を行かせないため、「今日は“物忌み”だといっておけ」と女房に命じています。平安時代の貴族たちは、悪い夢を見たり、穢《けが》れを避けたいとき、一定の期間、家にこもって心身を清めました。これを「物忌み」といいます。女性の場合、生理も穢れとされたため物忌みをしましたが、外出したくないときの方便としても使われていたのです。

薫と匂宮の板挟みになる浮舟〔図3〕

薫と匂宮のはざまで悩む浮舟には、守ってくれる人や逃げる場所がなく、追いつめられていった。

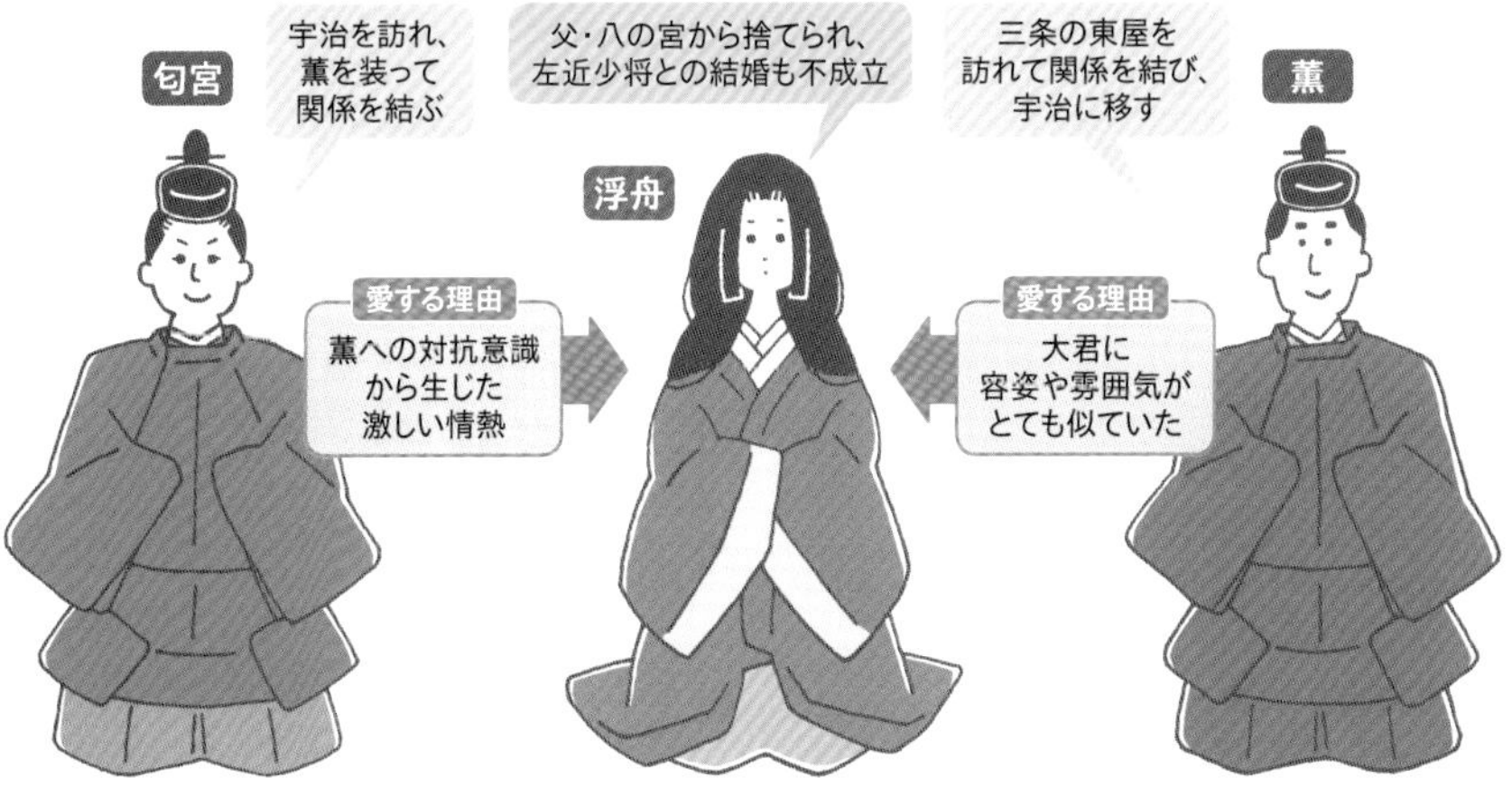

匂宮
宇治を訪れ、薫を装って関係を結ぶ
父・八の宮から捨てられ、左近少将との結婚も不成立
三条の東屋を訪れて関係を結び、宇治に移す
薫
浮舟
愛する理由
薫への対抗意識から生じた激しい情熱
愛する理由
大君に容姿や雰囲気がとても似ていた

52 蜻蛉《かげろう》

薫、匂宮は新たな女性を奪い合う？

ひと言あらすじ

浮舟《うきふね》が行方不明になると、女房たちは自死の真相を隠そうとして葬儀を行う。浮舟の死を知った匂宮《におうみや》と薫《かおる》は嘆き悲しむものの、新たな恋を求めていく。

登場人物

薫
〔27歳〕

匂宮
〔28歳〕

小宰相
〔年齢不明〕

宇治の山荘では、**浮舟《うきふね》が失踪して大騒ぎになります**。浮舟の苦悩を知る女房（侍女）たちは、浮舟が川に身投げをしたと悟ります。浮舟の母・中将《ちゅうじょう》の君《きみ》も宇治に駆けつけます。世間の噂を恐れた女房たちは、入水《じゅすい》の真相を隠すため、亡骸《なきがら》がないまま浮舟の葬儀をすませました。

浮舟の死を知らされた薫《かおる》は嘆き悲しみますが、それ以上に嘆く匂宮の姿を見て、**浮舟と匂宮の密通を確信します**。その後、宇治を訪れた薫は、四十九日の法要を盛大に営みました。浮舟の死を悲しむ薫でしたが、その頃、※**女一《おんないち》の宮《みや》**に仕える女房・**小宰相《こさいしょう》**に愛情をかけていました。匂宮も小宰相に言い寄りましたが、小宰相は相手にしませんでした【図1】。

明石中宮が主催した法会で**女一の宮を垣間見《かいまみ》た薫は、彼女の美貌と気品に心を奪われます**。妻の女二《おんなに》の宮《みや》（女一の宮の妹）に同じ衣装を着せますが満足しません。そして薫は、はかなげに飛び交う蜻蛉《かげろう》を、自分のもとから去った八《はち》の宮《みや》の姫君たちになぞらえて追想しました【図2】。

※今上帝《きんじょうてい》と明石中宮《あかしのちゅうぐう》の長女。女一の宮とは天皇の第一皇女の呼び方。

小宰相を争う薫と匂宮〔図1〕

匂宮は、薫の恋人であった女一の宮の女房・小宰相に言い寄ったが、小宰相はそれを拒んで匂宮を悔しがらせた。

浮舟よりも奥ゆかしい感じがすると思う
匂宮を拒み、薫にも卑下しすぎることはない
薫の悪口をいって振り向かせようとする
薫
小宰相
匂宮

薫と匂宮との板挟みにあって苦しんだ浮舟が入水したにもかかわらず、彼らは小宰相をめぐって、浮舟と同じように争った。彼らにとって浮舟は、その程度の存在でしかなかった。

姫君たちを追憶する薫〔図2〕

源氏は藤壺《ふじつぼ》に何度も思いを訴え、密通まで犯したが、傷つくことを恐れる薫は、理想の女性の身代わりを求めるという恋愛パターンをくり返した。

薫は蜻蛉を見ながら、「ありと見て手には取られず見ればまた行方《ゆくえ》も知らず消えし蜻蛉」(そこにいると思っても手にすることができず、見るとまた行方も知れず消えてしまった蜻蛉よ)と歌に詠んだ。

「源氏五十四帖 五十二 蜻蛉」国立国会図書館所蔵

53 手習《てならい》

生きていた浮舟のその後は？

ひと言あらすじ

浮舟《うきふね》は、意識を失って倒れているところを比叡山《ひえいざん》の高僧・横川《よかわ》の僧都《そうず》に救われる。浮舟は僧都に頼んで出家するが、その消息を薫《かおる》に知られてしまう。

登場人物

薫
〔27〜28歳〕

横川の僧都
〔年齢不明〕

浮舟
〔22〜23歳〕

比叡山《ひえいざん》（滋賀県）に、高僧と名高い**横川《よかわ》の僧都《そうず》**がいました【図1】。その母尼《ははあま》と妹尼《いもうとあま》が長谷寺《はせでら》（奈良県）に参詣《さんけい》した帰り道、母尼が発病し宇《う》治《じ》で休みます。宇治に向かった横川の僧都は、**森かげに倒れている美しい女性（浮舟《うきふね》）を発見し、助けます**。妹尼は浮舟を亡き娘の身代わりとして看病しますが、浮舟の意識は戻りません。

母尼の回復後、僧都一行が浮舟を連れて比叡山の麓《ふもと》の小野《おの》（➡Ｐ１３４）に戻ると、浮舟は意識を取り戻します。浮舟は、身投げできなかったことを思い出しましたが、僧都たちに自分の素性を語ることなく**出家したいと願い、手習（習字のこと）をして過ごします**【図2】。妹尼の留守中、妹尼の娘婿だった中将が浮舟を垣間《かいま》見《み》て、言い寄ります。うんざりした浮舟は、たまたま立ち寄った僧都に頼み込んで出家を果たしました。

浮舟の消息は、僧都から明石中宮《あかしのちゅうぐう》に伝わり、薫《かおる》も知ります。薫は真相を確かめるため、小君《こぎみ》（浮舟の弟）を連れて、横川を訪ねるのでした。

横川の僧都のモデル〔図1〕

出典：ColBase「当麻曼荼羅図」（部分）東京国立博物館所蔵

横川の僧都のモデルは、比叡山横川の恵心院《えしんいん》に住んでいた源信《げんしん》（恵心僧都）とされます。源信の著した『往《おう》生要集《じょうようしゅう》』は、極楽浄土への往生（生まれ変わる）を願う教えである「浄土教」の成立に多大な影響を与えた。

極楽浄土の様子をえがいた「当麻曼《たいままん》茶羅図《だらず》」。説法をする阿弥陀如来《あみだにょらい》の周りで、菩薩《ぼさつ》たちが音楽を奏でている。

手習をする浮舟〔図2〕

浮舟は、尼君の亡き娘の「身代わり」として親切にされるが、浮舟は誰かの「身代わり」として生きることを拒絶する。

尼君らは楽器を演奏するなど、優雅な暮らしを楽しんでいたが、浮舟は、それらに興味を示すことなく勤行《ごんぎょう》（読経や礼拝）や手習をして日を暮らしていた。

54

夢浮橋《ゆめのうきはし》

『源氏物語』の終局は？

ひと言あらすじ

薫《かおる》は、横川《よかわ》の僧都《そうず》から浮舟《うきふね》が救出された経緯を聞く。僧都は浮舟を出家させたことを後悔する。薫は手紙で浮舟に恋心を伝えたが、浮舟は返事をしなかった。

登場人物

薫
〔28歳〕

浮舟
〔23歳〕

横川の僧都
〔年齢不明〕

浮舟《うきふね》を探す薫《かおる》は比叡山《ひえいざん》（滋賀県）を訪れ、横《よ》川《かわ》の僧都《そうず》に小野《おの》に隠れ住んでいる女性について問います。**薫は僧都から、浮舟が救出されて出家した経緯を聞き、涙を浮かべます**。薫の強い思いを目の当たりにした僧都は、浮舟を出家させたことを後悔します。しかし、薫が浮舟の住む小野への案内を求めると、**出家した浮舟が男に迷う罪を恐れ、応じませんでした**〔図1〕。

翌日、薫の使者となった小君《こぎみ》（浮舟の弟）が小野を訪れ、僧都から預かっていた手紙と、薫からの手紙を浮舟に渡しました。僧都からの手紙には、「**薫の愛執《あいしゅう》の罪を晴らしてあげなさい**」と書かれています〔図2〕。薫からの手紙には、浮舟の失踪を責めつつ、会って語り合いたいと書かれていました。心乱れた浮舟は泣き崩れ、返事を出しませんでした。返事をもらえなかった薫は、「ほかに男が浮舟を囲っているのでは」と疑うのでした。

浮舟がその後、薫に会うかどうか記すことなく、『源氏物語』は終幕を迎えるのです。

薫と面会する横川の僧都〔図1〕

僧都は薫と浮舟を会わせなかった。尼が男性と関係をもつことは戒律（僧尼の規則）に違反することだった。

僧都は薫を小野に案内するのは断ったが、薫に頼まれるままに浮舟に手紙を書いた。

「源氏五十四帖 五十四 夢浮橋」国立国会図書館所蔵

薫は浮舟の心に通じる橋を見失う

『源氏物語』最後の巻名「夢浮橋」は、本文中に使われていない言葉です。夢浮橋とは夢の中にかかる、天と地とを結ぶ橋のことともされますが、浮舟を見失った薫の心情を表していると考えられます。入水《じゅすい》事件を通じて、浮舟は僧都に出家を頼むなど、自分の意思で行動するようになります。一方の薫は、浮舟がほかの男に囲われていると疑うなど、浮舟を見る目は変わっていません。

僧都からの手紙〔図2〕

小君から届けられた手紙を浮舟が受け取らないので、尼君が受け取って読んだが、手紙の内容は理解できなかった。

手紙の内容について、僧都は浮舟に還俗《げんぞく》（僧が再び俗人に戻ること）を勧めたとされるが、還俗を勧めてはいないという説もある。

謎 其の一 『源氏物語』にちなんだ図形「源氏香」とは？

江戸時代、5種類の香を焚いて、その香の組み合わせを当てる**「源氏香」**という遊びが広まりました。答えるときは、5本の縦線に、横線を組み合わせた図形で示します。この組み合わせが52通りあることから、**それぞれの図形に、源氏54帖のうち、最初と最後を除いた52の巻名がつけられています。**源氏香の図形は着物や調度品に使われ、現在も人気があります。

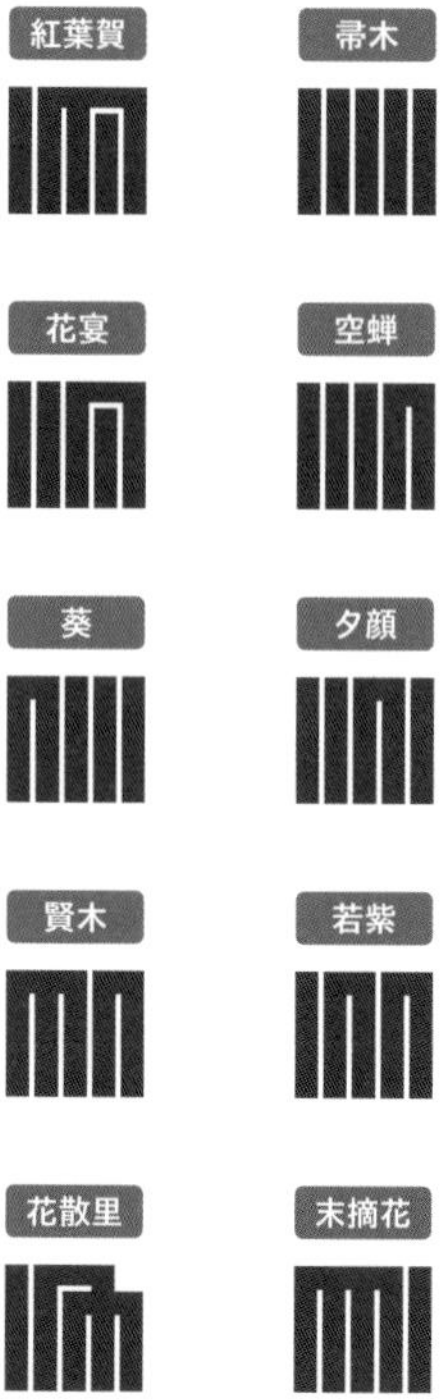

着物の袖《そで》に夕顔の源氏香の紋がある。

出典：ColBase「見立源氏夕顔」（部分）東京国立博物館所蔵（https://colbase.nich.go.jp/collection_items/tnm/A-10569-1274?locale=ja）を加工して作成

硯箱《すずりばこ》のふたにデザインされた源氏香。

出典：ColBase「源氏香短冊散蒔絵料紙硯箱」東京国立博物館所蔵

謎 其の二 『源氏物語』は『竹取《たけとり》物語』に影響を受けた？

紫式部は、『源氏物語』を執筆するとき、**『竹取物語』**に強い影響を受けているとされます。例えば、「玉鬘十《たまかずらじゅう》帖《じょう》」（➡P84）で、貴族世界に突如出現した玉鬘が多くの貴公子から求婚されるストーリーは、かぐや姫を彷《ほう》彿《ふつ》させます。また、横川《よかわ》の僧都《そうず》が浮《うき》舟《ふね》をかぐや姫にたとえる場面もあります。このほか、藤原道綱《ふじわらのみちつな》の母の**『蜻蛉《かげろう》日記』**からも強い影響を受けました。『蜻蛉日記』には、結婚生活の苦悩がリアルにえがかれています。

紫式部は『竹取物語』を愛読していたといわれる。

謎 其の三 浮舟《うきふね》はなぜ死ななかった？

男たちに翻弄され続けた浮舟。薫に会うかどうか記されないまま『源氏物語』は終わる。

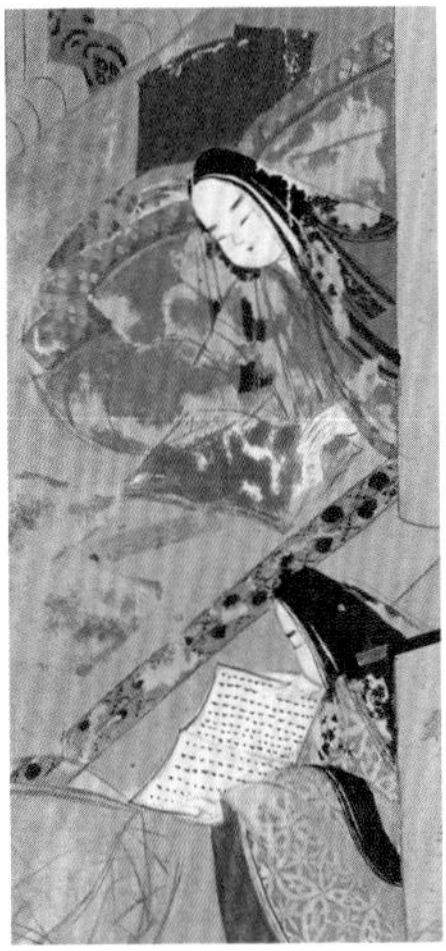

出典：ColBase「狩野養信模写 源氏物語絵巻」（部分）
東京国立博物館所蔵

薫《かおる》と匂宮《におうみや》の板挟みにあって苦しんだ浮舟は、自らが死ぬことで問題を解決しようとします。これまでの物語のあり方からすれば、浮舟が死んでしまった場合、残された男性たちはまたその形代《かたしろ》を求めていくことになるでしょう。けれども、本来、その人の身代わりなどはいないはずです。『源氏物語』は浮舟というひとりの女性を最後まで生かし続けます。**浮舟がこの先どう生きるべきかを、紫式部は読者に問うている**のです。

さくいん

あ

か

さ

た

参考文献

『2時間でおさらいできる源氏物語』竹内正彦著（だいわ文庫）
『図説 あらすじと地図で面白いほどわかる！ 源氏物語』竹内正彦監修（青春新書インテリジェンス）
『源氏物語を知る事典』西沢正史編（東京堂出版）
『謎解き源氏物語』日向一雅著（ウェッジ）
『平安人の心で「源氏物語」を読む』山本淳子著（朝日新聞出版）
『源氏物語 ビギナーズ・クラシックス 日本の古典』角川書店編（角川ソフィア文庫）
『日本の古典をよむ 源氏物語 上・下』阿部秋生・秋山虔・今井源衛・鈴木日出男校訂・訳（小学館）
『謹訳 源氏物語 一～十』林望著（祥伝社）
『源氏物語の楽しみかた』林望著（祥伝社新書）
『源氏物語 解剖図鑑』佐藤晃子著（エクスナレッジ）
『マンガでわかる源氏物語』砂崎良著・上原作和監修（池田書店）
『源氏物語 六條院の生活』五島邦治監修・風俗博物館編（青幻舎）
『はじめての王朝文化辞典』川村裕子著（角川ソフィア文庫）
「源氏物語と平安貴族の生活と文化についての研究 貴族の一日の生活について」日向一雅著（明治大学人文科学研究所紀要54巻）

監修者 竹内正彦（たけうち まさひこ）

國學院大學文学部日本文学科教授。1963年長野県生まれ。國學院大學大学院博士課程後期単位取得退学。博士（文学）。群馬県立女子大学文学部講師・准教授、フェリス女学院大学文学部教授等を経て現職。専攻は『源氏物語』を中心とした平安朝文学。おもな著書に『源氏物語の顕現』（武蔵野書院）、『源氏物語発生史論−明石一族物語の地平−』（新典社）、『2時間でおさらいできる源氏物語』（だいわ文庫）、『源氏物語事典』（共編著・大和書房）、監修書に『図説 あらすじと地図で面白いほどわかる!源氏物語』（青春新書インテリジェンス）などがある。

イラスト　くさかたね、栗生ゑゐこ、北嶋京輔
デザイン・DTP　佐々木容子（カラノキデザイン制作室）
校閲　西進社
編集協力　浩然社

イラスト＆図解《ずかい》 知識《ちしき》ゼロでも楽《たの》しく読《よ》める！
源氏物語《げんじものがたり》

2023年10月30日発行　第1版
2024年 3 月15日発行　第1版　第3刷

監修者　竹内正彦
発行者　若松和紀
発行所　株式会社 西東社
〒113-0034　東京都文京区湯島2-3-13
https://www.seitosha.co.jp/
電話　03-5800-3120（代）

※本書に記載のない内容のご質問や著者等の連絡先につきましては、お答えできかねます。

ISBN 978-4-7916-3272-5